유머 수필 신선로

- 본서는 2013년도 일본국제교류기금의 보조금에 의한 출판물이다.
  本書は平成25年度日本国際交流基金の補助金による出版物である。
- 본서는 2013년 정부(교육인적자원부)의 재원으로 한국연구재단의 지원을 받아 수행된 연구(KRF-2007-362-A00019)이다.

**일본명작총서** 20

식민지 일본어문학 · 문화 시리즈 16

유머 수필

# 신선로

저자 | **가타오카 기사부로**

공역 | **엄인경 · 송혜경 · 김효순**
**이선윤 · 이승신**

學古房

# 서序 ● ●

 세상이 점점 숨막혀가는 것이야 어쩔 수 없는 일이라 하더라도 요즘처럼 인륜을 벗어난 대담한 일들이 많아져서는 못해 먹을 일이다. 이는 사람들이 명예나 지위, 금전에만 집착하여 모든 것을 배금주의로 해결하려 하고 전혀 '여유'라든가 '정감'이라는 것이 없어져 마음이 메마른 탓일 것이다. 이 메마른 마음을 살찌우는 재료로서 예술이나 운동경기 같은 것도 상당히 좋지만, 요즘 세상에는 이러한 것조차 진작 돈과 악연이 맺어지고 만사는 주판알 튕김에 좌우되는 것 같다. 일단 그쪽으로 치우치면 인간미의 일부인 유머, 익살, 해학 같은 것은 사려고 한들 살 수 없고, 팔려고 한들 팔 수 없으며, 더욱이 마음의 자양분으로서는 상당히 칼로리가 높은 것이다.

 하지만 평생 동안 익살 하나 마음속에 떠오른 일도 없고, 유머의 멋을 맛본 적도 없이 평범한 틀에 박힌 양식으로 식어버린 잿더미 같은 일생을 보내는 자들이 많다. 이러한 사람들은 하물며 고관대작이라 한들 큰 부자라 한들 자칫 의리 인정의 미묘한 맛을 유린하고 세상을 가치 없이 꾹꾹 밀어붙이는 것이라 여긴다. 이러한 생각에서 나는 수년간 유머 취미를 길러왔는데, 그것이 쌓이고 쌓여 이 수필이 되었다. 허나 이 수필을 읽는다고 해서 돈벌이 수단이나 먹고 사는 수단이 되는 것도 아니고, 지식욕을 만족시키는 소재가 되지도 않을 것이다. 그저 인간사회의 이해관계를 초월한 어떤 묘미를 맛보고 미소 짓거나 쓴웃음을 짓거나 같이 웃게 되거나 할 뿐인 것이다. 그리고 그것이 이윽고 이 사회가 원만해지는 데에 이바지할 것임을 믿는 바이다.

가타오카 기사부로片岡喜三郎

# 목차目次 ● ●

목차目次 ● ●

9

제
**1**
편

|기후 초롱|

# 여름 팔경

* * *

어느새 이런 곳에 이런 것이 생겼던가 싶은 |기후 초롱| <sup>岐阜提灯</sup>이
너댓 개, 청죽발에 삼베로 된 포렴이 하늘하늘 선선해 보인다. 무명
홑옷에 메린스[1] 허리띠, 두 팔을 어깨까지 흰 끈으로 걷어 묶어 올린
손끝에 네모난 하얀 것이 앞뒤로 움직이며 팔락팔락 소리를 낸다.
저쪽 편 의자에는 엉덩이 근처에 느슨하게 묶은 허리띠와 귀 덮은
머리를 과감히 뒤로 넘긴 남자가 쉭쉭 부채질을 하고 있다.

* * *

대나무를 짜서 만든 것이다. 길이는 세 자, 직경은 일

1  에스파냐어 merinos에서
   온 말로 명주 따위로 짠
   얇고 깔깔한 편직물을 일
   컬음.

13

고여덟 치 되는 원통형의 대바구니이다. 검붉은 대나무인지 오죽烏竹인지 검은 빛이 반짝반짝 나는 것을 한 치의 어긋남도 없이 육각으로 짜 올려서 품위 있는 테두리를 단 것이 재미있는 풍정風情이다. 여름밤의 푹푹 찌는 더위에 주인 곁에 누워 시중을 드는 죽부인이라는 것이 바로 그것이다. 경성 근처에서 이런 것을 보게 되니 이상하기도 하고 정취가 있기도 하다.

\* \* \*

전등 불빛에 속옷 하나만 걸친 벌거숭이. 여섯 자나 되는 유리관 끝이 종 모양으로 되어 있는 요상한 형태인 것을 손으로 잡고 위를 향한 다음 방 여기저기를 다닌다. 때때로 툭툭 소리가 난다. 그럴 때마다 검고 작은 것이 종에서 관으로 떨어져 들어온다. 언제까지고 그러고 있으려는지 도무지 멈추지를 않는다. 위로 쳐든 고개가 아픈 것처럼 보이더니 한손으로 목덜미를 두드린다.

"이거 봐. 이렇게 많이 잡히잖아. 한 마리도 없지?"
라며 으스대는 얼굴. 신식 | 파리잡기 | 기술의 첫 번째 막이 올랐다.

\* \* \*

14

| 파리잡기 |

하얀 텐트가 산 중턱에 떠 있다. 크지는 않지만 울창한 솔숲에 마지막 지는 햇빛을 받아 한 쌍의 솔개가 하늘에서 춤추고 있다. 이윽고 어둠의 장막이 걷힐 무렵 램프 같은 불빛이 그 오두막 같은 데에서 흘러나와 캄캄한 밤의 별처럼 가늘고 긴 광선을 던진다. 조용한 공기를 완만하게, 더구나 무겁게 흔든 호궁胡弓 소리가 장을 쥐어짜는 것처럼 들린다. 탁하고 어울리지 않는 호가胡歌2 부르는 목소리도 난다. 천산天山에라도 간 듯한 기분이 든다. 고향을 멀리 떠난 이 산허리에서 석공으로 돈을 벌고 있는 지나支那, 중국인에게도 여름은 있다.

* * *

푹푹 찌듯 무덥다. 구석구석 풍류를 고집한 두 평 남짓한 방. 앞마당의 이끼는 녹청을 뿌린 듯하고, 실내에 감도는 침향沈香 내음 드높다. 눈썹까지 하얗게 센 노옹이 기품 있게 앉아 있다. 상대는 두 사람, 태평시대와 같은 대화가 느긋하게 흐른다. 일본에서 일부러 주문했다는 목탄은 난로 위에 빨갛게 달아올라 그 위의 고풍스러운 찻주전자가 몇 번이고 차 끓는 소리를 내고 있다. 노옹은 청자색 큰 그릇을 차茶 솔로 휘젓는다. 자잘한 거품이 솜씨 좋게 일어난다. 상대는 의기양양한 얼굴을 한다. 더위를 이기는 방법의 하나다.

* * *

살랑살랑 바람이 분다. 저녁 무렵의 하늘은 담백하다. '잘 자라 우리 아가' 하며 품에 안고 있는 사이에 갈고리 모양으로 합장을 하고 가는 여린 잎은 바람에 나부끼며 오르락내리락 무저항주의이다. 그것이 포개져서 짙은 녹음 사이사이로 옅은 복숭아 빛과 옅은 보라색의 잡종 같기도 하고 담담한 꿈같기도 한 꽃이 떠 있는 실처럼 얇은 외씨가 모여 있어 너무도 연약해 보이는 풍정이다. 여름에 어울리는 꽃은 많지 않은데 자귀나무 꽃만큼은 여름 저녁을 수놓는 데에 최고다.

* * *

실내에는 삼밧줄이 종횡으로 건너다닌다. 수건을 아가씨처럼 쓴 아내가 바지런하게 서서 일한다. 일곱 살 정도 되는 여자 아이가 신기한 듯이 여기저기 뛰어 돌아다닌다. 옷 서랍이나 버들고리가 모두 다 열리고 안에 있는 것들이 나온다. 소매를 어깨까지 걷어 올린 아내가 하얀 곰팡이를 털어내는 사이에 죽은 아이의 통소매 옷이 나온다. 당겨보기도 하고 뒤집어보기도 하던 아내의 얼굴이 그늘진다. 자기도 모르게 눈물이 툭 떨어진다. 아무것도 모르는 딸아이는 빨간 꼬까옷이 많이 나오자 무턱대고 좋아한다. 여름철 옷 말리기에는 추억의 비극이 많다.

* * *

저쪽 덤불에서 꾸물꾸물 나와서 단단한 장소에 진을 친다. 당당한 태도다. 가끔 떡 하고 큰 입을 벌리면 두세 마리의 파리가 동굴 같은 입으로 빨려 들어간다. 그 다음은 한산하고 조용하며 바람이 어디에 부나 하는 듯 가만히 있는데, 잠시 지나면 다시 입을 떡 벌린다. 입 벌리기를 일고여덟 번 반복하고는 덤불 속으로 다시 느릿느릿 돌아간다. 속세와 떨어진 두꺼비의 곡예.

# 불국사 참예参詣

## *하나* ••

    원고지에 머리를 파묻고 있던 K는 내던지듯 펜을 책상에 놓고 일단 두 주먹을 천정을 향해 힘껏 내뻗으며 주위를 개의치 않고 크게 하품을 했다.

    "어때요? 불국사라도 가는 게."

    그가 앞뒤 없이 불쑥 생각지도 않은 안을 냈다.

    "느닷없이 무슨 말이야?"

    "뭘요. 기분전환이지요. 불국사 호텔이 좋다고 하던데. 그리고 석굴암에서 아침 해가 비친 석가여래상의 얼굴을 배알하는 거에요."

    "가도 좋지. 언제?"

    "오늘 밤이요. 야간기차 삼등침대차는 어떨까요?"

"다 경험해 본 사람이 낫겠지. 일체 자네에게 맡기겠네."

안건이 갑자기 가결되어 예정대로 삼등침대에 몸을 맡긴다.

"여기가 삼등침대차라는 거야?"

"누에고치 통 같구먼. 이러면 아래쪽 침대에 자는 사람은 조심해야겠는 걸."

"왜?"

"자면서 오줌 싸는 상습범이라도 위에 있으면 큰일이잖아."

"설마. 자칫 잘못하다간 방귀 뀌는 정도겠지."

"어쨌든 누워볼까? 과연 침대차라더니 침대뿐이고 이불이고 뭐고 없는 거로군."

"그저 누울 수 있을 뿐이라는 거지. 자네 같이 다리가 긴 사람은 발이 밖으로 삐져나와."

"아래쪽 칸이 1원 80전이고 위 칸이 1원인 것은 대체 무슨 이유지? 아래 칸 누에고치가 더 잘 자라나?"

"위 칸이 심하게 흔들리니까. 그리고 기차가 전복했을 때에는 위쪽 누에가 먼저 죽지."

"그런 규칙이군."

"그리고 아래 칸이 편해."

"그래도 위 칸에서는 책을 볼 수 있어. 아래는 전기불이 멀어 안 보이잖아."

"주절주절 잘도 떠드는구먼. 1원 80전이야."

"대체 무엇 때문에 이렇게 쓸데없는 것을 만들었지? 어차피 만들 거면 이것을 이단 정도로 해서 편하게 잘 수 있게 만들면 좋잖아."

"그야 그냥 마음 편하려고 만든 거지. 삼등석에도 침대차가 있다고 하면 아주 평등사상이 농후해 보여서 불평만 하는 파가 납득하거든. 이 세상은 무엇이든 형식이 중요하니까."

"도저히 잠들 수가 없구먼. 나는 좀 저쪽을 걷다 올게."

어슬렁어슬렁 나가자 거기에 A, B, C, D와 갑, 을, 병 합계 일곱 사람이 있다.

"어? 다 같이 어디로 가십니까?"

"경주 구경이요. 요즘은 경주를 모르면 사람도 아니지요. 그럼 당신은요?"

"사실은 저도 그 쪽입니다. K와 단 둘이."

"그럼 같이 가면 어떻겠소?"

"같이 가도 좋지만 상부상조는 못할 것 같은데요."

"왜?"

"어쨌든 나이든 사람은 자기 고집을 관철하고 싶어 하니까요. 젊은 사람에게 짐을 들게 하고 싶어 하고요."

"그 정도야 괜찮지 않아? 청년의 의무니까. 그 대신 부처님 설명을 해 드리지."

"그것도 그렇겠군요. 그럼 같이 갑시다."

"그게 좋겠소. 그런데 내일은 대구에 내려서 1박을 할 텐데 괜찮소?"

"모든 일은 경로敬老주의로 가는 겁니까? 약장수 오토마쓰[3]가 기뻐하겠어요."

"약이라고 하니 생각나네만 아리타 오토마쓰는 굉장한 인물이야."

"하하하, 특히 경로회가 마음에 들어하겠지요."

"그렇지. 내 아들은 부모를 부모로도 생각하지 않아. 일단 자네만 보더라도 어쨌든 노인을 소홀히 대하려고 하니 안 되지."

"연령별로 하면 어떻게 됩니까? 예순 전후가 둘, 쉰 전후가 둘, 나머지는 서른에서 마흔 전후 정도인가요?"

"그러고 보니 다 오십보백보로군."

"그야 그렇지요. 모든 건 다 상대비교적인 거니까요."

"어쨌든 일행을 이끌어 주시는 것으로 하고 모두 노

3  아리타 오토마쓰有田音松, 1867
~1944를 말함. 1908년 고베
神戸에서 약국을 창업했고
사할린부터 타이완에 이르
기까지 일본 영향권의 번
화가에는 아리타 약국 점
포가 있었을 정도로 번창
했음.

인분들의 지도를 받기로 합시다."

다시 자기 침대로 돌아와 보니 K라는 녀석은 벌써 기분 좋게 잠들어 있다. 사람도 이 정도로 둔감하면 편한 법이다. 그럼 나도 한숨 자볼까? 더 위의 섶으로 옮겨진 누에처럼 모포에 감겨 누웠지만, 마치 지진의 나라에서 낮잠을 자는 것 같았다. 정거장에 도착할 때마다 쿵쾅, 턱 하는 강렬한 소리와 진동이 찾아온다. 옆에서는 아이들이 불이라도 붙은 듯 울고불고 하는데 그 엄마는 잠이 안 깨는가보다. 저쪽에 덧정 없이 코를 크게 고는 놈이 있다. 도저히 안 되겠다. 운을 하늘에 맡기고 관념의 눈을 감고 있노라니 그래도 어쨌든 설핏설핏 잠이 왔다. 이거 잘 됐다 생각하는데 '실례합니다' 하는 소리가 들린다.

"침대권을 보여주세요."

팔에 붉은 천을 감은 남자가 가위를 들고 버티고 서 있다. 말은 쓸데없이 정중하지만 뱃속으로는 '이놈 공짜로 침대 안으로 파고들었을 지도 모르지' 하는 의중인 것 같다. 모르는 사람은 무조건 도둑이라고 생각하라는 식인지, 나 같은 정직한 인간까지 의심의 눈초리로 보다니 괘씸하다. 침대권을 코앞에 들이밀고 직접 보여주리라 대단한 기세로 주머니에 손을 찔러 넣었는데 들어있어야 할 침대권이

없다. 아차 싶어 여기저기 주머니를 뒤져봤지만 없다. 이거 큰일이
다. 분명히 내가 1원 80전을 주고 샀는데……… 고개를 갸우뚱 꼬아
보아도 없다. 애초의 그 기운은 어디로 갔는지 슬금슬금 눈치를 보
며 차장의 얼굴을 본다. 차장의 얼굴은 떫다.

"이거 참 난감하군요."

"분명히 사시긴 했습니까?"

이 질문에 당황했다. 이 질문은 반 이상 이쪽을 수상하게 본다는
의미로 들린다. 부아가 치밀지만 표가 없으니 어쩔 도리가 없다. 문
득 생각이 나서 가방 안을 보니 이게 어찌된 일, 그 안에 있다.

"야…, 있네요."

"13호이시지요? 됐습니다".

겨우 무죄방면이 되어 다시 잠들려고 하니 목 주위가 갑자기 따끔
했다. 이 따끔함은 태어나 처음 당하는 것도 아니니 특별히 놀랄 필
요는 없다. 과연 빈대가 꽤나 많군 하고 금방 상황판단이 된다. 이런
상태로는 잠들기를 단념해야 할 것이다.

이러쿵저러쿵 하는 사이에 밤이 새어 반짝 빛나는 아침 해가 비치
기 시작해서 창밖으로 주위를 둘러본다. 벌써 모내기 시기인데 밭에
는 물 한 방울 없다. 어떻게 할 작정인지 팔짱을 끼고 그저 천혜만

을 기다리는 것이 이 근처 주민이다. 마른 땅의 단비는 곧 홍수로 변한다. 가뭄과 홍수가 서로 등을 마주대고 있는 것이나 마찬가지다. 보리는 슬슬 수확할 때가 되었지만 그 빈약함은 어느 정도인가. 비실비실 양의 수염 같은 모습을 하고 있다. 논도 밭도 아닌 곳은 모두 황무지다. 그냥 밋밋하게 이어지는 민둥산자락과 조약돌 깔린 강변, 황무지를 빼면 남는 것은 거의 없다. 그것이 인가와 논과 밭인데, 논에는 모내기할 수 있을 것 같지도 않다. 밭에는 명색뿐인 보리가 노랗게 익어 있다. 산업개발도 앞길이 멀기만 하다. 이렇게 쓸데없는 생각을 하다 보니 대구에 도착했다. 우선 쓰타야蔦屋라는 숙소에 버티고 앉아서 아침밥을 얻어먹었다.

둘 ••

모처럼 온 여행이다. 대구도 한 바퀴 돌아보고 가자고 하여 늙은이 젊은이 섞여서 동네를 어슬렁어슬렁 인력거를 타고 돌았다. 대구는 비교적 조용하고 차분한 도시다. 건실한 것인지 활기가 없는 것인지 약간 특이하다. 게다가 먹는 장사를 하는 가게가 굉장히 적다.

카페 같은 것은 손가락에 꼽을 정도 밖에 없는 것 같다. 숙소는 꽤 있는 것 같은데 모두 빈약하다. 게다가 볼 것이 없다는 데에 두 손 들었다. 무슨 공원이라고 부르기는 하는데 막자사발 절구모양의 덤 불 주위를 걸으면 끝이다.

절구모양의 언덕을 한 바퀴 돌았더니 전망이 좋아 보이는 누각 문이 있다. 아래에는 라무네4, 사이다를 파는 찻집이 있고 그럼 위쪽은 어떤가 보니 노파가 손님을 부른다. 누각 문으로 올라가는 계단에 깔개 값으로 돈 3전을 청구한다. 3전을 지불하고 올라가 보았다. 대구가 한 눈에 보인다. 이렇다고 할 높은 건물도 없는 대신 그렇게 더러운 건물도 없다. 노파가 설명한다.

"저게 ××라우. 오늘밤 놀다가지 않으시겠수?"

"대구에도 ××가 있다고요?"

"손님, 농담하시우? 아무리 대구라도 ××정도야 있지."

노파는 크게 분개하며 ××의 유무는 대구의 수준문제와 관련 있다고 하려는 듯 서슬이 퍼렇다.

"××가 있는 거하고 없는 거하고 어느 쪽이 좋아요?"

"그야 손님, 이런 동네에 그게 없던 때는 형편없었지요."

4 물에 탄산가스를 섞어 시 럽과 향료를 탄 청량음료 로 레모네이드 발음이 변 한 것.

"그런 거에요?"

"나도 오륙년은 유곽에서 있어 봤다우. 소싯적 일이지만."

노파는 말수가 적어지더니 희끗희끗하게 센 머리를 쓸어 올린다.

"당연히 젊을 때 세련된 사람이었을 거라 생각했지요."

"그렇게 보이우? 이래봬도 말이지요, 내가 이름깨나 날렸어요. 그런데 손님들은 어디에서 오셨수?"

"경성에서요. 이 근처를 구경하러 왔습니다."

"어디에 머무시우?"

"좋은 곳이 있으면 어디라도 숙박할 수 있어요."

"괜찮은 숙소를 주선해 드릴까요? 따로 수수료는 받지 않으리다."

"그래요? 수상하군요."

이리저리 들여다보고 돌아다니던 중에 정오가 되었다.

"무얼 먹을까?"

"메밀국수로 합시다."

"메밀국수 가게는 어디에 있지?"

"아무리 대구라도 메밀국수 가게 하나 정도야 있겠지."

"아, 저 숙소 건너편에 있어요."

역시 메밀국수를 좋아하는 K는 이미 발견했다.

"실례합니다."

밖으로 나온 여주인은 남양南洋산 두꺼비처럼 살이 쪘다. 이 남양산 두꺼비에게 안내를 받으며 2층에 올라가 보니 어허, 앉을 만한 방은 아니었지만 모처럼 여기까지 왔으니 먹을 수밖에 없다. 방은 더러워도 메밀국수는 의외로 맛있을지 모르지.

"이봐, 무어로 하게?"

"메밀국수는 찬 장국에 찍어 먹는 게 최고야. 모두 그걸로 하지. 뭐? 아, 그렇군. 만성장염 환자가 있었어."

"찍어 먹는 우동은 있나?"

"가락우동으로 참아 줘."

"나는 초밥으로 할래. 주인아주머니, 초밥 됩니까?"

노공老公이 돌연 고집을 부릴 생각을 드러낸다.

"됩니다."

"그럼 초밥을 반인분 가지고 오쇼."

사실은 초밥은 안 될 거라고 우습게 본 것이 노공의 불찰이었다.

5  일본어로 '华人'은 '한닌', '三人'은 '산닌'이라 하므로 발음이 비슷함.

"삼인분5이요?"

"혼자 삼인분을 먹는 사람이 어딨겠소? 반인분이라고."

"지금부터 초밥을 만들어야 하는데 반인분은 곤란합

니다."

　이러저러 실랑이하는 사이에 담가먹는 메밀국수가 나왔다. 한 입 먹어보니 멸치 국물을 사용한 것이라 놀랐다. 꽤나 맛도 없는 것을 들이마시고 다시 걷기 시작했는데, 이제 더 걸어 다닐 곳도 없다. 3시쯤에는 숙소로 돌아왔다. 오늘은 뭐 이 정도로 마치고 자유행동을 하자고 했다. 바둑판을 가지고 오라 해서 딱딱 두는 사람이 있다. 아마추어 정도를 간신히 면한 자이지만 승부에 대한 집착심은 여간 아닌 듯 진작 진 바둑인데도 결코 포기하지 않는다. 어딘가에 못 본 수나 구멍이라도 있지는 않은지 눈을 치켜뜨고 열심히 노려본다. 사실은 구멍투성이이지만, 아마추어는 아마추어인지라 양쪽 다 잘 모르고 있다. 보고 있노라니 아슬아슬 조마조마한데 이럴 경우 훈수라도 둘라 치면 얻어맞을 염려가 있으니 웃음이 나오는 것을 꾹 누르고 참는다. 구경하는 쪽이 더 힘들다. 그러는 사이에 뜨거운 물에 몸을 풀고 저녁을 먹기로 한다. 술에 관해서는 모두 지기 싫어하는 센 사람들이라 아무렇지도 않게 식전에 한 잔 한다. 정말 살이 예쁘게 찌고 윤기 흐르는 경단 같이 생긴, 밥 나르는 여자아이가 임시로 술 따르는 역할을 한다. 불량한 작자들은 풍만미라고 칭했다. 처음에는 한 병 정도씩 마실 예정으로 시작했는데, 알코올이 몸 안을 돌면서 찌푸려진 얼굴도 밝게 펴지며 술병 추가가 아주 잦아진다. 그 중에는 잔으로 야구 흉내를 내는 자도 있다. 던진 잔은 풍만미 머리 위를 포물선으로 통과하여 야구장갑을 낀 손바닥의 생강 같이 생긴 손가락에 떨어진다. '잘 하는군, 좋아'라며 칭찬한다.

저녁식사가 끝났다. 얌전히 금방 잠드는 자도 있지만 불량한 작자들은 어딘가로 불량함을 발휘하러 나간 것 같다. 푹 잠들고 나서 네다섯 시간이나 지났나 싶은 때 소란스러워 눈을 떴다.

"이봐. 일어나, 일어나라고. 치사한 놈이군. 이불 확 걷어버린다."

"어디 갔다 온 거야?"

"인정시찰 나갔다 왔지."

"허허, 무슨 시찰인지 모르겠지만 기분 좋아 보이는데."

"그러니까 일어나라고, 일어나라면 일어나."

"일어나서 어쩌라고. 벌써 12시야."

"상관없어. 자네하고 한잔 다시 해야 잘 수 있겠어."

"어이가 없구먼. 숙소 사람들 벌써 다 잠들었어."

"풍만미가 깨어 있지."

어쨌든 기운이 넘치는 자도 있다. 그리고 다시 한바탕 태평스레 떠들어대고 끝난 것이 2시쯤 되었을까?

30

# 셋 ..

대구에서 경편철도輕便鐵道를 탔다. 문자 그대로 꽤나 가볍고 편리한 것으로 사람이 밀거나 소에 치어도 이상할 것 없을 정도의 작은 것이다. 이 기차의 좌석을 나누어 보통과 특등 두 단계로 해 놓은 것이 기발하다. 특등이라고 해보았자 보통 좌석 깔개가 붉은 데에 비해 퍼렇게 되어 있는 차이일 뿐이다. 죄다 횡대로 창문에 붙어 두 열로 좌석을 마련한 것이 꼭 전차식이다. 인원초과일 경우는 서 있어야 하는데, 전차처럼 손잡이는 없어서 자반연어처럼 매달릴 수도 없는 노릇이다.

이윽고 탈 사람들이 탔으므로 덜컹 쿵쾅 하며 출발한다. 그래도 여느 기차처럼 발차 기적도 불고 기관차에서 연기도 뱉어낸다. 차장이 와서 표 점검도 한다. 절차상으로는 보통 기차와 별로 다를 바 없다. 그저 느릿느릿한 것이 이 기차의 특징인 것 같다. 선로와 평행한 건너편 새로운 철로를 자전거를 탄 꼬마가 달리면서 이 기차와 경주를 한다. 꼬마가 앞으로 몸을 굽히고 빠르게 두 다리를 상하로 젓자 기차는 금세 한두 정町6 넘게 추월당한다. 꼬마는 뒤를 돌아보며 혀를 내밀고 웃는다. 그리고 유유히 레

6 거리의 단위 정은 육십 간間, 약 109미터이다.

일을 탄 채 관성으로 자전거를 나아가게 한다. 그 사이에 겨우 기차가 자전거를 추월하여 이거 봐라 했더니, 꼬마는 다시 전속력을 내서 순식간에 두세 정 기차를 두고 가버린다. 변함없이 뒤를 돌아보고 혀를 내민 다음 씩 웃는다. 몇 번이고 그것을 반복하니 꼬마도 힘이 들겠지만, 기차 안에서 보는 쪽도 보통 수고스러운 것이 아니다. 뿐만 아니라 이 원고에서도 그 이야기를 반복했다가는 곤란하다. 요컨대 기차는 꼬마의 자전거와는 도저히 경주할 능력이 없는 것이다. 필경 꼬마는 기차를 바보 취급하며 놀리고 있다. 그렇다면 운전수는 대체 어떤 표정을 하고 있을까? 큰 몸집을 한 기차가 일개 꼬마의 자전거에 미치지 못한다 한들 특별히 운전수의 치욕거리는 아니라며 대수롭지 않게 여기고 불가항력이라 체념하고 있을까? 그러는 사이에 꼬마는 실컷 기차를 비웃어주고 미련도 없어진 듯 계속 전속력을 내더니 쏜살같이 가버렸다.

"어이, 이런 상태라면 언제 불국사에 도착할까?"

"글쎄. 몇 시에 도착할지 도저히 추측도 못하겠구먼."

"난감한 기차군. 이런 주제에 운임은 보통 기차보다 비싸니 말이야."

오래 앉아 있어서 다리가 저린 과격파가 가만히 입 다물고 있을 리가 없다. 떠들썩하게 불평을 늘어놓는다. 그쯤 되니 노공은 과연 오랜 공력을 쌓은 자로 솔깃한 말을 한다.

"그렇게 소란을 떨 건 없네. 어찌 되었든 기차는 뒷걸음질이야 치지 않으니까. 앞으로 나아가고 있는 건 확실해. 언젠가 불국사에 도착할 가능성을 가지고 있다고. 안심하고 있으면 된다네."

"하하하. 그렇습니까? 노인은 역시 마음이 느긋한 법이군요."

"뭐 가능성 쪽은 노공께 일임하기로 하고요. 맥주를 어디 가지고 왔을 텐데."

"반 다스 있는데. 컵은 있나?"

"그런 방면에는 빈틈이 없지. 컵에, 달인 콩에, 짭짤한 전병. 자자, 시작합시다. 어이쿠, 이런, 병따개가 없어."

"병따개라면 이 주머니에 항상 있지. 이봐, 병따개 꺼내."

"좋아, 술 권하는 주선자는 내가 하지. 자자, 따릅니다. 아이쿠, 이게 웬일이야, 병과 컵이 다 춤을 추는구먼. 아하, 이 기차 안에서 안 흘리고 컵에 맥주를 잘 따르는 자에게는 상을 주겠어."

"그렇군. 그건 어려워. 따르는 쪽도 난감하지만 받는 쪽도 여간 힘든 일이 아니야."

"컵을 입에 가져가는 것도 꽤나 어려워. 자칫하면 맥주가 코로 들어갈 수도 있어."

"어? 뭐가 떨어졌어. 깜짝 놀랐네."

선반에 실어 둔 달인 콩 봉지가 기차의 진동으로 어느 샌가 입을 벌리고 후두둑 콩 비를 내리게 한 것이다. 그것이 공교롭게도 조선의 민둥산과 친척이 되시는 A씨 대머리에 떨어져 미끄러지며 사방으로 흩어져 날아갔다.

"이봐, 어설픈 것을 선반에 올려다 두었다가는 목숨이 날아갈 수도 있겠어."

"이런이런, 뒤숭숭 심란하게. 나무아미타불, 나무아미타불."

그러는 동안 맥주도 다 비웠다. 어젯밤에 불량하게 논 것에 대한 벌이었는지 졸음이 쏟아지는 무리들은 유리창에 기대어 앉아 졸기 시작했다. 사람도 잠이 깨어 있는 동안은 정신도 육체도 긴장하고 있다가 일단 잠에 떨어지면 상당히 칠칠맞은 모습이 되어 해파리나 문어와 비슷해지고, 그와 더불어 아까부터 꽤나 요란해지고 있는 기차의 진동으로 마치 목을 조종해서 움직이는 아사쿠사浅草7의 인형처럼, 혹은 목만 움직이게 만든 종이호랑이처럼 우스꽝스럽게 무의식적인 활동을 한다. 이러한 모습을 사랑하는 아내에게 보인다면 백년 묵은 정나미도 죄다 떨어지지 않고는 못 배길 것이라는 생각이 들었다. 하지만, 다행

7 도쿄 번화가의 한 지명으로 전통적이면서도 대중적, 서민적 정서로 유명한 동네.

34

히 아내는 경편철도 안에서 이런 추태를 보이고 있으리라고는 꿈에
도 모르고 '지금쯤 어디에서 어떻게 지내고 계실까' 여기겠지. 알고
보면 아내를 꽤나 바보 취급하는 셈이다. 모르는 게 약인 불국사. 한
네다섯 시간 쯤 경과했을 무렵 대구에서 같이 탄 사람이 '여러분' 하
며 왔다.

　"저기 보이는 것이 유명한 여근목女根木입니다. 안내문에는 나와 있
지 않으니 특별히 말씀드리는 겁니다."

　"이봐, 일어나, 일어나. 여근목이래."

　"여근목이라는 게 뭔데?"

　"저 산을 봐. 왠지 모르게 여근목 답지 않아?"

　"아, 그러네. 여근목 같아."

　"대체 어느 산? 어디냐고, 어디."

　"자다 막 뜬 눈에는 안 보여. 얼굴을 씻고 오라고."

　"이렇게 되니 기차가 느린 것이 고맙네. 정말 광대한 여근목이구면."

　"그리고 금척탑金尺塔이라는 것이 저것입니다."

　"저거라니 어느 겁니까?"

　"저거요, 저거. 밭 안의 솔숲 옆이요. 금으로 된 자尺가 묻혀 있
다……는 이야기입니다."

"이야기일 뿐이겠지요?"

"그야 파보지 않으면 모르지요. 그런데 나는 기껏 호의로 설명하고 있는데 당신들 어디 사람인지 모르겠소만, 예의를 모르는 것도 정도껏이어야지."

처음에는 친절한 마음으로 시작했는데 이쪽의 방약무인한 태도가 적잖이 비위에 거슬렸는지 슬슬 싸움을 걸어왔다. 이렇게 되면 근본이 정직한 사람들의 모임인지라 걸려온 싸움을 받을 용기는 없다.

"이거 매우 실례했습니다."

라며 아까의 기운은 다 어디로 갔는지 계속 사과에 사과를 거듭하니 기분을 회복한 안내자는 다시 설명한다.

"저게 무열왕의 무덤이라우."

"저게 안압지."

"저건 천문대."

아무리 설명을 들어도 음-, 음-하고 있을 수밖에 도리가 없다.

역시 경주는 무덤의 도읍이다. 만두 같은 무덤이 상당히 크다. 경성 주변에 있는 것이 하나에 1전짜리 한 입에 들어가는 만두라고 하면 경주의 것은 모두 10전 이상의 크기다. 그 중에는 작은 산으로도 보일 만큼 큰 무덤이 있다. 이 주변은 땅이 비옥한지 작은 산에 덥

수룩하게 참억새가 많이도 자라 있는 모습이 나라奈良의 와카쿠사야
마若草山 산[8]을 떠오르게 한다. 경주를 그냥 지나 이윽고 불국사 역에
도착했다. 노공이 말한 것처럼 기차는 어쨌든 뒷걸음질은 치지 않았
다. 어느 정도씩은 전진한다는 진리는 틀림이 없으니 언젠가 불국사
에 도착할 거라는 예언대로 마침내 목적지에 도달할 수 있었던 것은
오로지 노공의 덕분이다.

## 넷 ••

불국사 역에 내리기는 했지만 불국사 호텔은 완만한 오르막길로
일 리町[9] 못 가서 있단다. 석굴암에는 또한 삼십 정町 정
도의 단애절벽을 깎아서 낸 새 도로를 걸어가야 한다고
한다. 자동차는 모두 경주로 불려나가 한 대도 없다. 때
는 저녁에 가까워졌고 구름 낀 하늘이 아무래도 험악해
진다.

"어떻게 해야 하지?"

"걷는 거지. 다리가 두 개니 일이 리야 걸을 수 있겠지?"

8  갓 세 개를 겹친 것 같아
   미카사야마三笠山 산이라고
   도 하며 높이 342미터로
   봄에는 벚꽃, 가을에는 단
   풍, 참억새가 유명함.

9  한국에서는 거리의 단위
   리는 약 400미터에 해당하
   는데, 일본에서는 그 10배
   인 약 4킬로미터를 말함.

"걷지 않고 갈 방법은 없을까?"

"소 등에 타면 어떻겠습니까?"

"지게는 어때?"

"그럼 젊은 사람들에게 업혀서 가볼까?"

"자자, 이제 갑니다. 용기를 내세요."

투덜투덜거리는 노공들을 부추겨서 걷기 시작한다. 노공 한 사람은 들판의 한 그루 삼나무처럼 키가 크다. 다른 한 사람은 아주 비만한 달마대사 같다. 처음에는 이 노공들을 챙기면서 몇 번인가 돌아보며 서서히 나아갔지만, 이쪽이 걸음을 늦춰서 가니 약간은 우쭐해져서 소가 흘리는 침처럼 느릿느릿 다가 왔다.

"이봐, 더 걸어야 해?"

"그렇게 급히 가지 말라고."

"날이 저물어요."

처음에는 어지럽게 앞서거니 뒤서거니 하며 갔지만 조금 지나니 점점 거리가 멀어져서 서너 정이나 벌어져 뒤에 남은 노인들을 기다려야 한다.

길가 돌에 걸터앉아 아래에서 헐떡이며 숨차게 올라오는 노인들을 본다.

38

"어쨌든 뒷걸음질은 치지 않는 모양이구먼."

"어느 정도씩은 전진하고 있는 것 같아."

"별로 전진도 하지 않았어."

"언젠가 불국사 호텔에 도착할 가능성을 가지고 있지."

"안심해도 돼, 하하하."

"하하하….."

"한 사람이 오줌을 누기 시작했어."

노공들이 전진하는 우스운 모습을 보면서 걷다가 쉬고 쉬다가 걷는 동안 이럭 저럭 불국사 호텔에 도착했다.

"석굴암은 내일 보러 가자고. 아침 다섯 시에 일어나 식사 전에 다녀오는 게 어떤가? 아침 해가 비치는 부처님 모습을 배알하기로 하자니까."

노공이 제의했다. 사실은 너무 지쳐서 걸을 수 없었던 것 같다.

"안 돼요, 안 돼. 오늘 다 해 버립시다. 우선 날씨가 아무래도 이상해요. 시간도 아직 있는데. 허허, 거참."

"맙소사."

기진맥진했다고 말하고 싶지 않은 노인은 반대도 할 수 없는 노릇이다. 무언가 계략을 가지고 젊은이들을 따라가야 한다.

"그럼 가기로 하고, 어쨌든 호텔에서 차를 마신 다음에 움직이자고."

차를 마시는 동안 어떻게든 해보려는 계획 같다. 하지만 좀처럼 그 수법에 놀아날 사람들도 아니다.

"차 같은 걸 마시고 있다가는 못 가게 되지요. 출발합시다, 출발하자고요."

"차 정도는 마셔도 되잖아."

"안 돼요, 안 돼. 자, 걸읍시다."

약간 혹독한 것 같았지만 강행수단을 취하여 석굴암을 향했다. 올라가면서 점점 급경사가 되는 비탈을 완화하기 위해 언덕길은 항상 갈지z자 모양으로 되어 있다. 그래도 조절이 잘 되지 않아 가슴이 좁여질 정도로 험악한 장소도 있는 갈지자를 하나 하나 지날 때마다 아직인가 생각한다. 갈지자 정점에 해당하는 전망 좋은 장소에서 노공들을 기다린다. 노공들은 멀리 아래쪽에 콩알처럼 보인다. 계속 모자를 흔든다.

"이봐, 기다려."

마침내 비명을 지른다.

"이것 보라고, 자네. 등산 같은 것은 일찍 일찍 마치고 볼 일이야."

"정말 그래. 일이 년 안에 등산 정도는 해두지 않으면 저렇게 되지."

결국 산꼭대기에 올랐는데, 이게 어찌된 일인지 석굴암은 거기에 없었다. 반대편 산허리에 있다는 것을 알고 완전히 피로감에 휩싸였다. 이번에는 울퉁불퉁 내리막길이다. 한참 가니 산 중턱에 터널 같은 것이 있다. 그것이 바로 석굴암이다. 오르는 입구에 실로 깨끗한 물이 솟아오르고 있다. 너무도 목 마른 입장에서는 흠 잡을 데 없는 진수성찬이다. 그리고 마침내 부처님을 배알할 순서가 되었다. 석굴 중앙에 있는 본존은 엄숙한 모습이다. 이러한 방면에는 무관심한 나에게 미술적인 해석이야 불가능하지만 상당히 훌륭한 것 같다. 높이 몇 길 몇 자, 지금으로부터 몇 년 전 것으로 작자는 알 수 없으며 동양 최고의 석불상이라는 것은 안내문에 적힌 그대로이다. 그 밖에는 전혀 알려지지 않았지만 가마쿠라鎌倉 대불大仏10처럼 꽤나 미남이시다. 아키코晶子11 부인이라면 어떤 신파新派 와카和歌12를 궁리해 냈을지 아까울 따름이다. 아키코 부인도 조선에 이런 훌륭한 미남 불상이 있다는 것을 모르고 가마쿠라 대불상으로 만족하신 것이 안타깝다. 어쨌든 상세한 해설은 노공이 오고 나서 듣기로 하고 우선 한숨 돌린다. 암자 아래에 오두막 같은

10 나라奈良의 대불에 이어 일본에서 두 번째로 큰 불상으로 높이가 11.5미터에 이름. 1252년 주조.

11 요사노 아키코与謝野晶子, 1878~1942. 정열의 가인歌人으로 메이지 낭만주의의 새시대를 엶.

12 일본 고유의 짧은 시가를 가리키는데 주로 5·7·5·7·7의 서른 한 음절 형태를 일컬음.
이 장면과 관련하여 가마쿠라 대불 옆에는 '가마쿠라여 부처님이긴 해도 석가모니는 여름철 나무 속에 미남이시로구나かまくらやみほとけなれど釈迦牟尼は美男におわす夏木立かな'라는 아키코의 와카가 새겨진 비석이 있음.

절이 있어서 스님과 나이 어린 중이 살고 있다. 스님은 어떤 손님들인가 궁금했는지 다가와서 계속 인사를 한다. 말이 통하지 않으니 요컨대 무언극이다. 노공들은 좀처럼 도착하지 않는다. 도중에 주저앉았을 지도 모른다. 주저앉는다면 큰일이다. 저 거구를 업고 산을 내려갈 수도 없는 노릇이니까. 불안하게 기다리고 있노라니 숨을 헐떡헐떡 하면서 겨우 안착했다.

"약속대로 설명을 부탁드립니다."

"돌아가는 길에 경주에서 신라 그릇이나 기와를 사갈 생각인데 들어 줄 텐가?"

"어쩔 수 없지요. 증서를 써 두겠습니다."

"어디 보자. 역시 그렇군. 흐음."

"감탄만 하고 계시면 저희는 알 수가 없지 않습니까."

"음. 이 정도까지는 아닐 거라고 생각했지. 아무래도 너무 광대하구먼. 이야……, 대단해."

"그뿐입니까?"

"일단 전체적으로 계속 둘러보지."

"인왕상도 좋군. 보살여래의 이 곡선은 뭐라 표현할 수가 없어. 이렇게 육체의 선을 드러내는 것이 신라불상의 특징이네."

"그렇군요."

"관세음이 걸작이야. 어두우면 확실하게 보이지 않아. 아무래도 웃음을 짓고 있는 것 같지만 위엄도 갖추고 있지. 교묘한 부분이 바로 이런 측면이야."

"그런가요?"

"다시 한 번 본존부터 보자고."

"몇 번이라도 좋습니다."

"젊긴 젊구면."

"미남이네요."

"살집 붙은 정도가 딱 좋아. 안광과 입을 다문 균형도 잘 잡혀 있지. 이 정도나 되는 큰 석상을 조각하는 게 쉬운 일이 아니야."

"옆얼굴이 아주 좋아 보여요."

"자비심의 발로라 할 수 있지. 면모, 자세, 수법, 나무랄 데가 없는 것 같아."

"보살여래를 빼면 조금 기이함이 흐르는 기분이 드는군."

"약간 익살스럽군요."

"사천왕은 훨씬 별로야. 그 제자가 만든 것 같아. 불당 안의 팔체八體의 얕게 돋을새김을 한 좌상이 보이지 않는 게 유감이구면."

"이 정도 보고 돌아가지요."

"한 번 더 둘러보자고."

"사색을 하며 왔다갔다 도저히 떠날 수가 없으신가 봐요? 황홀해서."

"춥다, 추워. 못 견디게 추워졌어. 내려가자고."

토함산을 내려간다. 내려가는 길은 빠르다. 저녁의 장막이 쓸쓸한 산 사이를 둘러친 무렵 호텔에 도착한다.

신축 건물, 조용하고 한가한 풍경, 수정 같은 샘물. 마음에 들었다. 깨끗한 목욕탕에서 땀을 씻고 한잔 기울인 다음 취기에 잠들었다.

## 다섯 ••

경주행 자동차는 한 대밖에 없다. 노인들을 이 차에 태우고 젊은 사람들은 그 경편열차로 간다. 무덤의 도읍 경주 유람이 시작되었다. 우선 보존회의 진열관을 둘러보았다. 신라 질그릇이라는 것은 상당히 시시한 것인 듯하다. 고려청자의 발밑에도 미치지 못하는 것이지만 그저 오래되었다는 것이 그 가치인가 싶다.

기와나 벽돌이 많이도 진열되어 있다. 벽돌이라는 것은 이른바 연와煉瓦 같은 것으로 일종의 건축 재료이다. 다음은 불상에 석관, 석관에는 상당히 과장스러운 것이 있다. 작은 샘물이라도 만들 수 있을 정도이다. 그리고 왕관이나 목 주위의 장식품, 의상의 종류 모두 황금을 목표로 만들어진 것을 보니 금을 귀중하게 여겼던 점은 옛날과 지금에 변함이 없는 것으로 보인다. 그밖에 묘지에서 파낸 잡다한 것들이 진열되어 있다. 요컨대 모두 천 년 이상 된 것이라는 점이 자랑거리이다. 고고학자라든가 역사가라든가 내지는 취미로 골동품을 좋아하는 사람들에게는 어울릴 것들 투성이지만, 우리가 보기에는 돼지에게 진주나 마찬가지 격이다.

안내자에게 이끌려 반월성에 올랐다. 야트막한 언덕 일대에 여름 풀이 무성히 자라 있다. 석빙고라는 곳에 들어가 보았다. 천정이 둥근 혈실穴室 속에 여름에 얼음을 저장해 두었다니 당시의 호사스러움에 생각이 미친다.

이 언덕 건너편에 계림鷄林이라는 곳이 있다. 무언가 유래깊은 고사故事가 있다고 하는데 모두 만들어낸 이야기에 틀림없다. 계림팔도의 본가라고 한다. 이 계림에서 오른쪽은 일대가 평지로 지금은 벼와 기장이 잘 자라고 있는 밭인데 신라 시대 당시의 마을 경계로 보이는 구획이 확연하다. 꽤나 큰 시가지였던 듯 큰 기반석이 곳곳에 굴러다니는 것을 보니 지금의 꿈같은 집과는 취향이 달랐던 것 같다.

첨성대라는 천문대가 있다. 커다란 도가니와 같은 모습을 하고 있다. 이 널따란 분지의 천문을 바라보기에 적절하다. 경주는 일대 분지로 나라를 세우는 왕들이 좋아할 만한 지형을 이루고 있다. 그리고 옛날의 소위 천문행성은 인심을 모으기에 가장 강력한 재료로서 이용되었을 것이다.

반월대를 떠나 임해전의 성터를 보았다. 앞마당과 뒤뜰에서 볼 수 있는 것처럼 안압지는 인공의 놀이터이다. 지금은 황폐해져서 줄이나 갈대가 겹쳐 자라 있을 뿐이지만 그 옛날에는 새 모양을 한 놀잇배를 띄우고 예쁜 기녀가 가는 허리로 춤추는 모습이 어렸으리라.

그리고 나서 분황사로 가 석탑을 본다. 볼 것 없는 탑이다. 쓸데없이 마을 참새들의 둥지가 되었을 뿐이다. 이곳 여래불은 정말 아니다. 이런 불상도 있으니 다른 것이 돋보이는 것이다.

무열왕의 무덤이나 무슨무슨 무덤, 무덤을 도는데 끝이 없다. 노인들과는 12시에 정거장 앞 찻집에서 모이기로 되었다. 왠지 날씨도 수상하다. 대강 철수하기로 했다.

시바타柴田 여관 지점에 노인들이 점심 먹을 준비를 하고 기다리고 있었다. 자기들은 자동차를 타고, 젊은 사람들을 걷게 한 것이 조금

불쌍했는지 꽤나 대접을 하려고 한다. 향어 소금구이에 술을 한 잔
했다. 이것으로 경주 구경은 끝났지만 앞으로가 문제다.

"울산과 포항을 보고 귀경할까?"

"지금까지로 충분해. 곧바로 돌아가지. 집에서 끓여주는 된장국이
먹고 싶어."

"하하아, 알겠어. 곧장 돌아간다고 치면 기차 사정이 어떻게 되는
거야?"

"밤기차를 타야지."

"또 누에고치 상자 같은 침대칸이야? 그건 이제 질색이야. 유성으
로 갑시다."

"대전을 밤 12시에 자동차로 출발하는 건 무모하지 않아?"

"그럼 아예 동래로 갈까?"

"그래도 이럴 때 더 남쪽으로 가는 건 재미없어."

"역시 유성이 좋겠군."

"연락이 잘 될까?"

"역장에게 부탁해서 전화를 걸어 달라고 하지."

"K에게 좀 나서 보라고 해. 어떻게든 될 거야."

대구에서 다시 지겹게 몇 시간을 기다렸다가 밤 11시에 대전에

도착했다. 전화로 미리 준비를 부탁한 십인승 차를 타고 유성으로 향했다. 하지만 이 자동차가 도중의 논길 한가운데서 불이 꺼지고 말았다. 운전수가 아무리 고쳐보려 해도 효과가 없었다. 이런 데에서 꼼짝달싹 못하게 되면 머리도 꽤나 돌아가지 않는 법이다. 멍청하게 있다가 K 녀석은 호되게 당한다.

"운전수! 이둠 속을 달려. 익숙한 길이잖아. 뒤집어지면 뒤집어지는 거지."

"좋습니다. 그렇게 합시다."

"이봐, 무모한 짓 그만 둬."

"목숨이 아까운 사람은 걸어가라고."

어둠을 가로질러 자동차는 나아간다. 때때로 정체를 알 수 없는 다리를 건너기도 하고 절벽을 따라 달리기도 한다. 몇 번인가 식은 땀을 흘리던 사이에 겨우 유성온천에 도착한다. 그래도 숙소 사람들이 깨어 있어서 반가웠다. 얼른 온천에 뛰어들었다.

"거 참, 목숨은 건졌어."

"이런 여행 처음이구먼."

"하지만 결국 다 될 대로 되는 법이지. 마침내 이렇게 깨끗한 온천에 들어올 수 있게 됐으니까."

"물이 아주 좋아."

"좋은 온천이야. 게다가 설비도 좋군."

"어쨌든 철도가 뒷받침 해 주니까."

"다음엔 마누라를 데려와야겠어."

자동차 건으로 파랗게 질렸던 일은 다 접어 두고 기분이 좋아져서 이런 말들을 나눈다.

온천을 나올 무렵 먹을 것이 차려졌다. 일행 외에 숙소의 손님은 없는 것 같았고, 들판에 한 채 서 있는 단독 건물이니 거리낄 것 없이 술을 마신다.

여종업원 중 한 명은 나이가 얼추 되는 할멈으로 어디에서 배웠는지 정말 말을 잘 한다. 꽤나 입이 험한 사람들을 앉혀놓고 혼자 대답을 다 한다. 이른바 산전수전 천 년 쯤 겪은 듯 더구나 매우 품위가 없다. 어떻게든 이 할멈을 떼어 놓으려고 술병 추가를 주문하거나 향을 피울 재료를 가지고 오게 시켜보지만, 젊은 종업원을 부리고 자기는 전혀 일어서지 않는다. 다음 날 아침 누군가가 장지문에 종이를 붙였다.

"이러면 할멈이 출입을 못하겠지."

그러나 아차, 이것으로 안심이라고 생각한 것이 이쪽 잘못이다.

아침 식사 때 변함없이 할멈이 와 있다.

"손님, 종이가 붙어 있네요."

"봤소?"

"봤지요. 여기에 오는 손님 중에는 현관에서부터 할멈 금지라고 말하며 들어오는 사람도 있는데요."

"그렇소?"

"그래도 괜찮아요. 그게 당연한 일이니 아무렇지도 않답니다."

"할멈이 이 숙소에 있으면 손님이 줄어들걸?"

"줄어도 상관없고요."

도저히 손 쓸 방법이 없다. 하지만 할멈만 빼면 상당히 괜찮은 온천이다. 오늘은 대전을 돌아다니려고 했지만 그냥 여기에서 지내자고 이야기가 되어 여유 있게 뒹굴뒹굴 온천 기분에 푹 휩싸여 하루를 보냈다. 또 십인승 자동차 신세를 지고 대전에서 몇 시 몇 분인가 기차를 탄다. 경성에 도착해 보니 정거장은 인산인해를 이루고 있다. 인산인해 속에는 요염한 여자나 서민 마을 아가씨, 여사무원으로 보이는 사람들 등등 여성들이 많이 섞여 있다. 남자는 돈도 힘도 없어 보이는 자들이 많다. 물론 우리를 마중 나온 것은 아니다. 무슨 일일까 생각하고 있자니 기차에서 묘한 사람들이 튀어나왔다.

개찰구를 나오고 나서 환영인파인지 구경꾼들인지 어마어마한 사람들이 모였다. 쓰마사부로[13]라는 사람 일행이 이 기차에서 내렸다는 것이다. 경주는 무덤의 도읍이지만 경성은 인간냄새 짙은 도읍이다. 집으로 돌아와 아내의 얼굴을 본다. 변함없이 뿌루퉁한 얼굴이지만 이것으로 이번 여행도 끝을 고하는 바이다.

13  반도 쓰마사부로阪東妻三郎, 1901~1953. 일본 가부키 배우이자 미남 영화 배우.

# 야스安 씨

"대장 있습니까?"

라고 때 아니게 큰 목소리를 내며 온다. 대부분은 거나하게 취한 상태로 때로는 왼쪽 손에 빈 술병을 들고 있을 때도 있다. 이것이 시시한 목공 일을 하는 야스 씨이다. 나를 대장이라 부르는 것은 이 야스 씨밖에 없고, 근처 이웃에 울려 퍼질만한 큰 목소리를 내지르기 때문에 아무리 잠들어 있더라도 '아이쿠, 왔군' 하고 생각할 수밖에 없는 노릇이다.

야스 씨가 오면 한밤중이라도 으레 한 잔 내놓게 되었다. 약간 귀찮기는 하지만 좀처럼 볼 수 없는 깔끔한 성격으로 인간미를 발휘하는 사람이니 참는다.

\* \* \*

야스 씨는 스스럼도없고 잔걱정도 없이 오자마자 떡하니 책상다리를 하고 앉는다. 아무리 추워도 허리 아래는 달라붙는 작업용 바지 한 벌로 버틴다. 너무 늦어서 불난로에도 불이 없을 때에는 '좋아, 해 볼까' 하며 가벼운 몸놀림으로 서서 익숙한 손놀림으로 부엌에서 야스 씨 혼자 준비를 한다. 여하튼 10분도 지나지 않아 숯불을 활활 피워 술을 데우고 뭔가 안주거리를 찾아온다.

"대장, 다 됐소."

하는 식이니 어느 쪽이 손님인지 알 수가 없다. 그 다음 홀짝 홀짝 마시는데 이 사내와 마주 앉아 있으면 한 시간이고 두 시간이고 지겹지가 않아서 희한하다. 그렇게 수다를 떠는 편도 아닌데 말하는 것이 대부분 기상천외하며 더구나 무리가 없고 만들어낸 것도 아니어서 아무리 시간이 지나도 싫지가 않다. 노래를 시키면 뭐든지 부르면서도 허가가 없으면 독단으로 시작하지는 않는다. 때로는 빨리 집에 가게 하고 싶을 때도 있다. 이럴 때는 손 쉽다.

"이봐, 꼬마가 기다려."

라고 말을 건넨다. 그러면 다 제쳐 두고,

"잘 있으시오."

한다.

야스 씨는 올해 서른다섯이라 한창 일할 나이이다. 어릴 적부터 훈련된 목수라 설계도 하고 도면도 그린다. 우두머리 목수가 될 실력도 있지만 그냥 평범한 목수에 안주한다. 결코 영리영달을 바라지 않는 것이 야스 씨 성격이다. 야스 씨는 행복한 편이 아니다. 5년 정도 전에 아내를 잃고 다섯 살이 된 아들과 둘이 산다. 일 하러 나갈 때에는 아들을 옆집 아주머니에게 부탁하고 나오는데, 하루 종일 아들만 생각하며 자식 걱정에 날을 지새운다. 하지만 술을 마시면 그걸 완전히 잊고 밤이 늦어진다. 그러다 퍼뜩 정신을 차리고는 쏜살같이 집으로 돌아가 세상모르고 자고 있는 아들에게 네다섯 번 고개를 숙이며 사과한다. 너무도 모순되지만 사실은 어떻게 할 수도 없는 일이다. 매일 얄은 후회를 되풀이하는 것이 그의 인생이다.

\* \* \*

야스 씨는 여섯 자 쯤 되는 몸집 큰 거구라서 느릿느릿할 것 같지만 그렇지가 않다. 기민함에 있어서는 원숭이와 비슷하다. 꽤나 사람 좋은 측면도 있지만 싸움 또한 대단히 좋아해서 평균 하루에 한두 번은 남과 충돌하는 것을 일과로 삼고 있다. 아무리 봐도 모순투성이인, 이해할 수 없는 인간이다.

\* \* \*

야스 씨는 자주 여러 가지 것을 품에 넣어 가지고 다닌다. 작업복 앞주머니에서 묘한 것을 끄집어내는가 싶더니 그것이 방안을 기어 돌아다닌다. 잘 보니 일종의 게인데 그것을 한 움큼 꺼낸다. 꿈틀꿈틀 사방으로 기어다닌다. 기분 나쁜 짓을 한다.

"대장, 할까요?"

"할까요, 라니 그런 건 못 먹어."

"그래요? 일단 한 번 요리를 해 볼게요."

야스 씨는 그것을 움켜쥐고 부엌에서 덜그럭덜그럭 무얼 한다. 곧 구운 된장 같은 것을 가지고 나온다.

"대장, 한 번 맛보시지요."

라고 하기에 내키지 않지만 젓가락을 대보니 과연 참을 수 없는 굉장한 맛이다. 풍미며 혀에 느껴지는 감촉이 천하의 진품이다.

때로는 짚으로 된 꾸러미 같은 것을 들고 올 때도 있다. 안에는 이름도 모를 벌레들이 꿈틀꿈틀 하고 있다. 뱀이나 개구리는 나은 편이다. 말벌 유충, 물여우, 잠자리 벌레 등 징그러운 것들만 가지고 온다. 그런데 그것들이 불가사의하게 좋은 맛으로 변한다.

최근에는,

"대장, 안 하실래요?"

라는 말이 별로 무섭지 않아졌다.

"어디에서 이런 것만 찾아서 가지고 오는 거야?"

라고 물으면 일터에서 손에 잡히는 대로 잡아온다고 한다. 뭐든 살아 있는 것이라면 못 먹을 게 없다는 것이 그의 지론인 것 같다.

\* \* \*

어느 날 야스 씨가 평소처럼 찾아왔다. 책상다리를 하고 앉는 것을 보니 작업복 앞주머니가 눈에 띄게 불룩하다. 아하, 또 뭔가 가지고 왔구나 싶어 쳐다보는데도 좀처럼 꺼낼 기색이 없다. 결국 이쪽에서 말을 꺼냈다.

"그거 뭔가? 앞주머니가 툭 튀어나와 있는데."

"헤헤, 뭐가요?"

"꺼내보면 되지. 또 뱀인가? 두꺼비?"

"그런 거 아닌데요."

"뭐냐고."

"별 거 아닌데, 오늘 일하던 곳 뚝방 구멍에서 발견했어요."

마지못해 꺼내놓은 것은 의외로 주둥이가 달린 도자기다.

"오늘은 여느 때와는 다른 거로군. 어디 좀 보여주게."

"이건 못 먹습지요."

꺼낸 것을 잘 보니 훌륭한 고려청자다. 생동감 있는 청자로 뭐라 말할 수 없는 부드러운 색채를 띠고 있다. 특별히 뉴$^{new}$하게 튀는 부분도 없고 완벽하다. 아무래도 고려 것이라 보기에 너무 훌륭하다. 지나支那에서 옛날에 건너온 것 같다. 야스 씨가 발견한 것으로 보기에도 너무 잘 만들어진 것이다.

"훔쳐 온 거 아냐?"

"제가 대장도 아니고. 아직 도둑질만은 안 하고 삽니다."

"이게 뭔지 알고 있어?"

"아들 오줌 누는 통으로라도 할까 싶어서요."

"요강으로 쓰기에는 아깝지. 고려청자라고."

"뭔지 모르겠지만 대장이 갖고 싶다면 줄께요."

"나중에 다시 받겠다고 오지나 말게."

"이래 봬도 불알 달린 사내 야스요. 일단 준 것을 다시 뺏는 치사한 놈이 아니라오."

"그래, 그럼 한 잔 주지."

평소 하던 대로 한두 시간 있다가 기분 좋게 돌아갔다.

다음날 흙투성이의 청자를 잘 씻어 보니 상당한 진품이다. 옛날에 물 건너온 것으로 시가가 정해졌다. 그렇다고 쳐도 어째서 이런 것이 굴러다니고 있었는지가 이상하다. 결국 발굴한 곳과 교섭을 하여 내 것이 되었지만 왠지 야스 씨를 속인 듯한 마음이 들어 견딜 수가 없다.

\* \* \*

야스 씨가 또 왔다.

"야스, 요전번 그 오줌통은 대단한 것이던데 내가 가져도 되겠나?"

"대단한 거라면 발견한 보람이 있네요. 대장이 나를 지켜주니까 하늘에서 내려 왔구먼요."

"그래?"

"대장, 오늘은 복어 가지고 왔어요."

"복어는 됐네."

"그러지 말고 한 번 드셔보시지요."

요즘 같은 때에 복어를 먹는 것은 내키지 않았지만 어쩔 도리가 없다. 야스 씨는 복어를 배불리 먹고 춤을 추더니 돌아갔다. 야스 씨는 새장가도 들지 않고 언제까지 저렇게 살아가려나.

<br>

# 쟁琴과 샤미센三味線

'쟁 샤미센ことしやみせん'이라고 쓰인 간판을 '올해 안 보여주리今年や見せん'로 읽은15 황당한 자도 있지만 올해는 보이지 말아야 할 것을 좀 보고 싶은 기분이다. 어쨌든 쟁과 샤미센은 자매나 마찬가지이다. 어느 것이 언니이고 동생인지 몰라도, 몸집으로 보자면 쟁은 지게꾼을 고용하지 않으면 운반도 할 수 없는 물건인데, 샤미센은 휴대가 매우 편하다. 기생을 따라 샤미센을 들고 다니는 남자가 옷 뒷자락을 허리춤에 넣고 어깨로 살짝 든 그림만 봐도 간단하며, 샤미센 대를 담는 가죽 가방은 약상자 같기도 하다. 이런 것으로 보면 쟁이 언니처럼 보이지만 과연 그럴까?

\* \* \*

14 세 개의 현으로 된 일본 고유의 현악기로 네모난 동체 양쪽에 고양이 가죽을 댐.

15 당시 표기로 '쟁 샤미센'은 '고토시야미센'이고 '올해 안 보여주리'는 '고토시야미센'이어서 발음이 같음.

61

쟁은 나프탈렌 같은 것으로 벌레가 끼는 것을 예방하는 상자에 곱게 모신 딸처럼 여겨지지만, 샤미센은 문호개방의 예기藝妓를 떠오르게 한다. 뒤에는 숲이 있고 삼목 산울타리를 예쁘게 깎아 다듬은 안에 흙벽으로 만든 창고가 세 채 늘어서 있다. 큰 인력거도 돌릴 너른 마당이 있는 안채 건너편 나무 심어 놓은 곳 안쪽 방에서 흘러나오는 쟁 소리는 잘 어울린다. 쟁 주인공은 열 예닐곱의 아직 피지 않은 꽃봉오리 같은 소녀가 좋겠다. 웅성거리는 삼 층짜리 요정의 긴 안쪽 복도를 지나 막다른 곳에 있는 두 평 남짓한 공간에 콧날이 오똑한 예쁜 기생이 안은 홍목紅木이나 흑단黑檀으로 만든 가는 샤미센대, 둥글게 만 손등을 보이며 요염하게 나긋나긋하게 잡은 상아의 술대, 조용히 흐르는 도키와즈常磐津16 같은 것에 아주 잘 어울린다. 쟁이 열 일고여덟인 데에 반해 샤미센 주인공은 이십대 후반이었으면 좋겠다.

16 도키와즈부시常磐津節의 줄임말로 이야기 가락의 한 유파. 도키와즈 모지타유常磐津文字太夫, 1709~1781가 창시하여 그의 이름을 따서 붙였으며 가부키歌舞伎 무용의 반주 음악으로 발달함.

* * *

쟁은 동나무로 만든 등과 배, 열세 개의 현이 주요 부분으로 큰 것에 비해 구조는 간단하다. 재료도 오래

된 동나무를 귀히 여기는 정도에 머문다. 현 기둥이나 가조각假爪角17도 그렇게 깊이 새겨 넣을 필요는 없는 것 같다. 하지만 샤미센에 이르면 크기는 작지만 각 부분의 구조가 꽤나 성가시다. 샤미센의 주요 부분은 대와 몸체이지만 대는 홍목을 최상급으로 치고 단목이 그 다음이다. 모과나무, 철도목鐵刀木은 몸체의 주요부분을 이룬다.

품행이 단정치 못한 그저 그런 여인네가 가지고 있는 것은 대부분 대나 몸체가 떡갈나무로 만들어진 것이므로 샤미센 맛이 안 난다. 몸체를 덮은 가죽에 이르면 이것이 음미해야 할 가장 중요한 골자이다. 샤미센 가죽이 고양이 가죽이라는 것은 누구나 알고 있지만 고양이에도 여러 종류가 있다. 샤미센 가죽에 적합한 것은 은퇴한 노인장이나 첩, 또는 아이 대신 기르거나 하는 삼색털 고양이를 최상급으로 친다. 대가 두꺼운 것에는 늙은 고양이를 사용하지만 얇은 대에는 봄에 처음으로 교미한 것을 초가을에 가죽을 벗긴 것을 최고로 친다. 생선 가게의 고양이, 들고양이 등은 도저히 사용할 수 없다.

\* \* \*

고양이 가죽을 공급하는 자는 고양이 사냥꾼인데, 그

17 쟁이나 비파를 탈 때 줄을 짚기 위해 오른손 손가락에 끼우는 뿔로 만든 두겁을 일컬음.

들은 사람이 아끼며 키우던 고양이를 기꺼이 데려간다. 세상 풍파를 겪지 않은 고양이는 속이기 쉽고 낚기도 쉬운데다가 가격은 비싸니 일거양득이다. 다만 고양이를 도둑맞은 노인장 쪽의 비탄은 끝도 없이 깊다. 이렇게 마련된 고양이 가죽은 네 젖꼭지라고 하여 복부를 드러내는 쪽 가죽으로 하고 그 네 젖꼭지가 균등한 것을 최상으로 친다. 등가죽은 안쪽 가죽에 사용한다. 그렇게 해서 진정한 샤미센이 만들어진다. 그 방면에서 함부로 몸을 굴리는 기생의 것은 대부분 개의 가죽이 대신 사용된 것 같으므로 네 젖꼭지 자국이 없다. 따라서 미묘한 음색이 나오지 않아 판자를 두드리는 것이나 별반 차이가 없다.

늙은 고양이의 가죽을 사용하는 굵은 대 샤미센은 기다유義太夫18에게 적합하고 늙은 기생이 연주하는 것이 적절하며, 첫 교미한 고양이 가죽을 사용하는 얇은 대의 샤미센은 기요모토19, 도키와즈에 적절하고 요염하며 생기 있는 연령이 연주하는 것이 어울린다.

\* \* \*

18 이야기 가락의 한 유파로 다케모토 기다유竹本義太夫, 1651~1714가 창시한 것에서 이름을 땀. 샤미센 반주로 이야기를 엮어 나감.

19 기요모토부시淸元節라고도 하며 에도 시대부터 내려온 이야기 가락의 하나. 기요모토 엔주다유淸元延寿太夫, 1777~1825를 원조로 하며, 이야기 가락 중에 가장 화려하고 멋들어진 말투, 기교적 고성을 특징으로 함.

이러한 구조로 말하자면 쟁이 샤미센의 언니라고 할 수는 없을 것이다. '코로린샨일본의 의성어'은 쟁의 대표음이고 '펜샨은 샤미센의 종합음이다. '코로리샨은 매우 연약하고 불안한 느낌이지만 '펜샨은 고집이 센 풍으로 느껴진다. 서툰 쟁 솜씨를 흉보는 형용은 '바탄쿠탄'이지만 샤미센이 서툴면 '보칸보콘'이다. 열세 줄 쟁의 음계는 좁지만 세 줄 샤미센의 음색이 풍부하고 음계가 넓은 것이 세계적으로 유례가 없다.

아홉 자 두 칸짜리 쓰러져 가는 집에서 쟁 소리가 나는 것은, 속악하다는 점에서는 수자繻子20로 된 옷깃에 머리를 높게 올린 아가씨에게 어울리지만, 샤미센은 퉁소와 마찬가지로 장소와 공간이 크게 상관없다.

반거문고半琴라는 것이 있다. 젊은 남녀가 반거문고와 바이올린을 같이 가지고 돌아다니며 구걸하는 모습을 마주하게 되면 타락의 끝이 무엇인지 생각하게 된다. 깊은 밤거리를 전전하며 걸어 다니는 신나이新内21라는 여자는 남편과 사별한 불행한 여인을 그리게 한다.

쟁은 우아하고 샤미센은 품위가 없다고 누가 평가했는지 몰라도, 그것은 어쩌면 연주하는 사람들의 죄이지 악기 자체에서 나온 이야기는 아닐 것이다. 악기라는

20 새틴.

21 이야기 가락의 한 파로 남녀의 정사를 소재로 하며 일찍부터 연회 자리에서 연기됨.

65

점에서 말하자면 쓸데없이 크고 미묘한 맛이 없는 쟁과 가볍고 편리하며 미묘함이 끝도 없는 샤미센은 비교가 되지 않는 차이가 있다. 따라서 쟁은 백인일수百人一首22의 딱지처럼 소녀 시절에 한정되는 것이다. 샤미센은 그렇지 않아서 주름이 쪼글쪼글한 할머니들이 옛날 솜씨를 발휘해도 결코 밉지 않다.

앞으로 구부린 자세로 켜는 쟁 주인공은 가냘프고 어깨에 힘이 없으며 호흡기병 계통에 걸린 미인이 어울린다. 몸을 뒤로 젖혀서 켜는 샤미센은 절구 크기만한 엉덩이에 풍만하고 둥글둥글한 무릎을 가진 이라도 상관없다.

* * *

쟁의 선조는 이쿠타 겐교23, 야마다 겐교24 두 사람이라 해도 좋을 것이다. 두 사람 모두 샤미센 명수로 그 미묘한 점을 응용하여 많은 쟁곡箏曲을 만들었으므로 아무리 쟁곡이 곱고 우아하다고 한들 샤미센의 분가 격이니, 여동생 역할이 될 수밖에 없는 신세를 면치 못한다.

(이상 엄인경 역)

22 일본의 대표적인 가인歌人 100명의 와카和歌 한 수씩을 모은 것으로 주로 오구라小倉 백인일수를 일컬음. 에도 시대 이후에는 딱지처럼 만들어 정월의 놀이로 삼음.

23 이쿠타 겐교生田檢校, 1656-1715. 에도 시대 중기에 쟁곡箏曲을 만든 인물. 겐교란 맹인에게 부여하는 최고의 벼슬.

24 야마다 겐교山田檢校, 1757~1817. 에도 시대 후기에 쟁곡을 만든 인물.

# 대굴대굴 잡기雜記

*하나* ••

유위전변有爲轉變25은 자연의 당상當相이다. 자연의 일부인 인생 요소 마음이 일정하지 않는 것도 어쩔 수 없는 이치인 것이다. 남자의 마음은 고양이 눈동자처럼 변하기 쉽다고 한다. 여자의 마음도 가을 하늘처럼 변하기 쉽다고 한다. 남자와 여자 외에 인간은 없다. 따라서 인간의 마음은 대굴대굴 굴러간다. 어디까지라도 대굴대굴 굴러가는 것이 인간의 마음이다. 마음이 모인 인생은 자연의 허상虛像이라고도 할 수 있을 것이다.

△ 대굴대굴 굴러가는 인간의 마음은 한편에서 보면 절조 없고 정견定見 없고 타락한 것일 것이다. 또 다른 한편에서 보면 이는 진보이고 향상이고 개조라고 할 수

25 불교용어로 세상의 모든 사물은 인연에 의하여 이루어지고 항상 변하여 잠시도 가만히 있지 아니함을 의미.

67

있다. 아니, 변화의 종류가 다르다고 생각하는 사람도 있겠지만 이 것은 단지 이론에 불과하다. 관점에 따라 다른 것이다.

△ 젊을 때의 마음은 단순하다. 솔직하다. 무슨 일에도 요령 있고 철저하고 동시에 과격하고 극단적이다. 그런데 복잡한 마음이 모인 세상은 요령부득이고 철저하지 않고 회색으로 종잡을 수 없어 좀처럼 정리가 되지 않는다. 이러한 영역 내로 젊고 순결한 마음이 들어가면 대굴대굴 굴러가지 않을 수 없게 된다.

△ 세상에서 '재자才子'라든지 '재간꾼'이라 불리는 사람은 대부분 대굴대굴 당黨이다. 물론 어쩔 수 없이 대굴대굴 구르는 사람도 있겠지만 아주 성질이 나쁜 대굴대굴 당도 많다. 인간의 가치로 보면 상당히 걱정스러운 무리들이나 스스로는 원만활탈圓滿滑脱26하다고 칭한다. 처세법의 비결도 깨달아서 어디까지고 한없이 굴러갈 기세이다. 그러나 둥근 것이 반드시 상도常道를 쉽게 굴러갈 수 있는 것은 아니다. 오히려 이들 무리 가운데에는 탈선 그룹이 많다. 하루 아침의 영화는 이들의 반려자인 것이다.

△ 대굴대굴 당이 대항하는 것에 질실강건質實剛健27 파派가 있다. 굴러갈 때도 삐걱거린다. 사교에는 매우 졸렬하고 모임 등에 나가도 재치 있게 대처하지 못하고

26 말을 하거나 일을 처리하는 데 있어 모나지 않고 여러 가지 수단을 써서 잘 헤쳐 나간다는 의미.

27 내실이 충실하여 꾸밈이 없고 심신 모두 건강하다는 의미.

68

제대로 말도 못한다. 대개는 손해만 보고 살아가는 인종인 것이다. 덴포전天保錢28이라든가 우직하다든가 하는 것은 이와 유사한 종류이다. 그러나 이런 종류에는 아주 인간 냄새가 난다는 장점이 있어서, 세상에서 질실강건파가 품절되지 않는 것은 이상하지만 다행이다.

△ 세상에는 아주 역겹게 변하는 무리들이 상당히 많다. 마음에도 없는 칭찬을 하기도 하고 그럴싸한 얼굴표정으로 책략을 농弄하기도 한다. 권모술수라는 비법을 써서 다른 사람을 계략에 빠뜨리기도 하지만 표정은 의기양양하다. 이런 무리들이 질실강건을 본다면 모두 바보 멍청이로 보인다. 이러한 종족의 선조는 아마도 남 등쳐먹는 놈이거나 소매치기일 것이다. 그런데 근래에는 이러한 무리들이 아주 번창하고 있는 상황이다. 경찰, 재판관, 변호사 등은 이런 무리들 덕분에 할 일이 있다.

△ 순후중정醇厚中正29이라는 말이 최근 유행하고 있는데 말은 있으나 실물은 좀처럼 볼 수 없다. 요즘 세상에서 편협하지 않고 굴하지 않으며 중용을 지켜서 탈선하지 않고 게다가 무게감 있는 생활을 하는 것은 아주 어려운 일이다. 만일 요즘 세상에서 진정으로 정도正道를 굴러가는 것이 있다면, 그것은 진귀한 것 중에 진귀한

28 에도시대 말기에 만들어진 화폐. 메이지시대 들어 새로운 통화제도通貨制度에서도 통용되었기 때문에 신시대에 뒤쳐진 사람이나 적응 못하는 사람을 비유하여 덴포전이라 함.

29 인정이 두텁고 어느 한쪽으로 치우치지 않아 공정함을 의미.

것이라고 말하지 않을 수 없다. 젊고 순수한 마음이 여러 가지 색채를 띠며 대굴대굴 굴러가는 것도 어쩔 수 없는 상황이다.


둘 ··

세상에 석부견길石部堅吉30 당黨이라는 것이 있다. 만사 돌다리를 두드려서 건넌다는 주의이다. 빌린 돈의 보증은 물론이고, 친구가 조금이라도 좋으니 2개월 정도 돈 좀 빌려달라고 부탁해도 연대 보증인을 두 사람이나 세우지 않으면 빌려 주지 않겠다고 한다. 달콤한 이야기를 꺼내 보여도 삼일 밤낮을 생각해 보지 않으면 답을 주지 않는다. 어렸을 때부터 신산辛酸을 맛보면서 일심불란으로 일한 결과, 오늘날에는 그럭저럭 제몫 이상의 생활을 하는 작은 입지전立志傳 속의 인물이라고도 할 수 있기 때문에 무리도 아니다. 그런데 웬일인지, 어떻게 심기일전했는지, 최근에는 홍등녹주紅燈綠酒를 즐기기 시작해서 집에 붙어 있지 않는다. 부인의 존재도 개의치 않고, 아마도 몸값을 치르고 기생을 빼내어 담 너머로 소나무가 뻗어 있는 집에 좋은 서방 행세를

30 상당히 성실하고 견실한 사람을 이르는 말. 특히 여색을 멀리하는 사람을 일컫는데 융통성이 없는 사람을 의미하기도 함.

70

하며 몰래 앉혀 놓았다는 소문이다. 사람은 겉모습으로는 알 수 없는 법이다. 중년의 도락道樂은 끝나지 않았는지, 이제 재산을 탕진하면 다 끝이라는 주변의 마지막 조언을 듣지 않는다는 이야기이다. 마음의 대굴대굴도 여기까지 온다면 철저한 것이다.

△ 무엇을 하더라도 오래가지 않는 사람이 있다. 회사원, 은행원에서 관리도 했다가 장사도 해보나 잘 되지 않는다. 주식도 사서 한밑천 잡아보려 하지만 김칫국부터 마신 격이 되고, 지금은 간호부를 부인으로 맞이하여 빈둥거리고 있다. 그를 아는 사람은 어디를 보나 재주 많은 남자라고 아깝다고 말하지만 그 잔재주가 오히려 몸을 그르치는 것이다. 잔재주에 의지해서 제대로 대굴대굴 구르기 때문이다.

△ 하루에도 몇 번씩 날씨처럼 변하는 사람이 있다. 아까는 부처님처럼 싱글벙글 하다가도 기후가 급변하여 갑자기 염라대왕의 얼굴이 된다. 또 바짝 마른 전복 같은 표정을 한다. 점점 격해지면 접시를 던져 부인의 귀싸대기를 쳐서 넘어뜨린다. 그런가 하고 보면, 폭풍이 잠잠해진 후에는 무슨 일이 있었냐는 듯 처와 화목하게 이야기를 나눈다. 이런 사람일수록 기분이 좋을 때는 사람들이 부탁하는 것을 뭐든 잘 들어준다. '그래, 좋아, 좋아'라고 하면서 좋은 남편 행세를 한다. 특히 부인은 남편의 이런 성격을 잘 알고 있기 때문에

이 틈을 타서 옷가게의 외상을 다 갚아 지난 밤 얻어맞았던 아픔도 잊어버리고 말하기를, '우리 남편도 알고 보면 착한 구석이 있어'라고 한다.

△ 나는 독립독보주의로 다른 사람의 신세도 지지 않고 간섭도 받지 않는다, 그 대신 다른 사람을 돌보지도 않는다고 말하면서 뽐내는 사람이 있다. 무슨 일이든 척척 행운을 타고 온, 세상 고생을 모르는 무리들이 자주 이렇게 말하고 싶어 한다. 그러나 그의 주변을 보고 그의 생활을 생각하면 역시 무인도의 인간 같지는 않다. 여러 계급의 사람들에게 신세를 져서 똥구멍에서 나온 것까지 다른 사람의 도움을 받는 것임을 알 수 있다. 좀 변할 필요가 있다.

△ 인간 생활은 기회주의이다. 이기주의인 것이다. 자신의 상황으로부터 유신有神, 무신無神, 일원一元, 이원二元, 내지는 정신, 물질, 영육, 자력, 타력의 논의가 발생한다. 자동차의 질주에 욕을 퍼붓는 사람은 자동차를 타지 않는 사람이고 늘어뜨린 훈장을 보고 비웃는 사람은 훈장을 갖지 못한 사람이다. 노동 문제는 노동자로부터, 계급투쟁은 부르주아 계급으로부터, 여권신장은 여자로부터, 수평운동[31], 자유운동 모두 자신의 상황에서 일어난다. 인간의 마음은 어떻게든 굴러가기 때문

31 1922년 사회주의 영향을 받은 청년들에 의해 창립된 전국 수평사水平社를 중심으로 전개된 피차별 부락 해방운동.

72

이다.

△ 사람의 마음에 딱 한 가지, 언제까지나, 어디까지나, 누구에게나 공통 불변의 것이 있다. 그것은 '살고 싶다'는 생명의 욕구이다. 이것만은 절대적인 인간의 심정이다. 그런데 인간은 절대적으로 죽기 마련이다. 불가능한 것을 오히려 바라는 어리석음을 이미 합의해 둔 것처럼 생각하는 것이 인간의 마음이다. 거기에 고뇌와 번민, 보기 역겨운 추태를 연출한다. 종교는 이를 구제하는 방편이다. 죽더라도 생명이 있는 것처럼 생각하게 해 주는 것이 종교이다.

△ 마음은 다른 말로 정신이라 하고 영혼이라 칭하고 혼이라 부른다. 옛날에는 아랫배를 이용하여 '배짱 있는 사람'이나 '배에 흑심 있는 사람'이라고 했던 것이, 그 후 가슴으로 옮겨져서 '가슴에 엉큼한 생각'이라든지 '마음으로 생각한다'고 표현하는 시대도 있었다. 지금은 마음이 신체의 꼭대기에 자리를 틀고 '저 사람은 머리가 좋아'라든가 '나빠'라든가 하여 인간정가표 제작에 유용한 자료가 되고 있는 것 같다.

△ 사람이 죽은 후 마음은 어디로 이사하는 것일까? 땅 쥐처럼 땅속으로 들어가 십만 억 흙을 통과하여 개구리처럼 연꽃잎 위에라도 올라앉는 것일까? 담배 연기처럼 후욱하고 천정을 넘어 천국이라는

곳으로 귀화하여 풍선 같이 되는 것일까? 어쨌든 마음은 알 수 없는 놈이기에 비린내 나는 스님이나 가짜 선교사가 감당할 수 있는 것은 아닐 것이다.

셋 ● ●

△ 자연계의 현상도 사람의 기분을 여러 가지로 아주 잘 반영한다. '공짜라면 여름이라도 고소데小袖32'라는, 욕심이 많다는 말이 있다. 대부분은 여름에는 겨울을 잊고 겨울에는 여름을 잊어서 '여름과 겨울 중 어느 쪽이 좋은가'라는 문제는 여름에도 겨울에도 반복된다. 어제까지 가뭄을 걱정하던 사람이 오늘은 홍수를 고민한다. 인간의 의지는 어리석을 정도로 박약한 것이다.

△ 과장의 머리를 때려서 면직된 남자가 있다. '처도 있는 몸이니, 제발 처분만은 말아 달라'고 눈물을 흘리면서 애원하길래, '계속 고용할 수는 있지만 머리를 때린다면 좀 곤란하지'라고 거절하였다. 그러자 '만일 일만 하게 해 준다면 당신을 위해서 어떤 일이라도 하겠습니다. 몸이 부서져라 일 하

32 일본의 전통적인 의상의 하나로 일반적으로 겨울에 겉옷 안에 입는 옷을 가리킴.

겠습니다'라고 한다. 할 수 없이 그대로 일하게 하였다. 그런데 삼사 개월은 신통하게 일하더니 점차 원래 모습이 드러나서 때때로 홍시처럼 얼굴이 빨개져서 씩씩거리며 윗사람을 곤란하게 한다. '목구멍만 넘어가면 뜨거움을 잊는다'는 것이 인정인 것 같다.

△ '영락하여 눈물로 소매를 적실 때 사람 마음속을 알 수 있네'라는 노래는 두 가지로 해석할 수 있다. 하나는 자신이 영락했을 때 자신에 대한 다른 사람의 마음을 관찰할 수 있다는 것이고, 다른 하나는 아는 사람이 영락했을 때의 심정을 외부에서 비판적으로 본 경우이다. 두 가지 경우 모두 이 노래 대로이다. '저 남자도 돈만 있으면 멋진 서방님인데'라고 한탄하는 것도, '전성기 때는 내 앞에 납작 엎드려 머리를 조아리던 놈들도 이제 내가 영락한 것을 보더니 가까이 오지도 않는다'고 술회하는 것도 인정적이다. 요즘 사람들에게서 끈 떨어진 짚신에 집착할 정도의 마음은 찾을 수 없다.

△ 한밤중 권문세가를 출입하면서 국물을 얻어 마시는 기술을 터득한 사람은 흔하지만, 은혜에 감사해서 다른 사람을 위해 최선을 다하려고 마음먹는 사람은 아주 드물다.

△ 세상에 다이코모치幇間33라는 직업이 있다. 사람의 기분을 살피는 것이 자본이다. 흐늘흐늘 하오리羽織34에 부채 한 자루, 손으로 얼굴을 두드리며 혀를 내민다. 객석에 나가 주흥을 돋우는 것이다. 불알 달린 사람의 직업으로서는 아주 천시되고 있다. 근대인은 경쟁적으로 이 다이코모치의 수완을 익히려고 한다.

△ '부평초여, 오늘은 건너편 언덕에 피어'라는 좋은 시구가 있다. 아침에 오객吳客을 보내고 저녁에 월객越客을 맞이하는 유녀의 심정은 당당해야 할 남자에게 있어 본보기이다. 요즘에는 강기슭을 바꾸어 꽃을 피우는 것이 흔한 일이 되었다.

△ '부모가 나를 맘대로 낳아놓고 나에게 효행을 강요하는 것은 인격을 무시한 것'이라고 말하는 청년이 있다. 그러더니, 여러 사람이 합세해서 아비 없는 모임無父會이라는 것을 만들었다고 한다. 정말인지 거짓말인지 모르겠으나 이런 것에 마음이 움직이는 청년이 없다고는 할 수 없다. 부자관계가 이미 이런 상황이라면 형제, 친구, 장유 모든 질서는 파멸이다. 문화, 문화 떠드는 이면에는 이러한 타락이 얼마든지 숨어있다. 카페라는 곳은 이런 청년들의 소굴이다.

# 넷 ‥

△ 여자의 마음은 어떤 경우에나 상대에 따라 변한다는 것을 잊지 말아야 한다. 주위 사정에 따라 여러 모로 변화해 가는 것이 여자의 마음이다. 요즘처럼 유행이 널뛰기하는 것도 무리가 아니다.

△ 여학생이 극단적으로 짧은 양장 스커트를 입고 네리마練馬 무35 같은 허벅지를 45도 각도로 벌리고 전차 의자에 느긋하게 앉아 있는 태도는 자기 한 사람의 마음에서 나온 행동이 아니다. 유행의 힘이 이렇게까지 여자의 마음을 대범하게 만들었다. 여자의 운동 열기는 상관없지만 여자가 몸가짐을 완전히 망가뜨려 여자의 가장 중요한 부분을 거칠게 다루고 보호하는데 게을리 한다면, 이미 여자 마음은 멸망한 것이다. 「둥지의 새」라는 아주 외설적인 속요라도 유행하게 된다면 여자의 마음을 끌기에 충분할 것이다.

△ 203고지[36]라는 묶은 머리, 칠 대 삼으로 나눈 귀 덮는 머리형, 인두로 지진 곱슬머리에서 단발머리까지 흉내 내고 싶은 것이 여자의 마음이다. 반지, 손목시계, 로이드 안경류에서 오페라 헤드 파라솔, 죽마에 올라탄 것 같은 구두, 이 모두 유행을 중심으로 움직인다. 한심

35 도쿄 네리마練馬 구에서 나는 특산물. 크기가 커서 단무지를 만드는데 사용.

36 중국 뤼순旅順에 있는 구릉으로 러일전쟁의 격전지로 유명. 러일전쟁 이후 유행한 여성의 머리 형태를 일컫는 표현으로 사용.

한 것은 여자의 마음인가.

△ '조추女中37모집', '급사'에는 응모자가 없으나, '가정견습', '여사무원' 등, 왠지 멋져 보이는 이름을 붙이면 사람들이 슬금슬금 몰려든다. 그런데 카페의 여급만은 부담스러워하지 않는 것이 신기하기만 하다. 이 반면에는 '우리 집 하녀야. 하녀야, 이리 와'라고 하녀를 큰 소리로 불러서 일부러 자신과 격차를 두며 득의양양해 하는 사람도 있다.

△ 마을 한복판에서 전부터 면식이 있는 열일고여덟 살 되는 소녀를 만났다. 흰 분을 칠한 아주 하이칼라의 소녀이다.

"요즘 무엇을 하나요?"

"국局에서 근무하고 있어요."

"국이라니 어느 국이지요?"

"경성국이요."

"경성국의 어디요?"

"전화과지요."

"전화과에서 무슨 일을 하나요?"

"교환사무를 하고 있어요."

교환수라는 말을 사용하는 것이 싫어서 이렇게까지 번거로움을 끼치는 것이 여자의 마음이다.

37 가정, 여관, 요정 등에서 살면서 일하는 여성에 대한 일본식 호칭.

△ 정正 몇 위位, 훈勳 몇 등等, 고등관 5등, 여학교 수석교원, 이것만 늘어놓아도 요즘 여자의 허영심을 만족시키기에는 충분할 것이다. 이러한 지위를 쟁취하고 그 주변에서 빈들거리는 놈들을 눈 아래로 깔보면서 여자의 본성인 성욕과 연애를 잠시 보류해 두었다. 그러나 자부심 가득한 꿈에서 깨었을 때는 이미 올드미스라는 존칭으로 불리고 있었다. 열일고여덟 살의 꽃다운 나이일 때조차 미인과는 거리가 멀었던 것이, 반은 남성화된 요즘 자신의 얼굴을 보니 보류해 두었던 여성성이 갑자기 되돌아와 이성異性을 찾지 않았던 비애를 절실하게 느낀다. 고등관 5등이나 수석교원으로도 이러한 애수를 위로할 만한 가치를 발견해낼 수 없다. 자기 자식뻘만큼 나이차가 있는 학생의 젊은 피는 결국 그녀로 하여금 어떤 것도 돌아보지 않게 만들었다. 여자의 독신주의는 폭탄을 안고 자는 것보다 위험하다.


*다섯* ••


△ 여자의 마음은 뭐니 뭐니 해도 열일고여덟의 한창 때가 가장 순수하다. 나이를 들어감에 따라 얼굴이 미워지는 것에 비례해서 마

음도 더러워진다. 순결한 처녀의 마음은 남자를 알게 되면 돌변한다. 지금까지 깊은 속까지 알지 못했던 남자가 의외로 만만한 상대라는 것을 발견한다. 아이를 낳아 양육하게 되면 남자가 결코 할 수 없는 일을 여자는 할 수 있다고 자각함과 동시에 남자를 얕보는 마음도 한층 강해진다. 가정이 엄처시하라는 것은 여기에서 기인한다.

△ 폐경 후의 여자 마음만큼 꼴불견이 폭로되기 쉬운 것도 없을 것이다. 전차 같은 데서 아무렇지 않게 커다란 엉덩이로 파고 들어가 앉으려는 아줌마의 심정이야말로 좋은 표본일 것이다.

△ 여자가 잔인성을 발휘하는 것도 이 시기부터이다. 며느리에 대한 괴롭힘 등은 이 잔인성을 발휘하기 쉬운 재료이다. 최근에는 불량소녀라는 것도 있지만, 여자가 술수를 써서 죄악에 빠지는 것은 중년 이후이다. 여자가 남편에게 이혼장을 쓰기도 하고 남편을 버리고 다른 남자와 정사情死를 벌이기도 하고 정부와 협력하여 본 남편의 숨을 끊어놓는 것은 이러한 잔인성의 발로이다.

△ 여자는 망은忘恩의 백성들이다. 소를 말로 잘못 알고 타 놓고 소의 은혜는 전혀 생각하지 않는다. 어제의 아군이 오늘의 적, 은혜를 원수로 갚는 것을 아무렇지 않게 생각한다.

△ 타락을 되풀이하고 규범을 일탈해서 닳고 닳은 여자만큼 대책

이 서지 않는 사람은 없다. 부끄러움도 평판도 어디에다 잃어버리고 누구누구 구별 없이 물고 늘어지는 것이 미친개와 같다. 궁지에 몰린 사람을 돕다가 생각지 않게 이런 종류의 여자에게 물리는 경우가 있다. 아프지도 가렵지도 않지만 그렇다고 큰 길 한복판에서 큰소리로 짖어대는 꼴을 당한다면 불쾌감이 엄청날 것이다. 다른 사람도 적당히 간섭하지 않으면 뜻하지 않는 봉변을 당할 수 있다는 것을 알아 둘 필요가 있다.

　△ 품행이 단정치 못한 여자가 날뛰는 배경에는 반드시 이를 조종하는 깡패라는 흑막이 있다. 개들을 부추기면 기세가 과격해지는 것과 마찬가지이다. 미친개를 상대하는 사람은 없다. 여자가 계속해서 달려드는 것은 이 때문이다.

　△ 모든 여자는 화장을 한다. 남자를 움직이는 수단이다. 고심苦心해서 검은 얼굴을 희게, 낮은 코를 높게, 큰 입을 작게, 큰 절구 같은 엉덩이는 버들잎처럼 보이려고 한다. 이는 말똥을 만두로 만드는 기술 이상이다. 여자는 얼굴에 화장을 함과 동시에 마음에도 화장을 한다. 부엌에서 손으로 음식을 집어먹고 입을 닦고 모른 척하는 얼굴을 한다. 자기가 뀐 방귀를 안고 있는 아이에게 전가시키는 것은 자주 쓰는 수법이다.

△ 여자 마음의 화장은 결국 비밀이 되어 드러난다. 여자로서 크고 작은 비밀을 갖지 않는 사람은 드물 것이다. 그리고 비밀이 드러나도 증거를 들이대지 않으면 자백하지 않는 것이 여자의 마음이다. 비밀이야기에 험담, 우물가 쑥덕공론에 쌈짓돈은 여자들 공통의 비밀 심리를 보여준다.

△ 여자에게 눈물은 끊으려야 끊을 수 없는 인연이 있다. 그런데 여자의 눈물도 때때로 의심스러운 경우가 적지 않다. 여자 최후의 수단인 눈물도 너무 남발하면 효과가 적어진다. '어떻게 그렇게 간단히 눈물이 나오는 걸까'라고 감탄하지 않을 수 없다. 그러나 통 큰 남자나 작은 남자나 모두 이 수법에 걸려드는 것이 더 신기하다.

△ 여자의 험담은 이 정도로 해두지 않으면 비난 받을 것이다. 그러나 이렇게 헐뜯고 보니 여자의 태도를 바꾸어 무릎을 모으게 하는 방법도 있을 것 같은데, 역시 천하는 태평한 걸까?

## *여섯* • •

△ 인간의 마음은 예상과 달리 같은 방향으로 뭉쳐서 움직이는 경우가 많다. 큰 다발, 작은 다발 여러 가지가 있는데, 개중에는 국가나 사회를 좌지우지하는 강대한 것도 있다. 그 다발을 칭하여 사상의 경향이라고 말한다. 혹은 생략해서 사조思潮라고도 한다. 왼쪽으로 치우치면 좌경이라고 한다.

△ 사상의 다발을 크게 하기 위하여 선동꾼이 있다. 많은 경우 철학자라든지 사상가들이 바보들이나 고마워할 것 같은 가면을 쓰고 몰려든다. 그리고 이러한 활동에 유용한 여러 가지 유행어를 제조한다. 선전 문구를 유포하여 사람들의 마음을 꼭두각시처럼 움직이게 한다. 우쭐해져서 사람들을 조종하는 것은 어리석은 집단의 본성이다.

△ 일세를 풍미한 데모크라시도 이제 기운이 꺾인 것 같다. 유행어는 문자 그대로 일시적인 것이기 때문에 시간이 지나면 어느 새인가 유령처럼 사라진다. 사라진 다음에 새로운 유행어가 살짝 생겨나는 것이 말똥 떨어진 자리에 자라는 버섯과 같다. 이러한 유행어를 쫓아다니는 것으로 시간을 보내는 사람이 있다. 이를 칭해 신인新人이라고 한다.

△ 신인은, 자기가 가지고 있는 소양이나 역량이 너무나 빈약하고 볼품없기 때문에 신문잡지의 신어新語를 찾아서 자신의 보증기관으로 삼는다. 해파리 귀신에 고추장을 바르면 신인과 비슷한 것이 된다. 조금 경의를 표한다면, 자동신숙어사전自動新熟語辭典 겸 인명사전으로 보이기도 한다.

△ 1919, 1920년 경 이런 종류의 사조가 전성기였을 때, 크로포트킨, 러셀, 마르크스를 말하지 않으면 사람구실을 못한다는 관념이 있었다. 그런데 정말로 이들을 이해하는 사람은 몇 퍼센트나 될까? 문화라는 말도 상당히 유행이지만 거기에 어울리는 사람은 그다지 보이지 않는다. 문화촌, |문화만주|[38], 문화식당 류는 오히려 어울린다는 느낌이 든다.

△ 선전이라는 말이 생기고 나서 인간의 마음은 단숨에 경박해졌다. 대부분은 자기선전이다. 염치없이 자신이 대단한 것처럼 자랑하고 부끄러워하지 않는다. '나는 일을 잘 해', '머리가 좋아'라고 선전하고 다닌다. 말만 앞서는 것에 능숙한 인간이 많아지니 실적이 올라가지 않는 것도 무리가 아니다.

38 과거 나고야시名古屋市 사카에미쓰코시榮三越내의 점포에서 판매한 화과자로 현재는 존재하지 않음.

| 문화만주 |

△ 부자, 빈곤자라는 말 대신에 유산, 무산 혹은 부르, 프로 등의 말을 사용한다. 어떤 말을 사용한다고 해서 빈곤자가 갑자기 양반이 될 수 있는 것은 아니지만 그것이 프로에게 위안이 된다면 다행이다. 자신이 프로 계급이라고 자랑하는 사람이 있는데 프로가 자랑할 만한 것이라면 걸식은 명예 1등상일 것이다.

△ 최근 '선처한다'는 말이 잠시 동안 새로웠다. 어감은 그다지 좋지 않으나, 총리인 가토加藤 씨[39]의 작품이라고 하니, 가토 내각이 생존하는 동안만큼은 유행할 것이다. 그러나 선처한다는 것은 아주 졸렬한 맛이 있다. 진품珍品은 가토 씨의 진품이고 걸작이다.

△ 말은 시대의 사상을 반영한다. 품위 있는 시대의 말은 아무리 해도 품위가 있다. 근대인의 말은 점차로 구모스케雲助[40] 풍으로 흘러가는 것 같다. 그러한 나도 동시대인으로서 그다지 자랑할 만한 어휘들은 아니지만, 일본어의 대강은 이해하고 있다.

39 가토 다카아키加藤高明, 1860~1926. 일본의 제24대 내각 총리대신을 역임. 시정방침 연설에서 '귀족원 개혁을 선처한다'고 하여 가토 내각은 선처 내각으로 불림.

40 에도시대에 역참을 중심으로 일했던 뜨내기 인부. 요즘에는 불친절한 택시운전사에 대해서 사용.

## 일곱 ‥

△ 유행하는 고우타<sup>小唄</sup>41의 성쇠를 살펴보는 것도 인심의 추이를 알 수 있는 자료가 될 것이다.

△ 청일전쟁 이전부터 오랫동안 유행한 「1년<sup>一つとせ</sup>」이라는 곡은 대부분 요미우리식42이다. 정사나 덧없는 세상을 담아 낸, 평화로운 인심에 위로가 되는 곡이었다. 청일전쟁이 시작되고 고우타는 갑자기 살벌해져서 「일청담판 결렬되고<sup>日清談判破裂して</sup>」43와 「창창 보즈<sup>チャンチャン坊主</sup>」44라는 곡으로 바뀌었다. 그런데 전승의 결과로 고우타는 다시 정서적인 분위기로 돌아가 스트라이크 부시<sup>節</sup>45를 만들어냈다.

△ 유행가는 이 스트라이크 부시에서 진용<sup>陣容</sup>을 잘 정비한 것으로 곡은 저속하지만 가사 중에는 아주 걸작도 있어서 비교적 오랫동안 계속되었다. 그 중에서 사노사 부시46라는 것이 나와 스트라이크를 대신해서 고우타의 패권을 잡았다. 바로 러일전쟁 당시였기 때문에 가사는 군인과 관계된 것이 많았다. 전쟁을 배경으로

41 에도시대 이후부터 근대까지 유행한 속요의 총칭.

42 에도시대 이후 사회에서 발생한 사건 따위를 와판<sup>瓦板</sup>으로 인쇄해서 거리를 누비며 읽으면서 팔러 다니는 것이나 그 사람.

43 작사, 작곡은 와카미야 만지로<sup>若宮万次郎</sup>. 청일전쟁 시기 유행.

44 청일전쟁 때 중국 병사를 일컫는 말로 이를 가사로 한 유행가.

45 후시<sup>節</sup>는 음악의 가락이라는 의미로, 스트라이크 부시<sup>節</sup>는 시노노메부시<sup>東雲節</sup>라고도 함. 메이지후기의 유행가로 나고야<sup>名古屋</sup>의 창기인 시노노메의 탈주사건을 풍자한 노래라고도 하고, 나고야의 시노노메 누각의 창기들이 스트라이크를 일으켰다는데서 만들어졌다고도 함. 전국으로 확대되어 유행.

46 작사, 작곡 미상으로 1893년에서 1910년 사이 특히 유행. 일본의 소설가 나쓰메 소세키<sup>夏目漱石</sup>의 소설 「도련님<sup>坊っちゃん</sup>」에도 그 문구가 등장.

인정미를 엮어낸 훌륭한 것도 있었고, 곡이 아주 잔잔하여 마음에 와 닿는 것도 있어서 스트라이크 이상으로 오랫동안 계속되었다.

△ 사노사 부시의 만년이라고도 할 즈음에 무라사키[紫] 부시[47]라는 것이 나왔다. 노래도 곡도 상당이 정돈되어 있었는데 웬일인지 전성시대는 오지 않았다. 오히려 상당히 속악한 「왜 이리 재수가 좋지[なんてまがいいでせう]」라는 것에 눌리는 경향이 있었다. 인정의 흐름은 어쨌든 천박한 곳으로 흘러가기 쉽다는 것을 이것으로도 알 수 있다.

△ 「왜 이리 재수가 좋지」는 『요로즈초호[萬朝報]』[48]의 한 단편소설에서 출발하고 있다는 점이 재미있다. 그리고 이 말 자체도 상당히 유행하였다. 인간의 사행심을 보여주는, 노골적으로 천박한 표현으로서는 적당했던 것 같다. 고우타로서는 서푼어치의 가치도 없는 것이었지만 어떤 류의 계급들에게는 상당히 불렸던 것 같다. 여자의 틀어 올린 머리를 대나무 껍질, 소라구이 등에 비유하여 비꼰 것이 아마도 먹혀들어갔을 것이다.

△ 이 시대에는 다양하고 잡다한 고우타가 우후죽순처럼 나오기는 나왔지만 크게 성공한 것은 그다지 없다. 돈돈 후시 등은 들을 만했지만 인심을 모으기에는 역부족이었다. 이러던 참에 고우타 계의 천지는 나니와

47 작사, 작곡은 소에다 아젠보[添田唖蝉坊], 1910년대 유행, 1931년 발행 『세계음악전집19』의 「유행가곡집」에 채록.

48 1892년 일본에서 발간된 일간신문.

부시難波節49 고우타에 압도당하게 되었다.

△ 나니와부시 고우타는, 나니와부시의 중요한 부분에서 끝맺는다는 점을 따온 것이기 때문에 창작물로서는 가치가 없지만 인심을 촉촉이 적시는 고우타가 부족한 때였기 때문에 생각보다 유행하였다. 「목석같은 마름石の地頭さん」과 「조릿대ㅏㅏ竹」 등은 여기저기서 번창하였다.

△ 다음은 압록강鴨綠江 후시50인데, 최근의 대작으로 전국을 풍미할 만한 이유가 없지 않다. 압록강에 한정되지 않고 지방색을 띤 것이 점차 유행범위를 확대하는 경향이 있는 것은 당연하다. 어쨌든 압록강 후시에는 곡조도 그렇고 가사도 그렇고 일품인 것이 적지 않다. 그러나 고우타의 본질로 보아 압록강 후시가 언제까지나 유행할 거라고는 생각되지 않는다. 점차 사그라질 것이다. 아라이소新磯 후시51는 시시하다. 압록강 후시의 상속자는 아직 없는 듯하다. 야스기安來 부시52도 운명은 짧았다.

△ 노구치 우조53 작의 센도船頭 부시는 아주 훌륭한데 과감한 애조를 띤 것이 조선의 아리랑 후시와 함께

49 에도시대 말기 불교의 경전이나 제문祭文의 영향을 받아 오사카에서 성립, 의리나 인정을 테마로 한 것이 많음.

50 일본노래. 1920년대에는 조선에서도 유행. 1927년 출판된 『명적속곡집明笛俗曲集』의 「민요부俚謠の部」에 실려 있음.

51 이바라기현茨城県에서 유행한 이소부시磯節가 각 지방에 맞게 변화되어 유행한 민요.

52 시마네현島根県 야스기 지방의 민요.

53 노구치 우조野口雨情, 1882~ 1945. 시인, 민요와 동요의 작사가. 동요계의 삼대 시인중 하나로 수많은 명작을 남김.

망국의 소리가 있다. 유행하지 않은 것이 다행이다. 최근 연모<sup>戀慕</sup> 고우타 같은 것은 비속하여 논할 필요도 없다.「둥지의 새」같은 경우, 이 정도로 시시한 작품은 없을 것이다. 이것을 아무렇지 않게 부르는 것을 보면 한심해서 눈물이 나온다.

△ 이상은 고우타 유행의 대강인데 자세하게 조사한다면 상당히 재미있는 면이 있을 것이라 생각된다.

## 여덟 ··

54 이시카와 고에몬石川五右衛門, 생몰년 미상. 도적의 우두머리로 1594년 체포되어 처형. 이제까지 그 실체가 의심되었으나, 최근 발견된 예수회 선교사의 일기를 통해 인물의 실존이 확인. 가마솥에서 끓여져서 죽었는데, 이때의 하직인 사가 유명.

55 오쿠보 히코자에몬大久保彦左衛門, 1560~1639. 에도시대 전기의 무사로 도쿠가와 이에야스 밑에서 여러 전투에 참가하여 도쿠가와 막부의 성립에 공헌.

△ 인간의 마음은 여러모로 꽤나 애써서 만든 것인데, 이렇게 애쓰는 중에도 때로는 장난기를 보여주는 맛이 있다. 그중 하나가 꿈이라는 것이다.

△ 신비로운 가상의 경우나 인력으로 도저히 어찌할 수 없는 사건이 일어날 때 꿈은 예시로서 거론된다. 태양이 품속으로 들어오는 꿈을 꾸자 도요토미 히데요시가 태어났고 신사 앞에서 점지 받을 자식의 꿈을 꾸자 이시카와 고에몬[54]이 태어났다. 오쿠보 히코자에몬[55]의 경우

는 도쿠가와 이에야스[56]의 꿈을, 마치 족제비가 궁지에 몰렸을 때 방귀를 뀌는 것처럼 유사시에 꺼내서 사용할 수 있는 상용수단으로 하고 있다. 꿈자리가 사납다든지 꿈의 해석 등 꿈이 한치 앞을 보지 못하는 인간의 마음에 위안이 되는 것은 어쩔 수 없는지도 모르겠다.

△ 꿈같은 이야기, 꿈같은 세상 등 꿈의 범위를 확대하여 모든 것을 꿈처럼 만들어 버리는 경우도 있다. 그런가 하면 꿈에도 모르는 일이라든지, 꿈에서도 잊지 말라는 등 꿈을 경멸하는 경우도 있다. 세상이 꿈인가. 꿈이 세상인가. 그러나 꿈은 일종의 극劇이다.

△ 성인聖人에게는 꿈이 없다고 하는데 과연 그러할까? 성인이 되어 본 적이 없으니 확실하지 않지만, 마음이 사악하지 않고 걱정 없고 슬프지 않고 노여워하지 않고 평온한 마음을 가진 사람은 꿈을 꾸는 일이 적을 것이다. 근대인 중에는 꿈을 많이 꿀 수 사는 자격을 가진 사람이 많다. 개중에는 깨어 있어도 꿈속에 사는 사람도 있다. 즉, 신경쇠약과 꿈은 유사한 종류인 것이다.

△ 꿈은 오장의 피로에서 온다고도 한다. 신체 건전하고 위장이 건강한 사람은 꿈을 적게 꾼다. 위장 상태가 나쁘고 야식으로 소화불량이면 괜찮은 꿈을 꾸지 못할 것이다. 꿈에서 보이는 길흉화복은 장래의 일이라

56 도쿠카와 이에야스德川家康, 1542~1616. 무장으로서 도요토미 히데요시豊臣秀吉 이후 1603년 에도 막부를 창건하고 초대 쇼군將軍이 됨.

91

하지 않고 과거의 결과라고 한다. 때문에 꿈으로 알려주고 꿈으로 판단하는 것이 무의미하다는 것을 알 수 있다.

△ 「노생盧生의 꿈」57은 만들어진 이야기겠지만, 꿈을 통하여 권위를 갖게 되는 이야기이다. 옥수수를 찌는 동안 사랑이 맺어지는 것에서 입신출세하여 왕후를 얻고 나이 여든이 되어 죽기까지 꿈을 꾼다는 기상천외한 이야기이다. 후세에게 인간의 일생을 꿈에 비유하여 보여주는 좋은 재료가 되었을 것이다.

△ 꿈속의 자신에게는 절제 없이 규칙 없이 자기 마음대로 애증을 다하는 경우가 있다. 꿈이어서 다행이라고 휴 한숨을 내쉬는 경우도 적지 않다. 아무리 군자인 양 가장을 하는 사람이라도 꿈에서 일어난 모든 일을 사람들 앞에서 이야기해서 부끄럽지 않은 사람은 아마 없을 것이다. 한편으로 말하면, 꿈은 자기 성격이 유감없이 노골적으로 드러나는 것이라고도 할 수 있다. 이런 점에서 꿈으로 자신이 어떠한 인물인가를 점칠 수가 있다. 혹은 꿈은 신체의 건강 여부를 살피는 재료도 된다. 청년 시절의 몽정이라는 것도 생각해 볼 필요가 있는 재료이다.

△ 맥獏이라는 짐승이 있다. 예로부터 꿈을 먹는 것으로 유명하다. 동물원에 가서 그 실체를 보니 과연 꿈과

57 중국 당나라 시대에 노생이라는 가난한 사람이 한 노인으로부터 베개를 빌려 자고나서, 우여곡절을 겪은 끝에 입신출세를 경험. 그러나 이는 아주 짧게 꾼 꿈에 불과한 것

같은 동물이다. 옛날 왕후, 귀족 등이 마음대로 되지 않는 꿈을 요리하기 위해서는 매우 센 힘이 필요했을 것이다.

△ 인간이 수면이라는 작용을 영위하는 이상 꿈이라는 것을 피할 수 없다. 수면이 임시로 죽은 상태라고 한다면 꿈은 지옥이나 극락과 같은 것일까? 지옥이나 극락을 창작한 사람은 분명 꿈으로부터 사색했을 것이다.


## 아홉 • •


△ 인간의 종언은 죽음인데, 이때 인간의 마음이 어떠한 상태에 있을까는 상당히 어려운 문제이다. 아마도 사람에 따라 다를 것이다. '인간이 죽으려고 할 때 말은 좋게 한다'는 것은 무슨 증거로 말한 것인지 모르겠으나, 적어도 도둑 근성 만큼은 없어지게 될 지도 모르겠다.

△ 왕생할 때의 마음을 고찰할 수 있는 재료로 지세이辭世라는 것이 있다. 서른한 자의 단카短歌, 하이쿠俳句58 혹은 한시 형식에다 자기가 말하고 싶은 것을 미적으로 표현하여 남기고 죽는 것을 말한다. 인간은 죽을 때까지 명예심

58 열일곱 글자로 된 가장 짧은 형태의 일본 전통 단시 短詩.

93

을 잃지 않고자 하는 것이다.

△ '하천이나 해변의 모래는 다하더라도 세상에서 도둑들은 없어지지 않을 것이다'라는 지세이는 한 시대를 풍미한 도둑 고에몬[59]이 지은 것이다. 노래로서의 가치와 도덕적 판단은 차치하고 지세이로서는 실로 훌륭한 걸작이다. 인간의 도둑 근성이 미래 영겁에도 없어지지 않을 것이라는 점을 간파한 것은 아주 뛰어나다. 과연 그 이후 몇 년이나 지났는지 모르겠지만 오늘날 그의 예언대로 고에몬 씨의 후예들은 많은 것 같다. 그리고 이 지세이는 인간을 아주 농담시해 버리려는 기분으로 넘쳐나고 있다. 고에몬과 같은 사람이 죽음을 두려워할 리가 없기 때문에 가마에 들어가 죽는 순간의 교겐狂言[60]으로서는 아주 어울린다.

△ 고에몬은 말할 것도 없이 천재 도둑이다. 이 길에 있어서는 고금을 통해 독보적일 것이다. 열 살도 되지 않아 반찬가게 아줌마의 눈을 따돌리기도 하고 서당 훈장이 몰래 숨겨둔 과자를 빼먹기도 하는 등 그의 수법은 이른바 천재로 보인다. 오늘날 소매치기나 들치기 범 등은 고에몬의 발끝도 따라갈 수 없을 것이다.

△ 지세이는 아무래도 스님이 잘한다. '제불범부동시

59 이시카와 고에몬石川五右衛
門, 각주 55 참조

60 일본의 전통적인 예능을 일컫기도 하나 여기에서는 농담이나 말장난을 뜻함.

94

환 약구실상안중애 노승사리포천지 막향공
유규냉회諸佛凡大同是幻 若求實相眼中埃 老僧舍利包天地 莫
向空由撥冷灰'61는 엔카쿠지圓覺寺 절62의 개조開祖
로서는 썩 잘된 작품이다. 스님과 속인과 영
웅을 잘 섞은 듯한 우에스기 겐신63 등도 왕
생시 훌륭한 지세이를 남기고 있다. '일기영
화일배주 사십구년일취간 생불생사역사 세
월지시여몽一期榮華一盃酒 四十九年一醉間 生不生死亦死 歲
月只是如夢'64이라는 아주 솜씨 있는 작품이다.

△ 대부분의 지세이에 세상을 달관하고
깨달음의 경지에 들어간 문구가 많은 것을
보면 결국 인간이라는 것은 평생 이런 것을
희망하고 있었다는 것을 알 수 있다. 개중
에는 아코赤穗 공65처럼 비명을 질렀던 사람
도 있으나 이런 경우도 어쩔 수 없는 일일
것이다.

△ 아무래도 노기66 부부의 지세이는 고
금을 통틀어도 훌륭하여 지세이의 진면목을

61 뜻은 '제불이라 하고 범부라 함은 모두 허
    깨비라, 실상을 찾고자 하면 눈앞에 먼지가
    끼리니, 노승의 사리가 천지를 안고 있으므
    로, 부질없이 찬 재 속에서 노승의 뜻을 찾
    지마라.'

62 가나가와현神奈川県 가마쿠라시鎌倉市에 있는
    사찰. 1282년 가마쿠라 막부의 집권자인
    호조 도키무네北条時宗가 원구元寇의 전몰자
    를 추도하기 위해 중국의 승려인 무가쿠
    소겐無学祖元을 초청하여 창건.

63 우에스기 겐신上杉謙信, 1530~1578. 일본의 센
    고쿠시대戦国時代 에쓰고노쿠니越後国(현재의
    니가타현新潟県 조에쓰시上越市)의 무장.

64 뜻은 '한때의 영화는 한잔의 술과 같고 사
    십구년도 한번 취한 동안과 같다. 살아도
    산 것이 아니오 죽은 것은 또한 죽은 것이
    니, 세월이란 그저 꿈과 같다.'

65 『주신구라忠臣蔵』의 배경이 된 사건으로 막
    부의 고위관리에게 칼부림을 했다는 이유
    로 할복을 강요당한 아코번의 번주인 아사
    노 나가노리浅野長矩를 가리킴.

66 본명은 노기 마레스케乃木稀典, 1849~1912. 일
    본의 군인으로 메이지明治천황의 장례일
    저녁 부인과 함께 할복.

보여주고 있다. 노래로서도 상당히 빼어나고 무인으로서도 우아하여 그윽하다.

△ 서양인도 때때로 지세이를 한다고 하는데, 그다지 훌륭한 작품은 보지 못하였다. 칸트는 과연 철학적으로 심오한 경지에 이른 사람이다.

△ 여러 가지 지세이를 조사하여 보니 지세이의 심리라는 것이 만들어진다. 자살술自殺術이라는 것이 연구되는 세상이 된다면 이에 따라 이러한 장에서의 마음가짐도 연구될 것이다. 왜냐하면 지세이는 자살이 본체이지만 병사病死는 자발적인 것이 아니기 때문이다.

## 열 · ·

△ 꿈같지만 현실인 마음의 작용으로 '우발적 충동'이라는 위험한 놈이 있다. 소매치기나 등치기, 그 외 죄악이라는 것은 대부분 이 우발적 충동에서 출발한다.

△ 요전에 불쑥 땅에서 솟아오르듯이 나를 찾아온 사람이 있었다. 젊은 청년이 동향同鄕이라는 이유로 도움을 청하려고 왔다고 하는데,

풀이 죽어 있었다.

"지금까지 뭘 했나요?"

"중학교를 졸업하고 5년 정도 은행에서 일하다가 사정이 있어 그
만두었습니다."

"어떤 사정인가요?"

"……"

"여자문제인가요?"

"……"

"술을 퍼 마셨나요?"

"……"

"싸움이라도 했나요?"

"……"

무엇을 물어봐도 얼굴이 빨개져서 고개를 떨구고 있을 뿐이다. 그
의 모습을 유심히 보니까, 정말 내성적이라 변변히 입도 열지 못하는
것 같았다. 여자한테 인기 있을 것 같지도 않고 도락道樂에 빠질 것 같
지도 않았다. 더욱이 싸움을 잘할 것 같은 모양새도 아니었다. 무슨
이유인지 가늠하기 어렵게 되었을 때, 드디어 그가 고개를 들었다.

"실은…"

"실은 무슨 일입니까? 자세하게 얘기해 보시지요."

"실은 집사람이 병으로……"

"음, 아내가 있나요?"

"아직 열여섯인데, 오랜 병으로 돈이 궁해졌어요. 근데 인정머리 없는 처의 오빠는 돈 한 푼도 내줄 수 없다고 합니다."

열여섯 살의 부인이 있다는 것이 좀 당황스러웠지만, 어쩐지 상황을 알 것도 같았다. 역시 남자는 남자라는 생각이 들었다.

"자유 결혼을 했나요?"

"그렇지는 않습니다만, 오빠가 일체 도와주지 않아서요……"

"그래서 부인은 어떻게 됐나요?"

"처는 복도에 있어요."

"아니, 부인을 동반하셨군요. 그럼 아픈 게 아니네요."

"이제 좋아졌습니다."

왠지 여우에 홀린 것 같아 종잡을 수 없었다.

"그럼, 이렇다 할 사정도 없는 게 아닌가요?"

"그게, 실은 돈에 쪼들려서……"

"돈에 쪼들려서……"

"돈에 쪼들려서…… 실은"

"은행 돈을……"

"은행 돈을…… 음"

"실은 그게……"

"아, 알겠다. 그런 일로 있을 수 없게 되어서 나왔단 말이군요."

"어떻게 좀 할 수 없을까요?"

"글쎄, 그런데 이력에 오점이 남은 것은 아니지요?"

"그건 면했어요. 완전히 일시적인 충동이었고 지금은 매우 후회하고 있습니다."

이 차가운 공기에 소꿉장난같은 부부생활을 하는 남녀가, 인간이 넘쳐나는 이곳에 와서 일자리를 찾는 것도 정말 우발적인 충동에서 오는 화근이었다.


△ 나에게 신세를 진 적이 있는 청년으로 3년 정도 전부터 대구 근처에서 교원敎員을 하는 사람이 있다. 연하장도 보내지 않을 정도로 게으르지만 '뭐, 별일 없이 잘 지내고 있겠지'라고 생각하고 있을 즈음 불쑥 찾아 왔다. 3년 정도 만나지 않은 동안 아주 어른스럽고 하이칼라가 되어 있었으나 어딘지 안정되지 않은 불안한 모습도 보였다.

"아, 웬일인가? 학사 시찰이라도 나왔나?"

"오랫동안 찾아뵙지 못해 죄송합니다."

"아니야, 괜찮네. 지금 같은 때 시찰이라니 시골학교는 한가한가 보군."

"아, 예."

"무슨 일 있나? 3년 전과는 완전 딴 판인데."

"아니, 뭐."

"며칠 정도 머물 예정인가? 어디에서 묵고 있나?"

"하숙집입니다."

"하숙집? 아, 친구 집에서?"

"그렇지 않습니다."

태도를 보니 분위기가 아주 이상했다. 이 녀석은 시찰로 온 게 아니다. 뭔가 일을 저지른 게 틀림없다.

"학교는 어떤가? 공부는 잘 하고 있고?"

"실은 시찰로 온 게 아닙니다."

"좀 이상하다고 생각했네. 무슨 일이 있었나?"

"학교는 그만두었습니다."

"아니, 무슨 큰일 날 소리인가? 거기까지는 생각하지 못했네."

"그래서 의무도 있고, 그만두게 되면 군대에 가야 하겠기에 상담하러 왔습니다."

"상담은 알겠는데 너무 성급하게 일을 처리했군."

"한심하게 유혹에 걸려들어서."

여기에서 사건은 명백해짐과 동시에 그는 땅에라도 들어가고 싶은 듯 얼굴이 새빨갛게 되었다.

"애정문제로군. 상대는 누군가? 작부인가?"

"간호부입니다."

"간호부라면 괜찮군. 잘되지 않았나. 결혼해 버리지."

"그게, 닳고 닳은 여자라 저 외에도 두세 명의 남자가 있습니다."

"그런 여자한테 걸려들지 않았으면 좋았을 텐데."

"친구가 다쳐서 입원해서 병문안을 갔습니다. 그러는 사이 일이 이상하게 되어서."

"병문안 간 김에 적본주의敵本主義67를 했단 말이군."

"죄송합니다."

"젊었을 때는 있을 수 있는 일이지. 이미 끝난 일은 어쩔 수 없고. 그래도 퇴사하기 전에 상담하러 왔으면 좋았을 텐데. 소 잃고 외양간 고치는 격이 됐네. 그래도

67 적본敵本은 '적은 혼노지本能寺에 있다'는 의미. 1582년 아케치 미쓰히데明智光秀가 비추備中의 모리毛利 세력을 공격하는 것처럼 보이면서 교토의 혼노지를 공격한 것에서, 진짜 목적은 다른데 있다는 의미로 사용.

101

앞으로의 방침이 중요하겠지."

"어떻게 하면 좋을까요?"

"어떻게 하면 좋을지. 그렇게 간단하게 답할 수 없지."

"어쨌든 새 출발을 하려고 생각하고 있습니다."

"그게 좋겠어. 자네 몇 살이지?"

"스물셋입니다. 노동이든 뭐든 하겠습니다."

"그래 생각해 보도록 하지."

"그런데, 돈 한 푼도 없어 곤란한 지경입니다."

"그런가. 여자에게 꽤 쏟아 부은 모양이군."

여자에게 쏟아 부은 돈은 아깝지 않은지 처음으로 희죽희죽 거린다.

"당분간의 하숙비 정도는 어떻게 해 줄게."

드디어 그도 인생에서 첫 번째 부끄러움을 당하고 굴렀다. 신분이
바뀌면 마음도 대굴대굴 구르는 것임에 틀림없다.

# 정거장

갑 씨, 일개 순사로 출세해서 각고면려刻苦勉勵의 결과 어쨌든 내로라하는 유력자有力者까지 되었다. 현명한 두뇌에 차고 넘칠 정도로 재능의 돛을 단 활동가, 수완가로 불릴 정도로 그는 득의양양했다. 그런데 호사다마라고 했던가. 득의得意의 이면에 실의失意가 숨어 있었다. 생각지도 못한 사건으로 실각하여 백방의 수단을 다 썼지만 내리막길의 운명이 되었으니, 결국 어쩔 수 없이 이 땅을 떠나지 않으면 안 되었다. 오늘밤 정거장을 출발한다고 한다.

손바닥을 뒤집으면 비가 오는 인정머리 없는 땅이므로 전송하는 사람도 드물 것이다. 송영 등 형식적인 것을 아주 싫어하는 나이지만 꼭 전송해주고 싶어서 경성역으로 갔다. 과연 정류장은 훌륭하게 만들어져 있었다. 조선 제일이다 뭐다 하는 만큼 부끄럽지 않은 건물이다. 건물은 훌륭하지만 이 훌륭한 건물 아래에서 우글거리고 있는 어중이떠중이들은 전혀 훌륭하지 않다. 이전과 마찬가지로 규율도 없고 절조도 없는 말뿐인 문화인들이 마음껏 야성을 발휘하고 있다. 이런 인간들을 들여놓기에는 건물이 너무 훌륭하여 아까울 정도이다. 원래의 임시 정거장이 더 어울릴 것 같다는 생각이 든다.

광장에 들어가서 보니 개찰하기에는 아직 시간이 꽤 남아 있는데도 개찰구를 향하여 엄청 긴 행렬이 만들어져 있다. 그리고 서로 밀고 밀리고 북적대는데, 고생스럽게 커다란 짐 보따리를 지기도 하고 들기도 하고 있다. 이렇게 줄을 서 있는 사람들의 머리 속에는 일각이라도 빨리, 일보라도 앞서 열차 안의 충분한 좌석을 확보하려는 속셈이 있다.

긴 뱀 같은 행렬의 앞에서 세 갈래 길에 이 척 정도의 간격이 생겼나 했더니, 나는 새처럼 거기로 끼어드는 족히 여섯 척은 되어 보이는 덩치가 큰 남자가 있다. 반바지에 장화, 코르덴의 윗도리 위로 털실 셔츠가 삐져나와 있다. 일견 토목 청부의 현장감독 복장이다. 이 반바지의 뒷자리가 된 것은, 불면 날아갈 것 같은 길고 마른 풍채를 한 명주 하오리를 입은 상인商人풍의 남자이다. 반바지는 끼어들기를 끝내자 아무 일 없었다는 표정을 한다. 명주 하오리는 밉살스러운 듯이 잠시 무법자를 째려보더니, 결국 참을 수 없는 모양이었다.

"뭐예요. 앞으로 껴들고. 무례하지 않습니까. 어서 비키세요."

명주 하오리는 혼신의 용기를 내어 힘껏 반바지를 밀어보았으나, 아이에 맞서는 거인처럼 꿈쩍도 하지 않는다.

"시건방진 소리 하지 마. 여긴 아까부터 내 자리였어."

"무슨, 말도 안 되는 소리."

"투덜투덜 지껄이면 한방 날려 줄 거야."

시퍼런 서슬에 명주 하오리는 한마디 말도 못하고 꼬리를 내리고 침묵하지 않을 수 없었다. 상인이어서인지 주판을 튕겨도 타산이 맞지 않겠다고 생각한 모양이다.

밝게 빛나는 전등 아래에서 이러한 무경찰 극劇이 연출되는구나 생각할 즈음, 개찰구 쪽에서도 표 파는 아가씨와 손님의 작은 분쟁이 시작된다.

"못난이라니 무슨 말이죠. 정말 실례이지 않나요?"

철망 너머의 여자는 버드나무 눈썹을 세우고 있었다. 철망 건너편이라 주먹이 날아갈 걱정은 없다.

"나중에 온 사람한테 먼저 표를 파는 법이 어디 있어."

"당신 같은 사람한테는 팔지 않겠어요."

"당신한테 표를 팔지 않을 권리가 있나?"

"상관없어요."

여자는 상대하지 않는다. 그러자 남자도 좀 곤란해졌다. 뒤에서는 불만이 날아든다.

"뭐 하는 거야."

"빨리 하지 않냐고."

"뭐 이런 표 파는 여자가 다 있어."

"표 내놔."

"이 바보 같은 놈."

형세가 안 되겠다고 판단한 남자는 맹렬하게 역장실로 가버렸다. 역장실에서 어떤 담판이 있었는지는 신도 모르고 나도 모른다.

그러는 사이 개찰이 시작되자 모두 홈으로 나왔다. 이쪽에도 한 무리, 저쪽에도 한 무리, 배웅은 성대하였다. 그러나 여기나 저기나 헤어짐을 아쉬워하는 표정은 하나도 없다. 족제비 가죽 외투 깃을 올리고 뻐기듯 몸을 젖히고 있는 사람, 외투 속에 양손을 넣고 고환을 만지작거리는 사람 등 여러 가지인데, 개중에는 건방진 태도로 악수를 하는 사람도 있다. 즉 십 전짜리 석별의 정을 표하러 온 무리들뿐인 것 같다.

곧 발차할 것이다. 일제히 인사를 한다. 개중에는 뒤쪽으로 팔짱을 낀 채로 모자 벗는 수고를 절약하는 녀석도 있다. 기차가 출발하여 앞으로 서너 칸 정도 나아갔을 때, 모두 '아 추워'라면서 출구를 향해서 돌진한다. '기차는 떠나고 연기는 남는다'는 정경은 조금도 없다. 아주 많은 사람들이 출구를 향하여 밀려들고 한두 자 되는 좁은 문에서 차표를 제비뽑듯이 하나하나 점검하기 때문에 혼잡한 것은 당연하다. 점점 저절로 앞으로 밀려 나아가다 무죄방면이 된다.

개찰구를 나온 얼굴들도 또 여러 가지이다. '어이, 차' 등 돈도 없는 지갑을 두드리고 허세를 부리는 사람도 있다. 자동차를 빵빵 울리며 득의양양한 사람도 있다.

"입장권 10전은 좀 비싸."

"그럼, 매일 밤 받아 내면 10전씩이라도 장난이 아니겠는 걸."

"입장권이 10전이라면 용산까지 더 타고 가는 편이 낫겠어. 6전이잖아. 그리고 용산까지 배웅하는 셈이 되고. 전차를 타고 돌아가면 결국 같잖아."

"그거 좋네, 한심하게."

이처럼 경제론을 말하는 사람이 있는가 하면, 건너편에서는 방금 배웅한 사람의 인물평을 하는 사람도 있다.

"걔는 아주 뻔뻔스러운 놈이라서 결국에는 쉽게 해줬지."

"그런 놈이 세상에 만연해 있다니 정말 싫군."

"외투를 걸어 주고 담뱃불도 붙여 주고 정월에는 문지기도 하지.
나는 그런 행동은 못하겠어."

"정말 그래. 오늘은 아주 단골손님 같았어."

"이제 시골로 가서 다시 무책임하게 살겠지."

"난 세상이 싫어졌어. 자네나 나나 비슷하게 운이 없어."

"만년萬年 3정목 1번지인가."

"아 추워, 이 근처에서 한잔 할까?"

"좋아, 아사히초旭町68까지 슬슬 걸어가 볼까?"

뭐 때문에 배웅하러 왔는지 모르겠다. 험담을 하러 왔는지, 넋두
리를 하러 왔는지. 어쨌든 아사히초 주변의 어느 요리점에서 대관이
라도 된 듯 계속 험담을 할 것 같은데, 그 사정은 모르겠다.

재미없다. 이런 배웅이라면 나는 정말로 사절이다. 언제 어디로
도망갈지 모르겠지만 정거장의 배웅은 지금부터 거절해
둔다.

68 현재 중구 회현동 일가의
일제 식민지기 명칭.

# 결혼문제

　결혼은 인생의 중대사로 누구나 마주치게 될 문제이지만 그 방법과 수단에 있어서는 아무리 시간이 지나도 그다지 진보가 인정되지 않으니 어찌된 일일까? 최근 사상문제가 시끄러워짐에 따라 남녀의 결혼에 대한 사상 요망도 변화했고 연애에 대한 문제 등 결혼과 관련 깊은 사람과 결혼과의 관계에 대해서는 상당히 논의되고 있다. 그러나 무엇이든 이론이나 사상으로서 이야기될 뿐, 어떻게 이 이론과 사상을 구체화할까에 대해서는 전혀 묘안을 내지 못하는 것 같다.

　과연 연애나 성性을 사색하는 사람은 어떤 사람일까? 대부분은 당면의 문제에 봉착하고 있는 사람들, 혹은 장래에 봉착하게 될 사람들, 혹은 이 방면에서 타격을 입은 사람들일 것이다. 즉 그 의견이나 사색이라는 것은 자기를 중심으로 출발하고 있다. 따라서 견해가 좁고 보편적이지 않는 경우가 많다. 자타 공히 이런 경우에 경험이 풍부하고 넓은 이해를 가진 정충론正衝論이라고 할 만한 것이 발견되지 않는다. 나는 이것이 수단방법이 진전되지 않는 하나의 이유일 것이라고 생각한다. 어쨌든 수단방법에 대한 준비의 미비로 여러 가지 화가 일어난다. 특히 장래가 창창한 청년 남녀의 전도를 어둡게 하는 경우도 적지 않다. 사회문제로서 생각해야 할 점은 많으나 당지當地처럼 각 지방 사람들이 모여서 신분이나 집안이나 혈통을 알 턱이 없는 곳에서는 이 결혼기관의 문제를 어떻게든 강구하는 것이 오늘날의 급무라고 생각한다.

경성에는 성인으로서 미혼인 남녀의 수가 아주 많아서 모두 적당한 배우자를 찾고 있으나 앞서 말한 이유 때문에 마음대로 하지 못하고 결국에는 사도邪道에 발을 들여놓는 경향도 적지 않은 것 같다. 특히 여자 미혼자의 수가 남자의 그것에 비해 상당히 초과되어 있는 상황이다. 즉 여자의 결혼은 한층 어렵다고 말할 수 있다. 이런 묘한 현상의 원인은 어디에 있을까 생각해 보니,

1. 성인인 남자는 내지나 그 밖의 지역으로 흩어져서 당지를 떠나는 사람이 많은데 반해 많은 여자들은 여전히 당지에 머무른다는 점.

2. 많은 남자들이 배우자를 고향사람 중에서 찾는다는 점.

3. 여자는 남자에 비해 혼기가 빨라서 해마다 공급이 증가한다는 점.

4. 직업부인의 증가로 혼기에 있는 여자가 정체되고 있다는 점.

등이다. 이러한 사실이 다음에 풍규風規상의 영향을 배태하고 있다는 것은 말할 필요도 없다. 또 한편에서는 결혼에 대한 남녀의 사상 요구가 변화하여 이제까지의 인습적인 방법으로는 만족할 수 없다, 반드시 연애의 자유와 결부되어야 한다, 라는 것을 희망하고 있으나 그 방법을 제시해 주는 사람이 없기 때문에 스스로 능동적으로 나가지 않으면 안 된다. 따라서 감정이 많이 작용하고 또 자신의 입장을 지나치게 중시한다는 점에서, 당사자 자신이 합리적으로 판단할 수 없는 것은 지극히 당연하다. 더구나 아직 경험도 부족하고 사상도 확실하지 않은 청년 남녀는 아주 영리한 것 같지만 어딘가 덜떨어진 면이 있는 것은 사실이다. 따라서 제삼자의 객관적인 비판이 관여해야 할 필요가 있는데, 자유 결혼이 생각지 못한 결과를 자주 초래하는 것은 주로 이러한 점들 때문이다. 즉 보통의 결혼은 어느 정도 제삼자의 손을 빌려 의견을 구해야만 하는 성질을 가지고 있다. 오늘날 결혼이 성행하는 경우를 종합하여 생각해 보면 다음과 같다.

• 남자의 경우

1. 딱히 이렇다 하게 비교할 사람은 없지만, 괜찮은 사람이 있으면 처가 있어도 좋겠다는 정도에서.

2. 성격이나 마음은 모르지만 두세 번 만나다 보니 용모 등이 아주 좋아 보여서.

3. 근무 그 외의 관계상 매일 만나는 사이의 경우.

4. 이미 연애관계가 성립되어 있는 경우.

5. 이미 성욕의 교섭도 성립하고 단지 형식상으로 사회에 알리는 것에 불과한 경우.

• 여자의 경우

1. 본 적도 없고 알지도 못하는 사람이지만 중매인을 통해 부모가 이야기를 걸어오는 경우.

2. 친구 혹은 선배가 권해서 능동적으로 부모와 상담하는 경우.

3. 상대에 대해 잘 알고 있는 사이로 상대방으로부터 직접 청혼을 받은 경우.

4. 서로 좋아하는 사이이지만 부모와 사회에는 비밀인 경우.

5. 일찍이 성욕관계가 있는 경우.

6. 임신한 경우.

등이다. 또 다른 방면에서 남녀의 조건과 심정 등을 고찰해 보면 서로 욕심이 많고 자기중심적인 것을 알 수 있다.

• 남자의 경우
1. 나이는 될 수 있는 대로 어릴 것.
2. 체격이 건강하고 용모가 아름다워 사람을 끄는 힘이 있을 것.
3. 성격이 온순하여 쾌활하고 가정부로서의 자격이 있는 사람.
4. 상당한 교육을 받아 남편의 직업을 이해할 수 있는 사람.
5. 사교술이 좋고 게다가 허영에 빠지지 않을 사람.
6. 될 수 있는 대로 지참금이 많은 사람을 희망.

• 여자의 경우
1. 신분은 될 수 있는 한 높고 게다가 부자일 것.
2. 신체 건강하고 남자다운 남자.
3. 애정 깊고 여자의 인격을 존중하는 성격을 가질 것.
4. 시어머니나 형제자매 등 돌봐야 할 관계자가 없을 것.

5. 주부의 권위를 확립하고 재산의 관리를 일임하며 일체 간섭하지 않을 것.

6. 술이나 담배 등은 일체 하지 않을 것.

7. 요릿집 등에 출입하지 않을 것. 단, 연회 등의 모임 시 행동을 분명히 알릴 것.

8. 다른 여자를 절대로 만들지 않을 것.

등이다. 이 조건들에 부합하는 사람은 남자든 여자든 좀처럼 찾기 힘들다. 서로 이상이 높아 만나서 여기에 적합하지 않는 결혼을 하게 되면 인습에 구속당했다거나 불합리하다고 하겠지만, 그렇게 된다면 결혼의 조합은 아주 소수에 머물러서 나중에는 독신으로 살아야만 할 것이다.

어쨌든 이러한 여러 종류의 사정상, 당지에서의 결혼은 좀처럼 생각대로 되지 않기 때문에 이에 대해 무엇인가 대책을 강구해야만 한다. 요즘 다카사고사高砂社69라는 것이 생겨서 어떤 부인이 헌신적으로 이 방면에서 활동한다고 하는데 아주 다행스런 일이다. 또 경성부의 인사상담소에서도 이 건을 다룬다고 하는데 과연 잘 될지 어떨지. 최근 발표된

114

성적을 보면 결혼은 한 건도 없었다고 한다. 공설<sup>公設</sup>로 만든 것은 잘한 일이지만 다른 사건에 딸려서 부수적으로 한다면 좀처럼 생각대로 되지 않을 것이다. 사설소개소는 내지<sup>內地</sup>의 도시에 어디에나 약간씩 있지만 아주 의심스러운 곳뿐이고 신용할 수 있는 곳은 적다고 한다.

내 생각으로는 이 결혼중개소라는 곳을 앞서 말한 결함을 보완하여 이상적으로 만든다면 세상의 행복을 증진시킬 수 있을 것이라 생각한다. 이상안<sup>理想案</sup>에 대한 조건을 말해보면 첫째로, 먼저 사회로부터 신뢰받을 수 있어야만 한다는 점에서 (1)당사자는 숭고한 인격자로서 청년시절의 심상에 이해와 동정을 갖고 현대사조에 순응하는 사람이어야 한다는 점. (2)안중에 조금의 이익도 두지 않는다는 것을 조건으로 하기 위해 공설로 할 것. 둘째로, 사회에서 이 방면의 조사기관을 만들어 능동적으로 실시해야 한다는 점에서. (3)여자 중등학교, 체신국, 은행, 회사 등과 연락을 취해 교섭을 원활하게 할 것. (4)결혼식 피로연의 방법을 개선하고 정신적인 입장에 비중을 두고 물질방면의 부담을 감소시킬 것. (5)신가정을 간단하게 만들 수 있는 설비를 갖추고 생활의 초보에게는 친절하게 도움을 줄 수 있을 것 등이다.

우선 경성부 부근에서 인사 상담소와 분리하여 시설을 갖추고 좋은 대우로 인격자를 초빙하고 다른 시설과 연락을 취해 간다면 크게 효과가 있을 것이라 생각한다. 게다가 이 문제가 점차 확장하여 내선內鮮사람들의 결혼성사까지 시킬 수 있게 된다면 일면 양자의 화합에도 이익을 줄 수 있는 점이 적지 않을 것이라 믿는다.

더욱이 본 건件을 근본적으로 논하기 위해서는 인간 공존의 본질, 사회형성의 요소, 연애의 의의, 양성의 차별, 성욕관, 여성의 특색 등 여러 가지 문제를 해결하지 않으면 안 된다고 생각한다.

# 술잔 이야기

술 마시는 그릇을 총칭하여 술잔이라고 한다. ㅣ사카즈키<sup>盃70</sup>, 우키<sup>盍71</sup>, 샤쿠<sup>爵72</sup>, 조코<sup>猪口73</sup>, 쇼<sup>鍾</sup>ㅣ74 등이 그것이다. 오늘날 실제로 사용하는 것은 조코로 그 외의 것은 특별한 경우가 아니고서는 그다지 사용하지 않는다. 옛날 술잔은 대개 직경이 약 너덧 치나 되어 술이 오에서 칠 홉이나 들어갔다. 때문에 금 술잔이나 나무 술잔으로도 멋이 통했다. 그 후 인간의 체력이 저하되어 한 사람의 주량은 과거의 큰 술잔 한 잔에도 미치지 못하는 시대가 되어 조코를 중용<sup>重用</sup>할 수밖에 없게 되었다. 조코는 말할 필요도 없이 도자기인데 그 산지나 형태가 천차만별이다.

\* \* \*

70 주로 일본술을 마실 때 사용하는 그릇.

71 도자기 재질로 굽이 있는 술잔.

72 참새 모양의 술잔.

73 원래 일본 정식요리에서 소량의 음식을 담는 그릇으로 쓰였으나 에도시대 중엽부터 술 마시는 작은 술잔으로 사용되어 정착.

74 중국 한나라 때 사용되던 술 단지. 청동제로 횡단면이 둥근 모양.

| 술잔(사카즈키, 우키, 샤쿠, 조코) |

세토瀬戸75, 구타니九谷76, 시미즈清水77, 히젠肥前78, 사쓰마薩摩79 등의 것은 뛰어난 술잔으로 도처에서 애용되고 있다. 세토는 세련된 멋을 채용하고 구타니와 시미즈는 쪽빛이 칭찬할 만하다. 구타니의 적색이나 시미즈의 안쪽 금박은 천박하여 사용하기 어렵다. 일반적으로 조코는 안쪽이 술의 황금색과 조화를 이룰 정도로 무지백색인 것을 상품으로 친다. 금박이나 복잡한 그림무늬는 없느니만 못하다. 구타니와 시미즈는 모두 얇은 것을 자랑으로 한다. 나팔꽃 모양으로 가장자리에서 밑바닥까지 일직선으로 흐르는 안쪽의 멋이 가치가 있다. 따라서 봄에서 여름에 걸쳐 사용하는 것이 적당하다. 세토는 앞의 두 가지와 비교하여 선이 둔탁하다. 그리고 거슬리는 곳이 없는 점이 세토가 세토다운 이유이다. 사람에 따라 세토가 천박하다고도 하는데 이는 세토의 진가를 접하지 않은 사람일 것이다.

\* \* \*

75 세토야키瀬戸焼로 아이치현愛知県 세토시와 그 주변에서 생산된 도자기의 총칭.

76 구타니야키九谷焼로 이시카와현石川県 남부의 가나자와시金沢市, 고마쓰시小松市, 가가시加賀市, 노미시能美市에서 생산되는 자기磁器의 총칭.

77 시미즈야키清水焼로 교토를 대표하는 자기.

78 히젠요시다야키肥前吉田焼로 사가현佐賀県 우레시노시嬉野市에서 생산되는 자기.

79 사쓰마야키薩摩焼로 가고시마현鹿児島県 내에서 생산되는 도자기.

사쓰마는 앞의 것들에 반해 두께를 존중한다. 나팔꽃 모양이나 종 모양이나 모두 대범하게 두꺼운데 이는 사쓰마가 아니면 가질 수 없는 멋이다. 따라서 사쓰마는 어디에나 적당하다. 형태와 굽기에 가장 정성을 들여서 유백색에 섬세한 잔금이 나 있는 사쓰마는 술의 색과 조화가 잘 된다. 그러나 진짜 술 좋아하는 사람은 사쓰마를 높이 치지 않는다. 도중에 싫증이 나기 때문이다. 한 번의 술자리에 두 종류의 술잔을 사용한다면, 앞의 셋은 사쓰마로 뒤의 일곱은 구타니나 세토로 바꿔야 할 것이다.

조코의 모양만큼 까다로운 것도 또 없을 것이다. 깊어서도 안 되고 얕아서도 안 되고 지나치게 매끄러워도 안 되고 난삽해서도 안 된다. 술병에서 술을 받아 일고여덟 부가 되는 지점에서 반원형 모양을 그리는 것은 거의 없다. 내가 가지고 있는 삼백여 개의 조코 중에서 이렇다 할 만한 것은 대여섯 개에 불과하다. 나머지는 모두 잡동사니로 초짜는 속일 수 있으나 진품에 비하면 쓸모없는 물건들뿐이다. 요리점에서도 조코의 모양에 그다지 주의를 기울이지 않아서 개중에는 작은 찻잔을 내면서 아무렇지 않아 하는 경향도 적지 않다.

다인茶人이 빌려간 돈 대신에 두고 간 비젠備前의 규베久兵衛80의 술잔이 있다. 게 등딱지 같은 모양으로 흙을 이겨서 만든, 보기에는 서푼어치 정도의 가치도 없어 보이지만 한번 술을 따르자 장점이 뚜렷해져서 특별한 술잔 느낌이 든다. 그리고 아무리 마셔도 싫증나지 않는다. 게다가 춘하추동 사계절 모두 질리지 않는 물건이라 고마울 따름이다. 나의 소유물 중 가장 훌륭하다. 설명서를 보니 비젠의 규베라는 사람은 덴포시대天保時代, 1830~1844의 사람이니 만큼 어떤 사람인지는 잘 모르겠지만 조코에 대해서는 천재였던 것 같다. 또한 술에 대한 조예도 깊었다는 것은 말할 필요도 없다.

\* \* \*

예로부터 명품 술잔이라는 것은 그다지 알려지지 않았다. 와다和田 술잔, 후카아미가사深編笠, 센주千手 술잔, 또한 미우라야三浦屋의 다카오高尾81가 애용하던 단풍 술잔 등 이름만 들었을 뿐이라 잘은 모르겠지만 여자가 심심풀이로 사용하던 단풍 술잔도 직경이 여덟 치 네 푼이고 보면 그 외의 것도 크기가 클 것이라는 점은 추

80 본명은 쓰보야 규베壺屋久兵衛, 생몰년 미상. 에도시대 도자기 상인으로 유명.

81 다카오 다유高尾太夫는 요시와라吉原의 유곽에서 가장 유명했던 유녀. 이후 미우라야三浦屋에서 이 이름에 어울리는 유녀가 등장하면 대대로 세습.

121

측하여 알 수 있다. 오늘날 약골들이 사용할 수 있는 물건은 아니기 때문에 부러워할 일도 아니다.

이상은 말할 필요도 없이 향기로운 순 일본술을 대상으로 한 이야기이다. 최근에는 맥주, 위스키, 오색술[82], 술 비슷한 구석도 없는 것들이 얼마든지 있다. 혹은 세계인들은 알코올 성분만 있으면 술이라고 하는데, 우리는 증류주나 박하가 들어간 것은 술에 포함시키지 않는다. 이러한 술의 유사품은 유리로 된 술병을 사용한다. 맥주만은 한여름에 조금 마실 수 있다. 이 맥주는 컵으로만 마신다. 양식집에서 다리 달린 컵에 일본술을 마시는 것은 밥공기에 맥주를 마시는 것과 마찬가지로 촌스러운 일이다.

\* \* \*

82 칵테일의 일종. 프랑스에서 시작되어 일본에서는 근대 이후 긴자銀座에서 유행.

83 목이 잘록한 일본의 술병인 돗쿠리德利를 일컬음. 돗쿠리에 관해서는 제2편 「술병 고찰」에 상세함.

술잔은 주로 술 마실 때의 그릇이지만 아무리 명품 술잔이라도 주변의 환경이 나빠서는 진가를 발휘할 수 없다. 술잔과 직접적인 관련이 있는 것은 술병[83]인데 이 술병도 상당히 연구할 만하다. 술병론은 또 기회가 있을 거라 생각하지만, 이 술병과 술잔의 배합, 술 따르는 사람의 자세와 태도, 손끝으로 술병을 잡는 법, 따르는 법, 따라야 할 시기 등 그 외에도 주인공인 술병의 배경이나 환경이 꽤 복잡하다. 또한 독작이라고 하여 술잔과 술병이 일대일로 겨루는 경우도 있는데 요컨대 술을 마시면서 신선경을 맛보기 위해서는 이러한 사항들을 알아야 한다. 부질없이 알코올에 도취되어 추태를 연출하거나 술 마시고 거드름을 피우는 행동은 우리들의 세계에서는 지탄되어야만 한다.

# 공중목욕탕 소견

*하나* ● ●

누구라도 하루 종일 일하면 녹초가 된다. 이를 풀기 위하여 공중
목욕탕에 간다. 공중목욕탕은 값싼 공동 피로치료소 겸 위안소이다.
게다가 정말로 평등한 곳이다. 어디를 보아도 벌거벗고 있기 때문에
불평등은 없고 자연으로부터 받은 신체의 우열이 명료하게 그려진
다. 당당하고 풍만한 육체미의 소유자가 있다면, 뱃가죽이 등에 붙
지 않을까 걱정될 정도로 삐쩍 마른 사람도 있다. 여치처럼 다리가
긴 사람, 달마처럼 배가 툭 튀어나온 사람, 엉덩이가 큰 사람, 인도
인에 뒤지지 않을 정도로 검은 사람, 천차만별이다. 이런 사람들이
우글거리며 입욕의 환락에 빠져 있는 광경은 아주 훌륭하다.

최근에는 여기에 가세한 조선인들도 상당히 많아진 듯한데, 공중

목욕탕은 공동위안소이기 때문에 서로 간에 공중목욕탕에서의 도덕을 지키지 않으면 안 된다. 이 점에 관해서, 공중목욕탕의 본고장인 도쿄에서는 불문율의 공중목욕탕 조례가 엄격하게 지켜지기 때문에 아주 쾌적하다. 그러나 경성 주변에는 아주 예의 없는 사람들이 있는 것 같다. 조례 제1조에는 우선 욕조에 뛰어들기 전에 불결한 국부는 대강 씻고 나서 들어가라고 되어 있으나, 이를 게을리 해서 '아이 추워' 하면서 절차 없이 위법행위를 하는 사람이 있다. 다음으로 제2조는 욕조 내에서 지켜야 할 것인데, 욕조에는 몸을 데우기만 하고 씻지는 않는다고 되어 있음에도 불구하고 앞서 제1조를 무시하고 뛰어든 사람이 이제는 수건을 잡은 손을 아래로 가져가 꾸물꾸물 어딘가 씻고 있는 모습이다. 그 주위에는 기름 낀 회색 거품이 무수하게 떠 있다.

이러한 일단락을 끝내고 나서 머리를 감기 시작한다. 까까머리이긴 하지만 묵인할 수 없는 불법행위이다. 게다가 욕조의 온수로 입을 헹구는 데에는 기가 막히지 않을 수 없다. 어떻게 하는가 보면, 머리를 쭉 빼고 욕조 밖으로 헹군 물을 내뱉는, 실로 내력을 알 수 없는 행동을 한다. 건너편 구석에 아이 세 명이 계속해서 '자맥질'을 하고 있으나 이건 순진한 소행이라 용서해 준다. 그리고 욕조에 들어오고 나갈 때 거리낌 없이 천박한 대포 같은 것을, 물에 몸을 담그고 있는 사람의 코끝에 들이대는 경우가 있다. 물론 발포할 기색은 없으나 그다지 기분 좋은 일은 아니다. 세부적인 규칙에 들어서면 한이 없지만 욕조 쪽은 이 정도로 하고 이번에는 욕탕으로 옮겨 보겠다.

둘 • •

우선 욕탕을 둘러보면 정말 대단하다. 그 중에서 위반 사항을 꼽아 보면 자연히 조례가 명료해질 것이다. 먼저 눈에 들어오는 것은 욕심을 부려 바가지를 네다섯 개 점령하고 있는 놈이다. 그리고 금화라도 늘어놓은 기분으로 이를 바라보면서 큰북인 배를 퉁퉁 두드리고 있다. 너구리가 목욕하러 온 것도 아니고 적당히 해 두는 게 좋겠다. 다음으로 온수를 퍼내기에 편리한 마무리 온탕 주변에 진을 치고 있는 네다섯 명의 무리들이다. 사람들이 물을 푸러 가는데 아주 방해가 되지만 전혀 아랑곳하지 않는다. 마무리 온탕은 옆 칸의 여탕과 같이 사용하고 있어서 이따금 흰 손이 보인다. 또 작은 틈이 있어서 뭔가가 살짝 보이는 경우도 있다. 앞서 말한 마무리 온탕의 방해자 중에는 이를 열심히 바라보고 있는 불굴천만<sup>不屈千萬</sup>의 관음증을 가진 사람이 있다. 가장 중죄로 다루어야 할 것이다.

마무리 온탕 옆에는 냉탕이 있다. 건장한 젊은이가 인왕<sup>仁王</sup>처럼 서서 냉수를 뒤집어쓰고 있다. 상당한 높이의 정수리에서 물을 퍼붓기 때문에 주변에 갑자기 큰 비가 내리게 된다. 그 주변에 자리를 잡은 얼굴들은 괴로운 표정을 지으며 바가지를 들고 피난하는 소란이 벌어진다. 당사자 본인은 그런 것도 알지도 못하고 '냉수 따위 차갑지 않아'라고 말하기라도 하는 듯 거의 열 바가지나 뒤집어쓰면서 득의양양해 한다. 그러는 사이 주름투성이의 할아버지가 온수를 뜨러 온 것은 상관없으나 바가지를 마무리 온탕 주변에 놓고 거기에서 수건을 빨고 있다. 그 수건이라고 하는 것이 간장에 찌들었는데, 그것을 작은 바가지에 넣고 빨기 때문에 바가지의 주변에는 간장 국물이 다량으로 흘러나온다. 흘러나온 국물은 마무리 온탕 안으로 갈 수밖에 없다. 난감한 할아버지이다.

마무리 온탕과 냉탕의 경계선에 있는 한 길의 도랑을 통해서 모든 오수가 흘러가는 구조이다. 이 도랑의 가장 하류 지점에 건장한 남자가 건너편을 향해서 웅크리고 있다. 등에는 승천하는 용, 하강하는 용으로 멋진 문신이 그려져 있다. 문신은 어쨌든 간에, 무엇 때문에 웅크리고 있을까. 아, 요란하게 소변을 보고 있는 참이다. 아주 신경 써서 될 수 있는 대로 소리를 내지 않고 될 수 있는 대로 오줌이 튀지 않도록 주의는 하고 있는 모습이지만 신경 쓰는 것과 불굴은 별개의 문제이다. 등에 새겨진 승천하는 용과 하강하는 용도 용서할 수 없다. 건너편 쪽에서는 서양 면도기로 면도를 하고 있다. 아주 수염 덥수룩한 무사인데도 솜씨는 상당히 부드럽다. 벌써 두세 곳 부상을 입어 피가 나고 있었다. 이러한 상태로라면 면도가 끝날 때에는 서른두 곳 정도까지 이를지도 모르겠다. 감히 조례를 어겼다고는 할 수 없으나 이 사람은 목욕탕 문 앞의 이발소에 들르는 것이 원칙일 것이다.

셋 ..

그럭저럭하는 동안 저녁 밥 먹을 시간이 되어 배가 고픈 무리들이 나가서인지 장내는 아주 한산해졌다. 그런데 욕조 구석에서 '때는 겐로쿠元禄 14년······'84이라는 구절이 시작된다. 무엇이 때는 겐로쿠인지 모르겠지만 마치 투계가 목 졸려서 죽을 때의 소리이다. 이런 식으로 읊조린다면 근처 주변의 지게미 된장은 모두 상해버릴 것이다. 그래도 본인은 상당히 재미있다는 듯이 온탕에 잠겨서 눈을 감고 '이런저런 실수로······'라고 하고 있다. 태평한 사람이다. 우선 경범죄라 검거할 수도 없을 것이다. 계단 어귀 쪽에는 한 남자가 허벅지의 종양을 치료하고 있다. 무슨 부스럼인지 아주 더러운 부스럼이다. 만두처럼 튀어올라 자색을 한 살덩이의 중심부에서 노란 고름이 꿈틀꿈틀 나오는 모양새다. 그것을 얼굴을 찌푸리면서 짜내고 있으니 견디기 어렵다. 일곱 푼의 목욕탕 비용으로 병원에서 해야 할 일까지 하는 것은 좀 욕심이 지나친 것 같다.

지금까지 알아채지 못했으나 욕탕 구석에서 뭔가를 세탁하고 있는 놈이 있다. 자세히 보니 아무래도 속옷을 빨고 있는 것 같다. 어처구니없는 놈이다. 이것은 대서특필해야 할 중대범인이다. 이런 사람이 있으니 어쨌든 공중목욕탕 도덕은 엉망이 되어버린다. 자신은 내일부터 고약한 냄새가 나지 않게 되니 좋겠지만, 타인에게 폐를 끼치는 것도 생각해 보는 게 좋을 것이다.

130

# 넷 ..

　욕탕은 우선 이 정도로 하고 탈의실로 옮겨 보자. 여기는 이렇다
할 것은 없다. 때때로 옷을 입을 때 탁탁 흰옷을 터는 사람이 있다.
먼지가 풀풀 나는 것은 말할 것도 없고 어쩌면 이가 한두 마리는 튀
어나왔을 거라 생각하니 꺼림칙하다.
　이것으로 공중목욕탕 조례의 반면은 얼추 끝냈다. 비누각과 수건
을 들고 나오려고 하자 왜나막신이 없다. 카운터에 물어봐도 알 수
없다. 이 신발은 실로 사오일 전에 산 것으로 곧은 결의 오동나무
상등품이다. 조목조목 추적한 결과, 그 대신이라고 할만한 한 켤레
의 나막신은 얄팍한 고무 끈을 한 지저분한 것이다. 아무리 발에 눈
이 없다고 해도 이런 것과 나의 상등품을 구별하지 못할 리가 없다.
분명 당한 것이 틀림없다. 화가 치미는 이야기이다. 카운터에 호통
을 친 정도로는 성이 풀리지 않지만 아무래도 어쩔 수 없다. 대충
이런 원고라도 쓰는 것으로 포기할 수밖에 없다.

애 수

## 작은 영혼의 행방

다섯 살 후미코富美子가 뜻하지 않게 꿈과 같이 이 세상을 떠났다.
같은 나이의 아이를 가진 사람들을 위해 이제까지의 경과를 이야기
하고자 한다.

어느 날 오후 그 애는 머리가 아프다고 하면서 바닥에 누웠다. 이
마에 손을 대어보니 약간 뜨겁다. 평소 아주 건강한 체질이어서 그
다지 신경 쓰지 않았는데, 다음 날은 열이 38도라서 이런 경우 항상
진찰해 주시는 의사가 왔다. 이 의사는 아주 친절하고 소탈한 사람
으로 어느 새인가 담당의사가 되어 있었다. 진찰 결과는 예상대로
단순한 감기라 걱정할 것은 없다고 한다. 별 신경도 쓰지 않고 이렇

133

게 사흘 정도 지났지만 열은 여전히 내리지 않았다. 나흘째 진찰에
서 갑자기 폐렴이라는 선고를 받았다. 일부분이니까 그렇게 걱정하
지 않아도 괜찮을 거라고 했지만, 충분한 조치를 하지 않으면 안 될
것 같아 곧 간호부를 한명 고용하여 찜질과 흡입을 정성들여 해주었
다. 이 간호부는 젊은데 반해 빈틈없는 사람이라 시간에 맞추어 찜
질 수건의 교환과 흡입을 익숙한 솜씨로 해 주었다.

다음날 밤, 의사는 진찰 후 아주 불안한 모습이었다.

"어찌된 일인지 점점 폐렴이 진행되는 것 같습니다. 지금은 좌우
양쪽으로 면적이 상당히 넓어졌습니다. 나중에라도 미련이 남지 않
도록 다른 의사에게 보여주는 게 어떨까요?"

"그렇습니까? 이것 참 괴롭습니다만, 누가 좋을까요? 달리 이렇다
할 사람도 없으니, 추천을 좀 해 주세요."

"글쎄요. 가와노河野 선생이 좋을 것 같군요. 제가 전화를 해보지
요. 그리고 산소흡입을 한번 해보는 게 어떨까요? 용산에 전화를 걸
면 곧 가져올 거예요."

이런 이야기를 나눈 것은 밤 9시 경이었다. 환자는 아주 의식이
명료해서 자꾸 혼마치本町의 아줌마 집에 가자고 했다. 병이 나으면
가자고 하자 그것으로 만족해서 입고 갈 옷을 고르면서 미소를 보였

다. 대체로 이 아이는 평소 분별력이 있는 아이였다. 포기가 빠른 성격으로 울면서 잠에서 깨어난 적이 없는 아이였다. 병에 걸린 다음에도 약이나, 흡입, 찜질 등 짜증나는 것들에 투정을 부려 다른 사람을 곤란하게 하는 일이 한 번도 없었다. 단지 누운 채로 용변을 보는 것이 괴로운지, 변소에 가고 싶다고 해서 주위를 곤란하게 만들었다.

간호부가 옷 정리를 할 때 '똥을 좀 쌌구나'라고 말하는 소리를 듣고는, '그렇게 해도 괜찮아?'라며 눈물을 머금는 모습을 보여서 부모는 고개를 돌리며 눈물을 글썽였다.

그러는 사이 가와노 선생도 왔고 산소 철관도 도착하였다. 가와노 선생의 진찰에도 변함은 없었다. 상당히 중태인 모양이었다.

"아무래도 면적이 넓어서요. 요 삼사 일이 가장 고비입니다. 어쨌든 주치의와 상의해서 처리하죠."

두 사람은 보통사람들이 알지 못하는 기술용어를 사용해서 여러 가지 상의를 하였다.

캠퍼 주사가 시작되었다. 가늘고 부드러운 팔에 뾰족한 바늘을 거침없이 찔러 넣고 약물을 주입했다. 처음 두세 번은 '아파'라고 외치며 괴로운 표정을 지었으나 '병이 나을거야'라고 말해 주었더니 각오

135

를 했는지 조용했다.

　그날 밤은 친척들도 찾아와서 눈도 붙이지 못하고 열심히 간호했다. 난로 말고도 화로를 세 개나 가지고 와서 수중기로 실내를 덥히느라 애썼다. 보통의 흡입, 산소흡입, 주사, 찜질, 환자는 너무도 번잡한 처치에 수면을 취할 수 없었다. 붙임성 있는 눈을 동그랗게 하고는 엄마와 아빠를 계속 불렀다. 밤은 점점 깊어갔고 바깥은 최근에 없었던 냉기로 문풍지를 열 때마다 칼 같은 냉기가 실내에 침입했다. 갈아 놓은 낫과 같은 하현달이 가늘고 긴 포플러 나무 끝에서 날카로운 빛을 장지문으로 던지고 있었다. 동틀 녘이 되어 지친 환자는 잠시 동안 색색거리며 자는 것 같았다. 지나가는 전차의 시끄러운 소리가 들리고 곧 새벽이 되어 다음날 해가 떴다.

　다음날 진찰 후 의사는 식염주사를 놓을 준비를 했다. 약물이 오합이나 들어 있을 것 같은 유리병을 천정에 매달고 아래 입구에 고무관을 달고 고무관에 주사바늘을 끼워 약물을 허벅지에 놓으려는 것이었다. 캠퍼 주사바늘보다 훨씬 굵은 바늘을 애처롭게 마른 허벅지에 꾹 꽂았지만 환자는 그다지 아픔을 느끼지 못하는 것 같았다. 느끼지 못하는 것은 몸이 약해졌기 때문일 것이다. 병세가 진행되었는지 의사는 묵묵히 아무 말도 하지 않는다. 만일의 경우에는 곧 돌아오겠다고 하고 가 버렸다. 이 식염주사는 상당히 효력이 있었는지 서너 시간이 지나자 환자는 아주 힘이 나서 초콜릿이 먹고 싶다고 말하였다. 초콜릿은 그 애가 가장 좋아하는 음식이었다. 다른 여러 가지 생과자는 그다지 좋아하는 것 같지 않았지만 초콜릿을 주면 언제나 기분이 좋았다. 이럴 때 초콜릿을 요구하는 것을 보니 상당히 기분이 나아졌다는 생각이 들었다. 후미코는 은색의 초콜릿 하나를 잡아들더니 아주 기대에 찬 표정으로 겉의 은박지를 벗기기 시작했다. 가느다란 납 인형 같은 손가락을 내밀어 껍질을 벗기기에는 큰 노력이 필요한 것 같았다. 포장을 벗긴 초콜릿은 드디어 입으로 옮겨졌고 즐거운 듯이 하나를 다 먹었다. 그러나 두 개째를 요구할 용기는 없었다.

식염주사의 효력으로 살짝 찌푸렸던 미간을 펴고 부랴부랴 간호하다가 날이 저물었다. 밤이 되어 다시 진찰을 받았다. 계속되는 이 진찰이라는 것이 환자를 몹시 괴롭혔다. 지친 몸에서 찜질수건을 치우는 것만으로도 아주 고통스러운데, 맨몸이 되어 차가운 청진기를 가슴에 대고 두드려 본다. 등을 뒤집게 한다. 안정을 요하는 환자에게 있어서 긴 진찰은 정말로 안쓰럽게 느껴졌으나 어쩔 수 없는 노릇이었다.

"열이 조금 내려간 것 같으니 이대로 이삼 일 경과를 보면 괜찮아지겠지요."

부모 마음을 살펴서 위로하려는지 의사는 그런 말을 남기고 갔다. 그러나 캠퍼 주사의 도수는 점차 증가되어 갔다. 간호부가 아무렇지 않게 꾹 찔러대는 바늘에도 그다지 아픔을 느끼지 못하는 상태가 되었다. 팔에는 더 이상 찌를 자리가 없다. 가슴에도, 허벅지에도 반창고가 붙여졌다. 환자의 의식은 명료해서 부모의 눈에는 희망이 충분히 있는 것처럼 보였다.

"후미코, 창가를 부르자. 큰 파도, 작은 파도, …… 몰려왔다가 돌아가는 물보라…… 후미코, 이제 잘하네.'

그녀는 창가를 아주 좋아해서 언제나 아침부터 밤까지 열심히 부를 정도였는데 그때 마지막 노래를 부른 것이었다.

"정말 잘 부르는구나. 한 곡 더 해 볼래?"

그녀는 더 이상 부르지 않았다. 그리고 '돌아가요, 돌아가'를 반복했다.

오후 3시경 용태는 점차 험악해져서 눈동자 색이 변하고 자꾸 머리를 흔들게 되었다. 의사가 말하는 만일의 경우가 온 것이다. 절망의 그림자가 주변에서 간호하는 사람들을 엄습했다. 어쨌든 의사를 부르기로 했다. 의사가 올 때까지 부모는 그녀의 맥박을 짚고 얼굴을 바라보고는 죽음의 그림자가 시시각각 다가오는 것을 느꼈다. 한 시간 정도 지나자 의사가 달려와서 '뇌증腦症을 일으키고 있으니 가망이 없습니다'라고 선고했다. 그 선고를 확실히 받아들였다. 부모 마음이 어떠할지, 이런 경우를 경험한 적이 없는 사람은 결코 이해할 수 없을 것이라 믿는다. 의사는 무슨 생각을 했는지 관장을 했다. 가슴팍에 무심하게 주사를 놓았다. 오전 정각 5시, 간조 때이다. 이제 두세 시간이 그녀가 이 세상에서 기다리는 마지막 시간이다.

"후미코."

"응."

그녀는 마지막까지 대답을 했다. 맥박은 점차 약해져갔다. 괴로운 호흡 외에는 모두 안정되어 있었다. 죽어가는 사람의 얼굴로는 보이지 않는다. 천진스러운 모습은 한층 아름다움을 더했다. 그때까지 계속해서 흡입하고 있던 산소가 철관에서 나오지 않게 되었다. 산소가 나오지 않게 되고나서 겨우 3분간, 그녀의 희미한 호흡이 드디어 멈췄다고 생각할 즈음, 아주 무거운 호흡이 다시 한 번, 이것이 그녀의 마지막 생애였다. 때는 19xx년 11월 26일 오전 7시 30분.

나는 여기까지 글을 썼다. 요즘 어떠한 심정이 나의 마음을 지배하는가는 독자의 상상에 맡기겠다. 그럼 바꾸어 생각해 보자. 이상의 절차로 부모는 의무를 다한 것일까? 치료에는 소홀함이 없었을까? 좀 더 살 수 있는 아이를 죽게 한 것은 아닐까? 아니, 아니, 모두가 운명이다. 이러한 경우 의사에게 아쉬운 마음을 말하고 싶은 법이지만 결코 그런 치사한 마음을 일으키지 말아야지. 맑고 존귀한 그녀의 생애, 그녀의 죽은 얼굴은 미소를 띠고 있는 것 같다. 죄 없고 흠 없는 숭고한 마지막 모습. 치사한 마음으로 그녀의 죽음을 더럽히진 말아야지. 같은 나이의 아이를 가진 사람들이여. 이러한 과정이 다소 참고가 된다면 그것으로 만족한다.


## 엄마를 잃은 두 아이의 마음

엄마로서의 애정도 쏟기 어렵고 내 한 몸의 위험을 돌볼 여유도 없이, 티푸스 환자인 사랑하는 두 살짜리 아이에게 우유를 먹이며 뜬눈으로 밤을 지새우며 간호에 애쓰던 처가, 그 병을 이어받아 희생이 되어 순화원順化院85의 차가운 침대에서 영원히 눈을 감은 것은 봄도 아직 이른 3월 10일이었다. 한없는 애수의 날들이 계속되는 사이, 꽃은 피고 또 지고 사람들의 행락도 끝나고 세상은 푸르른 초여름이 되어 칠칠일, 체야逮夜86도 겹쳐서 사십구재의 탈상을 꿈처럼 보냈다. 요즘은 과거의 추억과 함께 모친을 잃고 언제까지고 지워지지 않는 어두운 그림자를 품은 두 아이를 생각하고, 그들의 장래를 가슴 아파하는 것이다.

모친을 잃은 아이 중 하나는 당년 아홉 살, 심상尋常 소학교 3학년의 여자아이이다. 그 아이는 엄마의 임종을 위해 병원에 불려가서 이제까지 양육해 주었던 가장 사랑하는 사람이 죽어가는 것을 접하고 강한 슬픔을 실감했다. 차가워진 모친의 유해가 사망실로 옮겨지고 음침하고 어두운 방에 세워진 선향의 연기 속에서 세상의 무상을 고하는 독경 소리에 '엄마가 죽었다'는 것을 확인했다. 장례회사에서 도착한 관에 담긴 유해가 드디어 광희문87의 화장터로 옮겨지고 빨간 벽돌로 지어진 가마 속으로 들어가서 사향화四香花의 불에서 석유 냄새나는 장작으로 옮겨지는 붉은 화염에

85 종로구 옥인동에 있었던 콜레라 환자 격리시설.

86 기일 전날 밤.

87 도성 안의 상여喪輿를 밖으로 통과시키던 문. 광희문 밖 신당동 일대에는 공동묘지가 있었고 일본인 전용 화장터인 신당리 화장장이 있었음.

'아, 엄마가 타버린다'는 사실을 확인했다. 다음 날 그녀가 친척들과 화장터에 가서 보니, 너무도 자신을 귀여워해 주던 엄마는 이미 처참하게 하얀 뼈가 되어 있었다. 그것을 나무젓가락으로 집어 상자에 넣었다. 인생의 덧없음이 그녀의 작은 가슴을 충분히 적셨다. 이렇게 장례식, 절의 참배, 체야, 탈상, 납골 등의 과정을 거쳐 사랑하고 그리운 엄마가 한 편의 위패가 되기까지 얼마나 그녀는 마음이 괴로웠을까. 아무리 울고 한탄하여도 더 이상 엄마는 돌아오지 않는다. 자신이 엄마 없는 아이가 되었다는 것을 깨달았을 때 그녀는 지금까지의 그녀일 수 없었다. 엄마가 살아있을 때에는 그녀도 따뜻한 품에서 어리광을 부렸다. 삐치기도 했다. 보통의 아이처럼 아침에 일어나서도 기분이 좋지 않아 엄마를 근심시키고 머리손질이 마음에 들지 않아 응석을 부리기도 하는, 그다지 구속받지 않은 생활로 구김살 없이 키워진 아이였다. 그러던 것이 요즘은 다른 사람처럼 마음도 태도도 일변했다. 가장 눈에 띄는 것은 붙임성 있게 된 것이다. 주변 사람들의 기분을 맞추게 되었다. 다른 사람의 표정을 살피어 마음을 읽고자 하는 모습도 보인다. 특히 아버지의 일거수일투족이 상당히 신경 쓰이는 모양이다. 지금까지 제멋대로 어리광부리고 토라지던 것이 언제부터인가 사라지고 아이다운 모습은 점차로 없어지고 있다. 또 아주 신중하고 매사 조심하게 되었다. 죽은 누이에 비교하면 느긋하고 여유롭다고 들었는데 최근에는 상당히 신경이 예민해졌다. 자신의 소지품과 옷 정리, 손봐야 하는 장소에 대한 주의는 말할 것도 없고, 집 안에 무슨 물건이 어디에 있는지, 부엌의 정리와 음식물의 종류, 신발 상자까지 마음을 쓰는 모습이다. 요즘은 방문객이 많기 때문에 아버지가 없을 때는 중개역을 담당한다. 방문자의 이름을 가나仮名88 글자로 수첩에 적어 두고 아버지가 돌아왔을 때 보고한다. 용건도 대략 적어 두게 되었다. 아이 같지 않은 모습이 느껴진다. 자신의 주변에 관해서는 특히 신경을 쓴다. '엄마 없는 지저분한 아이'라는 것이 그녀의 마음속을 왕래하고 있는 것이다. 근래에는 이제 슬슬 자신의 장래에 대해서도 불안한 상상을 하게끔 되었다. 주변 사람들이 이 방면에 대해 지도해 주는 것 같다. '저, 아버지, ○○ 씨가요, 우리 집에 이제 새엄마가 와서 저를 괴롭힐 거라고 했어요'라고 해서 아버지에게 쓴 웃음을 짓게 한 적도 있다. '아버지는 언제까지 학교에서 일하세요?', '아버지는 돈이 많이 있나요?' 등과 같은 질문도 많다. 물질에 대한 위구심이 이미 엄마의 사랑을 잃어버린 작은 마음을 엄습한 것이다. 그 외에 공개하기 어려운 내용도 어디에서 라고 할 것 없이

88 한자를 따서 만든 일본의
   음절 문자.

143

배워 와서 이야기하는 데는 두 손 들었다. 즉 현재에만 살고 있던 아이가 갑자기 장래의 생활을 하기 시작한 것이다. 이러한 그녀의 경향은 결코 바람직한 것이 아니었다. 오히려 안타까워 참을 수 없었지만 현재 그녀의 입장에서 취할 수 있는 대책은 보이지 않는다. 어설프고 서투른 수단을 강구한다면 오히려 마음에 상처를 받는 결과가 생기지 말라는 법이 없다. 당분간은 되는 대로 맡겨두고 형세를 관망할 수밖에 없다. 시간이 지나면 다시 어떻게든 될 수 있는 기회도 있을 것이다. 그때를 기다려야 한다고 생각하는 것이다. 엄마가 없는 다른 한 아이는 순화원에서 나이를 한 살 먹어 세 살이 된 남자아이이다. 거기에 주석을 달자면, 작년 12월에 티푸스 진단을 받고 입원하여 엄마의 극진한 간호로 자신은 생명을 건졌으나, 엄마에게 감염시켜 엄마를 잃은 아이이다. 아이가 퇴원할 때에 엄마는 이미 쭉 늘어선 침대에 누워 고열로 괴로워하고 있었다. 아버지는 아이를 퇴원시키려고 정성껏 목욕시키고 가지고 온 청결한 옷을 입혀 병상에 있는 엄마에게 인사를 시키고 아이를 안아 데리고 나왔다.

이때의 인사가 이생에서의 마지막 이별이 되리라는 것은 전혀 생각지 못했다. 무심한 아이가 얼마만큼 이것을 느끼고 있었는지 짐작할 수 없다. 그런데 아이를 데리고 돌아왔지만 남자 손으로 더구나

144

학교에서 일하는 사람이 큰 병을 앓았던 이 어린 아이를 어떻게도 할 수 없었다. 어쩔 수 없이 늙은 장모에게 맡기기로 했다. 한 마디 말조차 만족스럽게 할 수 없는 아이는 엄마와 헤어진 슬픔을 울며 호소하는 외에 다른 방법은 없었다. 밤에는 쪼그라든 노모의 젖을 만지작거려 보나 만족할 수 없어서 한밤을 울며 지새운 적도 있었다. 그러는 사이 사내아이는 이 병의 회복기에 항상 도사리는 아귀도에 빠졌다. 이 때 식욕을 제어하는 것은 어른에게조차도 아주 어려운 일이라, 아직 아무 자제심도 없는 아이가 46시간 동안 '맘마, 맘마'를 반복하는 것은 당연한 일로 이것을 적당하게 조절하고 간호하는 것은 쉬운 일이 아니었다. 이런 상황에 당면해서 그르침 없이 깨끗이 병이 낫게 한 늙은 장모의 수완은 감복할 만하다.

병이 나기 전에는 잘 걸을 수 있던 아이가 병이 난 후에는 서는 것조차 불가능해졌다. 서서 걷고 싶어 하는 아이는 자기 다리를 사람들 앞으로 내밀어 '걸을 수 있게 해 주세요'라는 의지를 보였으나, 단지 주위 사람들에게 눈물을 머금게 할 뿐이었다. 이렇게 3개월이 지난 후 아이가 처음으로 일어서서 한 걸음 내디뎠을 때 기뻐하는 모습은 옆에서 봐도 가여울 정도였다. 근래에는 건강을 많이 회복하여 아이의 품성에 적지 않게 상처를 준 아귀도에서도 벗어나서 장난

삼매경으로 시간을 보내게 되어 다시 아이다움을 되찾았다. 그런데 그럭저럭 하는 사이 불행하게도 또 다른 환자가 생겨 노모는 거기에 매달려 간호를 하지 않으면 안 되게 되었다. 때문에 그 아이는 다시 제3자의 손에 넘겨질 수밖에 없었다. 이렇게 이사람 저사람 전전하면서 옮겨 다니는 운명이 되었지만 이를 아는지 모르는지 완전히 남의 일인 것처럼 즐겁게 성장을 서두르고 있다. 아버지가 때때로 방문하면 그는 우선 방석을 두드려서 거기에 앉으라고 한다. 다음 차를 마시라고 한다. 담배를 꺼내고 그리고 나서 엉덩이를 아버지의 무릎위에 가지고 와서 안긴다. 아버지의 손가락을 당기기도 하고 얼굴을 만지기도 하고 계속 아버지를 관찰하고는 안심하는 모습으로 무릎에서 내려가서 장난을 시작한다. 말은 병 때문에 많이 잊어버린 것 같으나, 새로운 숙어로서 '바보', '싫어', '몰라', '가'(조선어이다) 등은 십팔번으로 사용한다. 아이는 엄마를 잃었다는 자각도 없이 단지 뭔가 부족한 일종의 외로움을 느끼며, 살아서 무의식적으로 성장을 하기 위해 현재 노력하고 있는 것이다.

아이를 노모에게 맡긴 것은 물론 괴로운 나머지 임시로 취한 조치였으나 어느덧 날은 지나고 달은 쌓여서 지금은 거의 질질 끌어서 질척거리는 느낌이 든다. 벌써 데리고 왔어야 하는 아이를 그대로 늬두는 것이 태평한 마음에 모르는 척하는 것으로 보이겠지만, 여자 손이 없는 지금으로서는 매정하게 처신할 수밖에 없다고 생각한다. 아버지인 자신의 앞날도 막막하다. 생각하기에 따라서는 인생이 이제 끝난 것처럼 보인다. 생사의 문제에 대해서는 나름대로 상응하는 해석을 내리고 있기 때문에 세상에 대한 집착에는 담담하지만, 앞날이 창창한 엄마 없는 두 아이를 어떻게 해야 할지. 아이들은 모두 아버지의 여행지인 조선에서 태어났다. 친척과 지인도 적고 고향이라는 관념도 없는 아이들은 이 아버지를 지팡이 삼아 기둥 삼아 의지해서 어른이 될 때까지 자라지 않으면 안 된다. '부모가 없어도 아이는 자란다'는 속 편한 말도 있으나 어쨌든 두 아이가 장래에 보다 더 행복해지기를 바란다. 세상에는 이러한 불행한 경우에 처한 아이가 많이 있을 것이다. 이러한 아이로 고민하는 사람들도 적지 않을 것이다. 이들에 대해 진실로 경의를 표하며 붓을 놓는다.

(이상 송혜경 역)

147

제
2
편

# 금강산 유람

## *신북청행 기차*

* * *

　밤기차로 원산을 갈 생각으로 시간에 맞춰 정류장에 가보니 개찰구에 '신북청행'이라는 표찰이 붙어 있다. 이상하군, 들어본 적이 별로 없는 이름인데 아마 경원선이 연장된 것이겠거니 하고 짐작했다. 세상에 멍청한 것은 이 물총새[川蟬89] 만은 아닐 것이다. 신북청이라는 곳이 어떤 곳인지는 모르지만, 그다지 유명한 곳이 아니라는 사실만은 확실하다. 어쨌든 작년 4월경 기차가 개통되었다고 하는데, '신북청행' 기차가 원산을 지나간다는 사실은 철도 직원 말고는 모르는 사람이 더 많을 것이다.

89 일본어로 가와세미川蟬는 물총새로 필자의 별명이다.

철도 직원에게 왜 이렇게 사람을 헷갈리게 하냐고 따지면, 그것은 모르는 사람 잘못이라며 때가 때이니 만큼 자신과 상관없다는 표정을 지을 것이 뻔하다. 철도 직원에게 성의가 있다면 '신북청행' 대신 '원산신북청행'이라고 쓸 정도의 기량은 발휘할 수 있었을 것이다.

\* \* \*

어쨌든 기차를 타고 보니 미리 약속을 한 노공老公이 마치 그늘에서 말린 학 모습을 하고 지팡이 같은 다리를 굽히고 앉아 있다. 노공과 상대를 하고 있는 인물은 이 역시 스무 관貫90은 훌쩍 넘을 만큼 건장한 대장부로 마적한테서 돈이라도 뜯어낼 듯한 풍모를 한데다 관우 수염을 기른 뺨 언저리에 커다란 고약을 붙여 이채를 발하고 있었다. 자연스레 재미있는 대조를 이루고 있다. 이 두 호걸의 맞은편에 앉아 한동안 대화에 몰두했다.

"당신도 요즘 꽤 마시죠?"

관우 수염은 잔을 든 손을 입 쪽으로 가져가면서 히죽거리고 있었다. 관우 수염의 머릿속에서는, 나를 몸집이 작기는 하지만 구릿빛 얼굴이나 비교적 튀어나온 배

90 일관은 3.75킬로그램이므로, 스무 관은 70킬로그램 정도.

152

로 미루어 봐서 마적 계통으로 본 모양이다. 무심결에 '추측하신대로' 라고 대답을 했다가 한판 붙어보자고 하는 날에는 큰일이다.

"아주 쥐꼬리만큼 마십니다."

"쥐꼬리라도 여러 가지니까요."

"정말 에누리 없는 쥐꼬리입니다."

"에누리 없는 쥐꼬리라도 1리터 정도의 단위는 아니지 않나?"

잠깐 옥신각신하고 있자니 노공이 약간의 주석을 달며 나섰다.

"물총새가 말하는 쥐꼬리라는 것은 양으로 말하자면 한 되 반 정도, 시간으로 말하자면 오전 3시 정도지."

"쓸데없는 소리 마시오. 그것도 옛날 얘기지. 요즘은 완전 글렀어요."

"어쨌든 한 번 해 보세."

관우 수염은 실제로 시험을 해 볼 생각인지 네모난 병과 컵을 들이민다. |세키노마고로쿠|[91]를 머리 높이 치켜올린 형국이다. 아무래도 보드카인지 찬추[92]인지 알코올 도수가 높은 증류주임에 틀림없다.

"제발 너무 과하지 않게… 원산까지 가려면 시간은 넉넉하니까요."

"밤기차에는 이게 최고지요."

91 세키노마고로쿠関孫六. 미노쿠니美濃国 즉 기후현岐阜県의 도공 마고로쿠 가네모토孫六兼元 또는 그 후계자가 만든 칼.

92 당시 일본군들 사이에서 중국술을 일컫는 말. 흔히 바이주白酒를 말한다.

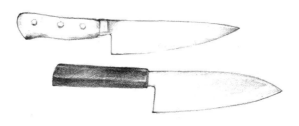

| 세키노마고로쿠 |

도저히 감당할 수 없는 형국이다. 잠시 칼끝을 피해 침대에 뛰어들었지만 이곳 역시 세상사의 번뇌가 가득한 곳이다. 통칭 빈대, 즉 남경충南京蟲이 그것이다. 곤충이란 것은 모두 아까 그 관우 씨의 친척 쯤 되는지 알코올을 대단히 좋아한다. 그것들이 물총새의 몸에서 풍기는 술 냄새를 맡고는 사방팔방에서 달려들어 여기저기 무턱대고 물어뜯는다. 구릿빛 불사신 호걸도 이 습격에는 견딜 수가 없다. 역시 관우 씨 옆이 그리워졌다.

* * *

어쨌거나 인간고를 맛보며 참고 있는 동안 날도 밝아 기차는 삼방三防93 근처를 달리고 있다. 규모가 상당히 큰 아라이목장荒井牧場이 눈에 들어왔다. 이 아라이목장은 이전에 여의도에서 경영하다가 지난해 큰 홍수를 만나 말이고 소고 모두 떠내려가서 인간고를 모두 맛보고는 여기에서 재기를 노린 것인데, 이렇게 번창하는 모습을 눈앞에서 보니 덕분에 큰 자신감이 생겼다. 석왕사釋王寺에서 우연히 용강어인龍江漁人 군을 만났다. 광대뼈가 튀어나온 사이로 매부리코가 우뚝 솟아 있고 송충이 같은 눈썹이

93 함경남도 안변군에 있는
　　명승지.

155

콧대로 몰린 데다가 어깨까지 늘어진 질끈 동여맨 머리칼이 사자 같
이 말려 올라가 있었다. 그는 남화를 그리는 것으로 밥벌이를 하는
남자로, 이제부터 금강산으로 작품을 구하러 갈 것이라 했다. 그의
얼굴 모습이 이미 금강산 만물상과 비슷한 게 아닌가 하여 우스웠지
만 정작 본인은 전혀 눈치를 채지 못 했는지, 어젯밤에 석왕사에서
묵은 느낌을 외설을 섞어가며 이야기하기 시작했다. 원산에서 하차
하여 겨우 조반과 된장국을 먹을 수 있었다. 배로 장전<sup>長箭</sup>94에 갈 심
산인데 동행자는 많은 것 같다.

## 가모마루선

94 강원도 고성군의 한 읍.

95 '가모'는 오리를 말하며,
일본 속담에 '(오리 찜을
하려는데) 오리가 파를 등
에 지고 온다'는 말이 있
어 안성맞춤이라는 의미로
사용된다. 여기에서는 '가
모마루'라는 배의 이름에
서 연상하여 말장난을 하
고 있다.

◁장전행 배는 가모마루<sup>鴨丸</sup>선이라는 바지락만큼 작은
것이었다. 가모마루선이라고 하면 파라도 등에 지고 전
골냄비에 뛰어들 것 같은데95, 과연 아담하고 깔끔한 배
였다. 그런데 몰려든 일행들은 백 수 십 명, 모두 금강
산 탐승객이라며 금강산을 답파하겠다는 등 자연을 정
복하겠다는 등 말로는 큰 소리를 치고 있지만, 모두 배

에는 약한 지 육십 전 하는 침대에 기어들어가고 싶어 하는 사람들이 몹시 많다. 얄궂게도 바다는 좀 거칠어지는 모양이다. 가모마루선은 갈매기처럼 위로 떠올랐다 내려앉았다를 반복하면서 파도 사이를 떠간다. 얼핏 보기에는 매우 간단해 보이지만 인간 입장에서는 매우 불안정하다. 이미 아까부터 가슴이 울렁거려 잡화점을 개업할 듯한 면면이 몇 명이나 생겼는데, 그 거리가 뻔한 항로에서 구토를 했다가는 자자손손 불명예이니 참고 또 참고는 있으나 낯빛으로 드러나는 속내는 감출래야 감출 수가 없다. 특히 표현을 직업으로 삼고 있는 용강어인 군은 화백 체면에 훌륭한 고뇌의 상을 표현하고 있다.

"이 봐, 용강군, 얼굴 표정이 대단한데 괜찮나?"

"에이, 이 정도 배에서 멀미를 하겠나."

"그렇다면 다행이네, 오기 부리면 안 되네."

"아무렇지도 않은 걸."

"그런가."

아무렇지도 않아야 할 용강군은 그 뒤 3분도 채 지나지 않아 견딜 수가 없는지 웩웩 토하기 시작했다. 급히 가서 등을 두들겨 주었다. 상당히 큰 상점으로, 히라타상점平田商店 저리 가라 할 정도였다. 어젯

밤 석왕사에서 사들인 외설 섞인 잡화물이다.

"드디어 낙성했군."

"아니, 아무래도 배멀미는 하지 않는데 어젯밤에 먹은 조선 요리가 문제네. 완전히 배탈이 나서 말야."

"배멀미는 안 한다고?"

"응."

어디까지고 배멀미를 부정하는 것이 재미있다. 그림쟁이라는 것은 물감만 사용하면 세상은 어떻게든 되는 것이라 알고 있는 것 같다. 현재 눈앞에 이 정도로 증거물이 올라와 있는데도 불구하고 여전히 멀미를 하지 않는다고 우기니 기가 막히다. 어쨌든 용강어인을 배안의 모든 겁쟁이들의 대표인물로 추앙해 두겠다.

가모마루선의 선원은 모두 친절하고 정중하며 갈매기 고기처럼 단맛이 난다. 점심식사도 산뜻한 요리로 배 특유의 음식을 먹여준다. 가끔 매실절임에 차를 내준다. 방석, 베개, 담요도 청결하고 기분이 좋다. 특히 침낭을 무료로 개방해 주는 것은 크게 선심 쓰는 것이다. 물총새는 그런 대접을 받는 것을 아주 좋아해서 일등실에 진을 치고는 상대를 찾아 바둑을 두었다. 대항해 오는 적은 모두 어설퍼서 서너 점씩 깔아 주지만 모두 맥없이 나가떨어진다. 그런데,

"저하고 한 판 부탁합니다. 인천의 하타치旗智입니다만."

하며 도전을 하는 자가 있었다. 인천의 하타치라 하면 웬만한 바둑 동호자들은 모두 알고 있다. 물총새도 그 하타치는 유감스럽게도 당할 수 없다고 자백을 해야 했다.

"어떻게 부탁을 드릴까요?"

"글쎄요."

"경성의 누군가하고 둬 본 적 있나요?"

"특별히 누구라고 할 만한 사람하고는 둬 본 적이 없는데요."

"쓰보이坪井 씨하고는 어떤가요?"

"제가 위죠."

그 쓰보이라는 자는 인천 지역 우승자로, 어쨌든 재작년 초단 면허를 딴 인물이다. 그 자보다 위라면 마음을 놓을 수 없는 적일 것이다. 용강어인의 망신 이상의 굴욕을 당할지도 모른다.

"기모토紀本 삼단과 두 점 놓고 하니까 제가 선을 하도록 하지요."

"그래요?"

지금까지 흰 돌을 쥐고 몹시 뻐기고 있던 물총새도 이 상황에서는 귀하고 귀한 흰 돌을 하타치 씨에게 봉정하고, 한쪽 구석의 소목小目96에 한 수를 놓았다. 하수

96 바둑판 네 모서리의 셋째 줄과 넷째 줄이 만나는 점.

159

들은 마른 침을 삼키며 구경을 한다. 그런데 이삼십 수 두자 두 사람 모두 한 수 두는데 너무 뜸을 들였고, 그러자 보고만 있는 구경꾼들은 큰 하품을 한다. 바둑은 상당히 어려워져서 초기에 우세였던 흑은 중반에 형세가 일변했다. 흑이 세차게 공격을 하자 백석은 마침내 죽고 흑 불계승不計勝97이 되었다. 바둑 한 판에 승부가 세 번 있었던 셈이다. 소요 시간 2시간 반, 마침 배가 장전에 닿을 무렵이었다. 배가 장전에 도착하자 배멀미를 하던 무리들도 갑자기 기운이 나서 배안에서 보인 추태는 언제 그랬냐는 듯 상쾌한 표정을 짓고 있다.

줄줄이 내린 사람들은 모두 온정리溫井里로 향했기 때문에 자동차가 미처 실어나르지를 못 했다. 서로 야수성을 발휘하며 앞을 다투는 모습이 어린아이들과 같다. 온후한 군자는 자동차를 한 대 보내고 나중 차를 타게 된다. 어쨌든 간신히 온정리에 도착하여 천룡관天龍館호텔이라는 멋진 이름을 한 숙소에 여장을 풀었다.

97 바둑에서 집 수의 차가 많은 것이 뚜렷하여 계산할 필요도 없이 이김을 의미.

## 질려버린 ××관

편지로 미리 의뢰를 한 ××관이라는 곳에 묵었다. 아무래도 숙소가 네다섯 채밖에 없는 곳에 이삼백 명이 몰려갔으니, 우선 그 혼잡은 그렇다고 치더라도, 이 기회에 벌 수 있는 만큼 벌겠다는 천박한 속셈은 허용할 수가 없다. 보통 기껏해야 사오십 명을 수용할 수 있는 설비인데 백이삼십 명이나 받았으니 어떻겠는가? 다다미 여섯 장짜리 방에 세 명, 여덟 장짜리 방에 네 명 하는 식으로 구겨 넣고, '상황이 이러니 참아 달라'고 한다. 이런 상황이 어떤 상황이라는 것인지 모르겠지만, 중학생들 수행여행도 아니고 사람을 무시하는 처사이다. 물총새가 수용된 방은 여덟 장 짜리 방 두 칸으로, 예의 노공 이하 일고여덟 명, 대개는 서로 알고 있는 사이지만 모두 투덜투덜 불평을 하고 있다. 이후 불만사항이 속출했다.

\* \* \*

이 숙소에 도착한 것은 오후 3시 무렵일 것인데, 8시가 지나도 식사가 나오지 않을 뿐 아니라 목을 축일 차 한 잔도 얻어먹을 수가

161

없는 형편이었다. 물론 이미 밥을 먹고 한 잔 걸치고는 거나한 기분이 된 방도 있지만, 어쨌든 식기가 손님의 절반도 안 되어서 일단 한 번 사용한 밥그릇을 씻어 다시 내오기를 세 번이나 반복해야 했다. 순서가 뒤로 밀리는 것은 업보로 알아야 한다. 게다가 이곳에는 조추<sup>女中</sup>가 네다섯 명 있는데, 하나같이 기묘한 것들 뿐이어서 난감했다. 첫째 불러도 대답을 하지 않는 것이 통칙인 것 같다. 대답은 하되 부탁한 일은 절대로 하지 않는 것이 본령인 것 같다. 그리고 잔소리라도 좀 할라 치면 순식간에 역습을 한다. 어차피 어느 숙소나 만원이므로 아무리 구박을 해도 손님이 도망을 칠 염려가 없다. 화를 내고 나가버리면 금강산 바위 구석에서 호랑이처럼 자야 한다. 이러한 상황을 잘 알고 있는 현명한 조추는 매사에 콧방귀를 뀌며 어떻게 하든 마음대로 해 보시라지 하는 눈빛을 한다. 배를 타면 키를 잡는 뱃사공에게, 자동차를 타면 운전수에게 덧없는 운명을 맡겨야 한다. 이발소에 가면 이발사가 쥐고 있는 무시무시한 면도칼에 목숨을 맡기고 앉아 있어야 한다. 금강산 천룡관에서는 이 사악한 조추 마음 여하에 따라 우리들은 한데 나가서 자야 한다. 신경이 예민한 노공은 평소의 군자연하는 태도와 어울리지 않게 근엄한 얼굴을 하고 야단을 쳐보지만 쇠귀에 경읽기 이상의 효과가 없다. 일행

중에 이들 조추라 칭하는 족속을 다루는 비책을 갖고 있어, 숙소는 물론 요릿집의 조추, 유곽의 게이샤藝者, 여급 등의 심리를 꿰뚫어 고 집불통들을 다루는 기술에 있어 천재라고 자칭하는 이가 있었다.

\* \* \*

"자네들처럼 그렇게 이러쿵저러쿵 한다고 해서 조추가 움직이는 게 아닐세."

"어찌하면 되는가?"

"그야 치켜세워 줘야지."

"조추에게 애원을 해야 밥을 얻어먹을 수 있는 것이라면 안 먹고 말지."

"그런 생각을 하고 있으니 안 되는 거네. 조추 심리라는 것이 있 다는 말이지."

"조추 심리라는 것 몰라도 되지 않나. 나는 이제부터 큰 소리로 야단을 칠 걸세"

"아무래도 세상을 몰라도 한참 모르는군."

"대체 우리가 손님인지 조추가 손님인지 알 수가 없어."

163

"너무 손님 행세를 하면 안 돼."

"손님 행세를 좀 하지 않으면 상대를 할 수 없다니까."

강경파와 온건파가 직면한 조추 문제로 신중하게 논의를 하다 보니 밤 9시나 되어서야 겨우 식사가 나왔다. 이 식사는 이미 두 군데 정도에서 용무를 마치고 돌아온 것이 틀림없다. 게다가 제대로 씻지도 않은 게 확실하다. 하지만 이것으로 그럭저럭 이 방은 생기를 찾아 갑자기 활기차졌다.

"어이, 술 좀 가져와."

"약주를 하실 건가요?"

"당연한 것 아냐? 이런 곳에서 술이라도 마시지 않고 어떻게 배기겠어."

그리고 약 15분, 기다릴 것도 없이 가지고 온 것은 신사神社의 여우석상 같은 술병이 두 병.

"일고여덟 명이나 되는데 이런 것을 겨우 두 병 가지고 와서 어쩌라는 것인가?"

"자, 어쨌든 따랐네."

"뭐야, 차갑잖아."

"무엇보다 이렇게 차갑게 내오다니 심하군."

164

"이봐, 데워 와야겠어."

"아, 귀찮아, 맥주나 마시지 그래요?"

"어쨌든 따뜻하게 데워서 열 병 정도 가지고 와."

"아, 짜증나, 이렇게 바쁜데, 이렇게 귀찮은 손님은 처음이야."

"나도 이런 조추는 처음일세."

"이렇게 한심할 데가 있나."


\* \* \*


조추는 투덜투덜하며 내려갔다. 여우석상 모양의 술병은 한 바퀴 돌자 한 방울도 안 남았다. 하릴 없이 반찬을 뒤적거리지만 아무리 기다려도 두 번째 술병은 오지 않는다. 손바닥이 부을 정도로 두들겨 보지만 전혀 반응이 없다.

"좋아, 내가 카운터에 가서 가져 오겠어."

민첩하다고 자처하는 한 남자가 수송 담당을 맡았다. 그의 보고에 의하면 이렇게 많은 손님을 받아놓고, 주전자로 술을 데우고 있다는 것이다. 정말이지 주전자로 한 병 한 병 데우다간 날이 샐 것이다. 어쨌든 찔끔찔끔 가져오는 술을 찔끔찔끔 마시는 형국이니 아무리

165

마셔도 마신 것 같지가 않다. 이래서는 안 되겠다며 자리를 정리하고 잠자리에 들기로 했다. 깔려 있는 이불을 보니 사람은 여덟 명인데 네 채밖에 없다.

"이봐, 아가씨. 이불이 모자라, 어떻게 된 거지?"

"죄송하지만, 한 채에 두 명씩 자게 되어 있어요."

"아, 이런."

"정말 놀랄 일이군…… 이렇게까지 심각할 줄은 몰랐어."

"그럼, 서로 짝을 지어 부부가 되어야겠군. 될 수 있는 한 덩치가 큰 사람하고 작은 사람, 키가 큰 사람하고 작은 사람하고 짝을 지읍시다."

"난 다리에 털 난 사람은 싫어."

"코 고는 사람은 질색이야."

"사치스런 소리 하고 있네…… 이 형국에."

"이 지경인데 보통 이상의 숙박료를 받고 게다가 하룻밤에 한 명씩 팁을 요구하다니."

이쯤 되니 벌어진 입이 다물어지지 않는다. 꼼짝 못 하고 벌러덩 눕는다. 제대로 잠이 올 리가 없다.

이 숙소에서 유일하게 다행인 것은 온천이 있다는 것이다. 별 것

은 아니지만 온천은 온천이다. 시간만 되면 온천에 들어가 기분을
풀 수 있다. 그래서 온천에 몸을 담그고 있자니, 총각이 더운 물을
길으러 들락날락 한다. 빨래를 하려는 것인지 걸레질을 하려는 것인
지…….

"이봐, 총각. 그 물은 뭐 하려는 것인가?"

"부엌에서 쓸 겁니다."

"그 물로 설거지를 한다는 것은 아니지?"

"당신들이 마실 찻물입니다."

"아니, 뭐라구? 이 물을 우리들이 마신다는 것인가? 때가 꽤 섞여
있을 것 아닌가?"

"영양가가 있어서 좋잖아요."

"이봐, 총각. 될 수 있는 한 사람들 안 볼 때 길어가게."

목욕물을 마실 물로 데우다니 천하일품이다. 이 지경이 되니 온천
도 원망스러워졌다.

## 해금강海金剛과 구룡폭포

탐승探勝의 개시로 해금강에 갔다. 덜덜거려 엉덩이가 아픈 자동차에 흔들리며 달리기를 한 시간 남짓여, 고성이라는 곳을 지나갔다. 뜻밖에 평지가 나왔고 최근 수리사업을 했는지 온정리처럼 남의 호주머니를 노리는 사람들과는 다른 풍경이다. 내지인內地人, 일본인 수도 상당한 것 같다. 그리고 얼마 안 있어 해금강에 도착했다. 버드나무 아래 미꾸라지가 있을 것 같은 적벽강赤壁江이라는 강이 한 줄기 흐르고 있다. 그 강을 건너 어촌 특유의 물냄새가 물씬 풍기는 오솔길을 지나 해안으로 나왔다. 그곳에서 작은 어선을 타고 난바다로 나가보았지만 해금강다운 풍경은 없다. 안내기를 보면 '청파양양青波漾漾 일본해를 남쪽으로 십 수 정丁98 입석리立石里 바닷가로 나오니, 사공암, 부처암 등 파도에 씻기워 화강암을 그대로 드러내고, 청송은 풍아한 가지를 늘어뜨리며 긴 백사장은 밀려오는 파도를 핥고, 송도의 곳은 녹음을 비추네 운운'이라고 나와 있다. 허풍을 떨려면 얼마든지 떨 수 있는 것이다. 이 정도의 경치라면 내지 해안 아무데나 가도 있다.

"여보게, 참으로 시시한 곳이구먼."

98 길이의 단위로 정町과 같음. 1정은 약 109.09m.

168

"그러게, 대체 어디가 해금강이란 말인가?"

"이 근처가 그렇다는 것인가?"

"이 근처가 그렇다니, 전혀 해금강 같지 않지 않은가?"

"소문난 잔치에 먹을 것 없다더니."

"이런 곳인 줄 알았다면 안내기나 보고 있을 것을."

"구룡폭포도 이렇게 과장해서 써놓은 것 아닐까?"

"그럴지도 모르지."

양두구육의 해금강에는 실망했지만 가마우지 십수 마리가 바위 위에 앉아 있다가 가끔씩 바다 속으로 잠수를 하여 물고기를 잡는 모습과 무리를 지은 해표떼가 파도 위로 둥근 머리를 드러내며 놀고 있는 모습은 적잖이 흥을 돋우었다. 열두세 명으로 이루어진 일행은 이 해금강을 배경으로 한 잔 하며 숙소로 인해 우울해진 기분을 풀 생각이었으나, 신선한 회가 있을 것 같지도 않고 하여 꽁무니가 빠지도록 서둘러 자동차를 타고 숙소로 돌아왔다.

그런데 숙소에서 뒹굴뒹굴 하고 있자니 전보가 한 통 날아들었다. 문면대로 보면, '준비 됐음. 곧 오시길'이라고 되어 있다.

발신자는 해금강의 모 요정이다. 여우에 홀린 것 같은 기분이 들어 알아보니, 얼뜨기를 잡으려다 못 잡은 데에 대한 화풀이였음을 알았다. 마음을 놓을 수 없는 능구렁이들이다.

\* \* \*

다음 날은 드디어 구룡폭포행이었다. 깎아지른 절벽 사이로 난 계곡을 따라 가니 제일 먼저 나타난 것이 극락현極樂峴, 전혀 극락이 아니다. 여기저기 사직고개 같다. 그 기슭에 신계사新溪社가 있지만 별볼 일 없다. 점점 더 깊숙이 들어가니 차츰 금강산다워진다. 이야, 이건 해금강에 비할 바가 아니다. 정말이지 천하 절경이다. 오른편으로 보이는 관음연봉의 경치는 무어라 형언할 수가 없다. 적송과예의 솔방울로 유명한 오엽송이 적당한 비율로 점철되어 독특한 분위기를 자아내고 있다. 가는 곳곳마다 계류비폭溪流飛瀑이 아닌 곳이 없으며 특히 담潭이라 칭하는 용소龍沼 모양을 한 소가 감벽紺碧을 이루고 있다. 금강문을 지나 비봉폭포, 무봉폭포 등을 보고 옥류동에이르렀다.

그 즈음부터 노공들의 다리는 차츰 풀려 세 발짝 떼고 쉬고, 다섯 발짝 떼고는 허리를 펴고, 종국에는 '일 정町에 한 번'이라며 공연히 휴식을 취한다. 같이 어울리던 건각당健脚黨들도 꼴좋게 파김치가 되었다.

어쨌든 기다시피 해서 목적지인 구룡폭포에 도착했다. 동굴 같은 절벽에서 떨어지는 폭포자락이 곧 구룡폭포로 높이 백칠십 척[99], 게곤폭포華嚴滝[100]에 비해 더 낫다고 할 정도는 아니지만, 약간 특이한 신비감이 감돌고 있으며 기가 막히게 아름다운 용소 역시 볼 만하다. 반대편의 찻집에서 바라보는 것도 운치가 있다.

이 폭포 옆에는 미륵불이라고 엄청 큰 글자가 새겨져 있다. 해강海岡[101] 씨의 필체라 하는데 쓸데없는 수고를 한 것이다. 덕분에 적잖이 풍치를 해치고 있다. 이 미륵불 외에 말도 안 되는 이름들이 한없이 새겨져 있는 것을 보니, 인간이라는 것은 이런 대자연을 접해도 여전히 욕심을 부리는 근성은 버리지 못 하는 것 같다.

이 구룡폭포 위에 팔담八潭이라는 것이 있다. 구룡이 살던 집이 있었다는 전설이 있는데, 그곳으로 올라가기 위해서는 단애절벽을 기어 올라가야 하기 때문에 별난 사람들이 피곤을 벌려고 가는 곳이다.

구룡폭포를 바라보면서 주먹밥을 먹고 귀도에 올랐다. 왔던 길을 되돌아가는 것일 뿐인데 전혀 다른 풍치가 느껴진다.

\* \* \*

99  1척尺은 약 0.3미터이므로 170척은 약 51미터.

100  도치기현栃木県 닛코시日光市에 있는 낙차 97미터의 폭포. 일본의 3대 폭포 중 하나.

101  김규진金奎鎭의 호, 1868-1933, 조선 말기의 서화가.

# 만물상과 온천령 넘기

\* \* \*

온정리를 뒤로 하고 만물상萬物相을 탐방, 험준한 온정령을 답파하여 장안사로 가려는 계획에는 적잖이 골치가 아팠지만, 그 부분은 경로자들을 배려하기로 해서 지게꾼 세 명을 고용하고 여장을 단단히 하여 짚신 신는 법에서 각반 두르는 법에 이르기까지 아주 신경을 쓰며 아침 7시 무렵 숙소를 출발했다.

지게꾼 세 명의 등에는 비슷비슷한 네모난 가방이 가득 실려 있다. 그 중 비교적 큰 것이 노공의 소유품으로 그 가방은 노공을 수행하여 만주, 북경까지 다녀온 증거로 '북만호텔', '나고야관', '대련호텔', '북경반점' 등 숙소 표찰이 여기저기 붙어 있다. 그것은 노공의 자랑거리였지만, 혹시 그 지게꾼이 가방을 지고 도망을 가지 않을까 하는 걱정의 원인이기도 했다. 그런데 지게꾼은 노공의 마음을 아는지 모르는지 제멋대로 걷기 시작했다. 순식간에 지게꾼의 모습이 보이지 않게 되자 노공의 걱정은 이만저만이 아니다. 하지만 그것이 오히려 보행력을 도와 비교적 발걸음이 빨라졌다.

172

\* \* \*

　어느새 한하계<sup>寒霞溪</sup>를 지나고 있다. 왼편으로 관음연봉을 보며 기봉수령<sup>奇峰秀嶺</sup>의 계곡 밑을 누비며 간다. 그곳에 만상계<sup>萬相溪</sup>라는 곳이 있다. 기암이 어금니처럼 솟아 노방을 감싸고 있는 곳에 찻집이 있다. 그곳에서 아무도 이의 제기 없이 휴식을 취했다. 삼선암<sup>三仙巖</sup>을 오른편으로 끼고 만상계에 도착했다. 그곳에 또 잇사테이<sup>一茶亭</sup>라는 찻집이 있는데 신기하게도 여주인이 내지인이다. 수완이 보통이 아닌 듯해서 통행인을 가지고 논다.

　"저 건너편에 모 화가가 있는데 금강산을 그린다고 하니, 하나 사세요."

라며 권한다. 찬찬히 알아보니, 그 화가는 오카야마현<sup>岡山県</sup> 사람으로 작년 가을부터 이런 생활을 하고 있다는데, 무료할 때마다 틈틈이 이 찻집 주인과 의기투합하는 모양으로, 작품 판매 쪽에 진력을 하고 있다고 한다. 그 여주인의 찻집에서 날달걀을 세 개씩 먹고 마침내 만물상에 올랐다.

173

* * *

　만물상이란 삼선암에 올라 귀면암鬼面岩, 오봉산五峯山, 세지봉勢至峯 등 연달아 늘어선 봉우리들을 바라볼 때의 풍광을 말하는 것이다. 역시 만물상답다. 구룡폭포의 경치와 비교하면 암석이 온통 하얀 것이 볼거리이다. 그리고 굉장히 막대하다. 그 막대한 경치의 한쪽 끝은 신만물상이고 다른 한쪽 끝은 오만물상奧萬物相이다. 즉 어디까지고 한이 없어서 이 필법으로 가면 강원도 절반 이상은 만물상인지도 모르겠다. 그런데 혈기왕성한 무리들은 그 사실을 모르기 때문에 무엇이든 이름이 있는 곳이라면 안 가고는 못 배기겠는지, 신만물상은 물론이고 오만물상까지 여기저기 뛰어다니는 데는 놀라지 않을 수 없었다. 그렇게 해서 오만물상을 보지 않으면 진정으로 만물상을 보았다고 할 수 없다며 득의양양하는 모양은 가소롭기 짝이 없다.

　그런데 문제가 하나 생겼다. 지게꾼이 등에 짊어진 십칠인분의 도시락 주인들 중 절반은 신만물상에 가버렸기 때문에, 등에 지고 갈 수도 없고 그렇다고 해서 지게를 돌려보내자니 노공의 중요한 가방이 걱정이 되었다. 어쨌든 이 노공은 세 명의 지게꾼들을 동시에 같은 장소로 끌고 다니지 않으면 안심을 할 수 없었다. 그래서 한 시

174

간이나 의논을 했지만 좋은 생각이 떠오르지 않았다.

\* \* \*

그리고 마침내 온정령을 넘기 시작했다. 예나 제나 '여행 일정에 한 번'이 유행이다. 그러나 어찌됐든 모두 정상에 올랐다. 일이란 막상 해보면 걱정했던 것보다는 쉬운 법이다, 될 일은 되는 법이다 라는 말의 진리를 여실히 깨달았다. 노공들도 정상에 오르더니 언제 그랬냐는 표정들이다.

\* \* \*

온정령 정상을 분수령으로 해서 반대쪽으로 내려가기 시작하니 산천초목의 모습이 일변하여 극히 평범해졌다. 급경사를 내려가자 마실 물이 나왔다. 그곳에서 주먹밥을 먹고, 가는 개울을 따라 신풍리新豊里로 갔다. 개울에는 금강산에서는 보지 못 했던 물고기들이 놀고 있다.

* * *

　신풍리에서 자동차를 기다리는 동안 빈대에게 잔뜩 물렸다. 신풍리에서 봉전리蓬田里, 국삼동國三洞을 거쳐 말휘리末輝里에 도착했다. 말휘리는 이 지역 교통의 요지이다. 자동차는 여기에서 방향을 돌려 산 위로 쑥쑥 올라간다. 계곡을 건넌다. 그 때마다 자동차에서 내려야 했다. 녹초가 되어 장안사에 도착했다.

* * *

　장안사에 도착한 것은 하지의 해가 서쪽으로 떨어질 무렵이었다. 장안사호텔 앞에서 자동차를 내려 장안사에 갔다. 그 주변은 실로 수목이 울창하여 녹음이 뚝뚝 듣는 듯했다. 예의 적송과 소나무 외에 커다란 전나무가 죽 늘어서 있다. 외금강과는 전혀 다른 산세를 하고 있는 데에다 아름다운 계곡이 흐르고 있고, 피라미나 붕어가 떼지어 노닐고 있다. 내지에 간 것 같은 기분이다. 장안사는 별로 큰 절은 아니지만, 이 풍부한 산림을 손에 넣고 있으니 실속이 있는지 저녁 독경을 하는 승려가 이, 삼십 명이나 되었다. 그 외에는 이렇다

176

하게 볼 만한 것이 없었다.

그 날 밤 장안사호텔은 만원이라 해서 조선 여관에 묵었다. 빈대가 없다는 단서를 달고 말이다. 천룡관에서 영양불량이 된 일행은 오히려 조선 요리를 즐겼다. 게다가 이부자리도 있고 눈치 볼 것도 없어, 늘 하던 반주에 거나하게 취해 아름다운 꿈을 꾸었다.

다음 날은 내금강을 탐승할 차례다. 마침 장안 종교과의 와타나베渡辺 옹이 있어서 안내를 해주었다. 장안사에서 명경대明鏡臺를 거쳐 표훈사表訓寺에 갔다. 그 주변의 산기슭 여기저기 자그마한 집들이 있고 세련된 여자가 있었다. 아이도 있지만 남자는 보이지 않는다.

"와타나베 씨, 이 주변의 집에는 여자와 아이들만 있는 것 같은데 어찌된 일인가요?"

"모두 여자들 살림이네."

"남자들은 없나요?"

"그렇다네."

"하지만 아기는 있잖아요."

"그건 스님의 자식이네."

"아, 그렇군요. 모두 첩이군요."

"첩이라고 할 것까지는 없지만, 스님이 왔다 갔다 하는 사이에 그만 아이가 생겨버린 거지."

"재미있군요."

"재밌고 자시고 할 것도 없지. 스님의 이면은 내지나 조선이나 마찬가지네."

실수로 아이가 생겨버린 여자의 집들을 몇 번이고 보고 나서 명경대에 도착했다. 이 명경대는 커다란 바위 하나가 타원형으로 우뚝 서 있어서, 마치 거울 모양을 하고 있는 것을 바라보는 대라는 뜻이다. 이 명경대에 대해서 와타나베 씨가 자세한 설명을 더했다. 여러 가지 고사내력이 있는 것 같지만 아까 여자들의 집만큼 흥미가 있지는 않았다.

명경대에서 표훈사로 갔다. 그것은 상당히 큰 절이었다. 조청을 맛보았다. 와타나베 옹은 이 근처에서는 단골손님인지 꽤 영향력이 있었다. 여기서도 상당히 장황한 설명이 있었지만, 조선의 전설만큼 한심한 것도 없다. 그것을 정성스럽게 설명하는 와타나베 옹도 참 힘들 것이다.

그 표훈사 아래에 아담한 요릿집이 있었다. 그곳에서 점심식사를 했다. 숙소의 변소가 마땅치 않아서 이곳에서 밖에다 변을 본 사람이 두세 명 된다. 밖에다 변을 보는 맛을 처음 알았다는 초심자도

178

있었던 것 같다.

점심 식사 후 용기를 내서 만폭동萬瀑洞에 갔다. 이 만폭동이 내금 강의 명소로, 내금강 팔담 소재지이다. 역시 좋은 곳이다. 외금강과 는 달리 수목이 풍부하다. 특히 활엽수가 풍부해서 그 낙엽 위를 사 각사각 소리를 내며 걸을 때는 내지의 쓰쿠바산筑波山이나 다이센大山 산에 간 것 같은 기분이 든다. 팔담은 모두 용소 같은 물웅덩이인데, 구룡폭포 팔담과는 달리 눈 아래를 내려다보게 되어 있어 다행이다.

이 만폭동에서 가장 마음에 든 것이 보덕굴普德窟이다. 만폭동 왼편 의 수십 길이나 되는 절벽 위에 있는 하나의 동굴이다. 길이 길 같 지 않은 곳을 기어올라가서 보니 굴을 이용한 암자가 있다. 벼랑에 서 사오 척이나 돌출되어 있어서 몹시 기분이 나쁘다. 자칫 발을 잘 못 디뎌 미끄러지기라도 하면 수십 길이나 되는 절벽 아래로 떨어진 다. 그 암자에 예순 정도 되는 노옹이 홀로 살고 있다. 혼자서 뭔지 모를 가루를 만들고 있었는데 사람이 와도 눈길 한 번 돌리지 않는 다. 일 년 내내 이렇게 살고 있다는데, 실로 세상과는 인연이 없는 삶을 살고 있다. 경성 주변의 버르장머리 없는 것들을 한 겨울만 이 곳에서 살게 하면 어지간히 수양이 될 것이다. 그 노옹과 이야기를 해보고 싶었지만, 너무 무뚝뚝해서 그만두고 말았다.

이 만폭동에서 마가여摩訶衍, 백운대白雲臺가 시자되는데, 실온 금강산도 점점 식상해져서 그 정도로 하고 숙소로 돌아왔다. 오늘밤도 조선 요리이다. 조선 요리도 이틀 연속 먹으니 싫증이 난다.

## 귀로

장안사를 뒤로 하고 마침내 귀로에 올랐다. 자동차가 부족해서 쟁탈전이 벌어졌다. 차표를 너무 많이 발행해서 차표를 끌어안고 분을 삭여야 하는 사람들도 있었다. 우리들 일행은 그런 면에서 빈틈이 없었다. 갑조와 을조로 나뉘어 일사분란하게 수송지휘관의 지휘에 따라 승차를 할 수 있었다. 단, 노공의 소중한 가방이 안에 들어가지 못해서 자동차 옆에 매달렸다. 노공은 매우 걱정하여 혹시 옆에 매단 줄이 끊어져서 떨어지지 않을까 하며 가방을 감시하느라 노심초사했다. 자동차는 가파른 언덕을 올라갔다 내려가고는 또 내려갔다 올라갔으며, 계곡 물 속을 돌진하고 모래사장을 달리며 실로 용감하게 전진한다. 그때마다 노공의 수명은 단축되었다. 자동차도 이런 길을 왕복하니 타이어가 펑크 나는 것도 무리는 아니다.

180

자동차는 말휘리에서 단발령斷髮嶺이라는 산악 모던 걸을 왼편으로 보며 그 치맛자락을 휙 돌아 신안역에 도착했다. 그 일대는 온통 방축과 양계가 성행하고 있어서 여기저기 귀리 밭이 보인다. 신안역에서 자동차에 개솔린을 넣었다. 일동은 하차하여 여기저기 돌아다녔다. 그곳에서 뜻밖에 큰 사건이 일어났음을 알았다. 큰 사건이란 노공의 소중한 가방에 소똥인지 사람똥인지 알 수 없는 것이 잔뜩 묻어 있는 것을 말한다.

"어이, 가방에 이상한 것이 묻어 있네, 뭐지?"

"뭐지, 소똥인가?"

"소똥 치고는 점착력이 너무 강한데."

"이봐요, 노공, 노공. 당신 가방에 뭔가 묻었어요."

노공은 놀라서 달려갔지만 묻어 있는 것이 떨어지질 않는다.

"운전수 양반, 너무 하네. 뭘 묻힌 것인가?"

"저는 모릅니다, 뭘까요?"

"저는 모른다니, 자네가 책임자 아닌가?"

"차가 도는 바람에 튀어오른 것이라 어쩔 수 없어요."

"대체 이게 뭘까?"

"냄새를 맡아보면 알 수 있을 거야."

노공 자꾸만 매부리코를 들이대어 냄새를 맡으며 감정을 하고 있다.

"소똥이야, 소똥이 틀림없어. 이 근처의 소는 먹는 게 달라서 이런 것이 나오는 것일 거야."

"소똥이라면 별일 아니니 다행이네."

"뭐 그리 고마울 일도 아니지."

"이야, 소똥이라니 축하해요, 축하해."

신안역이라고 해도 기차 정거장은 아니다. 신안역부터 자동차는 그저 전속력으로 달리기만 했다. 다행히 펑크가 나는 불상사 없이 탄감리炭甘里에 도착했다. 장안사에서 네 시간 여, 마침 점심때였지만 식사를 할 곳도 없다. 전차는 벌써 출발하려 했다. 탄감리라니 대체 숯이 맛있는 곳이 어디 있을까? 미친 것 같은 지명이다. 점심 먹을 곳도 없는 주제에 시답지 않은 소리를 하고 있다. 어쩔 수 없이 와타나베 노인에게서 선물로 받은 맥주가 좀 남아 있는 것을 마시고는 견딜 수밖에 없었다. 이 탄감리 전차 정거장의 역무원은 매우 친절했다. 맥주를 마시는데 컵을 빌려주기도 하고 차를 주기도 했다. 관료당은 좀 보고 배웠으면 한다.

탄감리에서 금강산 전차를 탔다. 생각보다 승차감이 좋은 전차다. 노공의 가방에 묻은 소똥도 어느새 깨끗하게 청소가 되어 선반 위에 올려져 있었다. 도중에 금성金城, 금화金化 등 상당히 발전력이 있어 보이는 부락을 지나갔다. 이 정도면 금강산전기金剛山電氣도 무시할 수는 없다. 곧 십할이나 배당을 하게 될 지도 모른다.

철원에서 잠깐 도시락을 먹었다. 경원선을 타고 나니 비로소 속계 기분이 농후하다. 일주일 정도 신문이라는 것을 보지 못 하고 살았기 때문에, 세상일은 까마득해졌다. 기차를 타고 나서야 비로소 무나카타楝方 씨가 사환에게 참살을 당한 사실을 듣고 깜짝 놀랐다. 그 온후한 사람이 믿고 있던 사환에게 당한 것이다. 그것도 금고 안에 든 얼마 안 되는 돈이 화근이었다고 하니, 세상에 무서운 것이 무모한 짓을 하는 자이다. 무나카타 군도 편히 눈을 감지 못했을 것이라고, 내가 없던 사이에 일어난 사건에 대해 생각했다.

기차 안에서 자유해산을 했으므로 청량리에서 내리는 사람도 있었다. 용산에서 실례를 하는 사람도 있었다. 얌전히 경성역까지 타고 가는 사람도 있었다.

새장안의 새는 새장에서 꺼내 줘도 언젠가는 새장이 그리워져서 다시 돌아온다. 금강산에서 큰 소리를 치던 가장도 언젠가는 또 마누라 품으로 돌아온다. 별 볼일 없는 얼굴이라도 일주일이나 보지 못한 마누라다. 마누라만큼 편리하고 귀하고 경제적인 것도 없다.

늙은 것이나 젊은 것이나 자기 마누라가 있는 곳을 잊지 않고 돌아가서 편리하고 귀하고 경제적인 원칙의 실행에 다시 임하게 된 것은 축복이다.

# 영양에 관한 설

열세 살 때 말에서 떨어져 절벽으로 굴러 뼈가 부러지고 동맥이 절단됐다. 좌골과 출혈로 도저히 가망성이 없다고 생각했는데 불구도 되지 않고 3년 만에 정상인이 되었다. 스물다섯 살 때 생각지도 못한 난치병에 걸려 의사도 손을 들었지만, 신기하게도 자가요법으로 구사일생의 행운을 얻었다. 서른세 살 때 폐렴을 앓아 발병 후 사흘째 되는 날 위독 상태에 빠졌다. 나흘째에 이제 네다섯 시간 밖에 견디지 못한다는 지경에까지 이르렀지만, 문득 이상한 생각이 들면서 다시 이 세상 사람이 되었다.

그런 경로를 거친 나는 이미 죽었어야 할 사람이라고 생각한다. 따라서 생에 대한 집착은 별로 없다. 하지만 역시 억지로 죽기도 아까웠다. 살아 있으면 또 뭔가 할 일이 있지 않을까 라고 생각하며 그날그날을 살고 있다. 그런데 살아있으면 남들처럼 물욕이 인다. 큰 모순임에 틀림없지만 신기한 일이다. 그 모순을 해결하는 첫걸음으로, 물욕적인 사람이 어떻게 살아가는 요소에 맞출 수 있는지 생각하는 데에 흥미를 갖게 되었다. 물론 의학상 지식도 없고 생리 해부력도 없다. 다만 내 자신을 재료 삼아 연구를 했을 뿐이다. 인간의 몸에 어떤 매커니즘이 있는지 모르지만, 내 자신은 내 신체의 각 부분을 알고 있다는 생각이 든다. 내 자신이 외부적으로 행동한 일이 신체의 각 부분에 어떻게 영향을 미치는지 명료하게 반응한다.

외부적 행동을 크게 나누면, 영양 섭취와 운동, 사고로 나눌 수 있다. 영양 섭취부터 이야기하겠다. 호흡도 영양 섭취임에 틀림없지만 여기에서는 제외한다. 인간이 잡식을 하게 된 것이 언제부터인지, 또 잡식 이전에는 무엇을 먹었는지 모르지만, 모든 생물은 잡식을 싫어한다. 유독 인간만이 잡식을 하는 것은 왜인가? 사고의 폭이 넓기 때문이다. 사고가 넓고 깊어짐에 따라 잡식의 범위를 확장할 필요가 있다. 사고를 함으로써 살아가기 위한 어떤 요소가 결핍되기 때문이다. 그 어떤 요소가 무엇인지는 모른다. 잘 모르기 때문에 잡식을 하는 동안 뭔가로부터 보충이 되는 것이다. 들개와 보통개를 비교해 보면 사고력에 큰 차이가 있다. 들개는 단순식이지만 보통개는 잡식이다. 그 대신 운동력은 들개에 미치지 못 한다. 남자와 여자를 비교해 보면 대개 남자는 잡식을 좋아한다. 즉 잡식을 필요로 한다는 것이다. 이것을 경제적 관점에서 보면, 여자는 간이생활을 견딜 수 있다는 것이다. 고구마나 호박을 주면 상당히 여러 날을 견딜 수 있다. 수면도 사고가 단순한 여자 쪽은 잠깐이면 된다. 특히 여자는 짬짬이 수면을 취할 수 있다. 낮잠, 졸기 등은 여자의 특권이다. 밤기차를 타 보면 금방 알 수 있는데, 남자들은 대개 꾸벅꾸벅 졸지만 여자들은 정말로 숙면을 취한다. 안고 있던 아이가 떨어져도 모르는 경우도 있다. 수면은 사고의 휴식이기 때문에 남자는 휴식을 하기 어렵다. 그리고 다량의 휴식을 필요로 하기 때문에 평상시에는 밤중에 아이를 돌보는 일에는 무관하게 오로지 자려고 노력한다. 여자는 수유를 하거나 소변을 보느라 중간 중간 잠이 끊겨도 잘 잔다. 그리고 밤늦게 자고 아침 일찍 일어난다. 그래도 아무렇지도 않은 표정을 짓는다.

수면 이야기는 나중에 하기로 하고, 어쨌든 잡식은 사고에 의한 어떤 요소의 결핍을 보충하는 수단이다. 산 속에 사는 선인仙人은 생각을 하지 않아도 되니까 나무 열매 정도로 견딜 수 있지만, 문화 문화 하며 시달리는 인간은 잡식을 확대해야 한다. 잡식의 유효가치는 다른 데서 구할 수 없다는 데에 특성이 있다. 당근을 분석하여 성분을 알 수는 있겠지만, 성분을 가지고 당근을 만들 수는 없다. 당근만이 아니다. 모든 자연물은 인간이 만들 수 없다. 푸성귀 한 쪽, 계란 하나, 인간은 만들 수 없다. 과학이 아무리 이러니저러니 해도 빈약한 것이다. 그것은 특성의 본질을 알 수 없기 때문이다. 우리들이 뭔가를 먹는다는 것은 음식의 특성을 먹는 것이다. 그렇지 않다면 인간은 단백질, 전분, 지방, 비타민 A, B, C, 기타 생리학자가 말하는 성분을 먹기만 하면 살아갈 수 있을 것이다. 그 성분을 모두 통조림으로 만들어서 잡화점에서 팔면 된다. 논도 밭도 필요 없다. 쌀이나 야채도 없어도 된다. 그렇게 할 수 없으면 일보 양보해서, 쌀이나 보리, 무, 호박을 공장에서 제조하면 된다. 그렇게도 할 수 없다면 자연에 항복을 해야 한다. 자연에 항복을 하고 변함없이 자연물의 특성을 먹으며 살아가야 한다. 이 지점에서 음식론이 나온다.

지금으로서는 인간의 음식도 다른 동물과 마찬가지로 자연식에 의존할 수밖에 없다. 영양공급 주식회사나 생물 제조국이 생기는 시대라면 몰라도, 어쨌든 현재로서는 역시 가까이 있는 자연물을 채취해서 먹는 수밖에 없다. 그러니까 산에 사는 사람은 산에서 나는 것을 먹고, 바닷가에 사는 사람은 바다에서 나는 것을 먹는 게 제일 좋다. 중국요리는 모두 건어물 위주다. 양식은 육식 위주다. 일본식이 어육魚肉을 기조로 하는 것도 순전히 자연의 결과이다. 그것을 일반 동물로 생각하면 금방 이해가 간다. 산에 사는 꿩이 오리 흉내를 내고, 오리가 꿩 흉내를 내면 어떤 결과가 될까?

내 고향은 구주쿠리해변九十九浜102이다. 그리고 또 강 하류에 있는 윤택한 지역이다. 바다 생선이나 민물 생선도 자유자재로 얻을 수 있다. 그것을 잡아서 아무렇게나 날로 먹는다. 그런데 신슈信州103에서 양잠 선생님이 왔다. 나무열매나 개암을 먹고 자란 사람에게 갑자기 가다랑어 회를 먹으라 하면 견딜 수 없을 것이다. 순식간에 설사를 한다. 생선은 조금 비린 맛이 나는 것이 좋다는 말을 기억하고 있다. 새라는 새는 모두 주로 썩은 고기를 먹는데 신슈 산골사람도 신선한 생선은 입맛에 맞지 않는 것 같다. 자연식은 생식이다. 음식을 찌거나 굽거나 하는 것은 언제 시작된 것인지, 참 쓸데없는 것을 발명했다. 그러나 오랜 동안 그런 가공식에 익숙해진 우리들에게는 그것이 자연식인 것처럼 되었다. 거기서 가장 중요한 것은 그 화기를 더해 열을 가할 때 자연의 본성을 잃지 않을 정도로 해야 한다는 것이다. 두부는 이미 인공을 많이 가미한 음식이다. 그러나 날 두부―

102 지바현千葉県 보소반도房総半島 동쪽에 있는 길이 66km의 해안.

103 현재의 나가노현長野県.

189

실은 날 것은 아니다—는 자연식에 가깝다. 그것을 다시 열을 가해 먹는다. 그 정도면 매우 곤란한 것으로 유도후湯豆腐104의 맛은 주로 그간의 사정을 알게 해 준다. 그 사정은 유도후에서 현저하지만, 모든 음식이 다 그렇다. 가공을 했기 때문에 본성을 잃어버려 찌꺼기만 먹는 것이 오늘날 인간의 영양상태이다. 자연식, 생식이 음식의 이상理想이지만 인구가 증가하여 뜻대로 되지 않는다. 특히 도회에 사는 인간에게 자연은 없다. 야채류는 밭에 있는 것이 아니라, 잡화점에 있는 것이다. 생선은 바다에 있는 것이 아니라, 아홉 자尺 두 칸間105짜리 생선가게에 진열되어 있는 것으로밖에 여기지 않는 것이 도회의 자연이다. 파릇파릇 싱싱한 야채가 가게 앞에 늘어서고, 넓은 바다에서 펄떡펄떡 뛰놀던 물고기가 생선가게 진열대에 올라가는 동안, 그들이 가지고 있던 특별한 성질을 잃어버리는 것은 당연한 것이다. 그런 찌꺼기를 먹고 있는 것이 도회인이다. 그러면 인간이 바짝 말라 신경쇠약에 걸리는 것은 당연하다.

근래에는 통조림이 대유행을 하고 있다. 어떤 음식이라도 통조림으로 만든다. 열대지방의 것도 한대지방의 것도 통조림으로 만들어 도회에 보낸다. 그러나 통조림으로 한 음식은 반드시 그 특성을 잃어버린다. 도회인

104 두부를 데쳐 간장에 찍어 먹는 요리.

105 자尺는 33cm, 칸間은 6자이므로 아홉 자 두 칸은 약 7m.

들은 그 찌꺼기를 먹고 살고 있는 것이다. 그리고 근래에는 야채의 속성재배나 물고기 인공양식이 유행이다. 이 또한 잘못된 것이다. 온실에서 자란 유채나물이나 가지, 오이를 먹거나 철도 아닌 자라를 귀히 여기는데, 모양은 비슷하지만 각 물질의 속성이 발현되지 않기 때문에 음식으로서는 전혀 가치가 없는 것이다. 그러나 우리들의 생활은 도저히 자연식이라는 이상을 실현할 수는 없다. 역시 야채가게에 신세를 지고 생선가게에서 썩어가는 생선을 감지덕지하며 사다 먹고 살아야 한다. 그래서 그 특질의 유무를 감정할 수 있는 능력을 필요로 하는 것이다.

감정을 하는 첫 번째 방법은 그 독특한 냄새이다. 어떤 식품이라도 냄새가 나지 않는 것은 없다. 냄새의 근원이 무엇인지는 오늘날 과학자들도 확실히 모르는 것 같지만, 그 냄새야말로 그 식품의 특성이다. 그 냄새를 맡고 우리는 어떻게 느끼는가? 그 냄새에 따라 식욕을 일으킨다. 단무지 냄새는 외국인은 어쩌면 구토를 일으키는 악취일지도 모르지만, 우리들은 그것으로 인해 점분질 쌀밥에 찻물을 부어 후룩후룩 들이키는 쾌감을 느낀다. 조선의 절임야채에 김치라는 것이 있다. 처음에는 그 냄새를 맡는 것만으로도 괴로웠다. 저런 음식을 참 잘도 먹는구나 라고 생각했지만 차츰 익숙해짐에 따라 그 맛을 느끼게 되었다. 김치의 특성을 이해한 것이다. 즐겨 먹는 생선도 한 번 부패하면 냄새가 풀풀 나서 어쩔 수 없이 코를 막지 않을 수 없게 변화한다. 인간이 냄새를 알 수 있는 것은 음식의 특성을 알기 위한 준비이다.

어린이들은 모두 냄새가 나는 음식을 싫어한다. 그들의 두뇌는 단순해서 사고에 의한 요소의 결핍을 초래하지 않기 때문이다. 그들은 단지 성장하는 데에 필요한 즉 뼈와 살과 피가 될 영양을 섭취하면 되기 때문이다. 당근을 좋아하는 어린이는 백 명 중 세 명도 되지 않을 것이다. 물론 당근을 좋아하는 사람은 호색한이라는 속설의 영향인지도 모른다. 당근을 좋아하는 사람은 호색한이라는 말은 일리가 있다. 당근은 일종의 특성을 가지고 있어서 신장의 기능을 돕는 효과가 현저하기 때문에, 세상의 호색한이 즐겨 섭취하는 것도 당연한 도리이다. 그 외에 향신료에 속하는 것은 어린이들이 좋아하지 않는다. 어린이들이 가장 좋아하는 것은 단 맛이다. 뼈와 살과 피를 제조하기에 바쁘기 때문이다. 우리들이 산길을 가다가 공복을 느꼈을 때도 향신료로는 그것을 채울 수가 없지만, 사탕을 먹으면 금방 힘이 나는 법이다.

여자들은 어린이들과 비슷한 점이 많다. 아니 그렇게 말하면 실례이니, 어린이들이 여자와 비슷하다고 정정해도 될 것이다. 여자들의 사고가 단순하다는 것은 앞에서 언급한 대로이며, 따라서 향신료를 좋아하지 않는다. 대부분은 단맛을 좋아한다. 개중에는 술 한 되 정도를 마시는 여자도 없지는 않지만 그것은 예외로 쳐야 한다. 달걀이 싫다는 둥, 우유는 마시지 않겠다는 둥 하는 여자가 적지 않다. 병에 걸려 빈사상태에 빠져도 우유는 마시지 않겠다고 하는 경우가 종종 있다. 여자들은 어린이들과 마찬가지로 간식을 좋아한다. 안주를 먹는 것도 여자들의 특권이다. 그러나 이는 원시적 의미에서 자연식의 원리에 들어맞는다. 인간이 우리들처럼 하루에 삼식을 하게 된 것은 언제부터인지 몰라도 쓸데없는 일을 생각해 낸 것이다. 그냥 가까이 있는 것을 채취해서 먹으면 된다. 없을 때는 먹을 수가 없다. 그것이 자연이다. 그러나 오랜 세월 동안 세 번씩 음식을 섭취하는 습관이 든 우리들은 오히려 그에 맞추어 영양을 섭취하게 되었다. 따라서 우리들의 위장은 간식을 싫어한다. 사고와 소화를 동시에 실행하는 것이 어렵기 때문이다. 그러므로 음식을 섭취했을 때는 잠깐 아무 생각도 하지 않는 것이 도리이다. 어린이들과 여자들은 늘 별 생각이 없기 때문에 언제든지 음식을 먹을 수 있다. 그간의 소식은 조금 극단적인 경우를 생각하면 이해가 될 것이다. 우리들은, 사회적으로 중대한 책임이 있는 사건이 일어나거나 일신상의 문제로 일가의 부침에 관한 사건을 겪게 될 경우, 아무리 대식가라도 식사를 잘 못하는 법이다. 혹은 절대적인 슬픔 또는 극도의 분노, 즉 감정의 흥분, 이런 것들도 우리는 사고의 일종이라 보는데 이것이 클 때도 마찬가지로 밥이 넘어가지 않는다. 이런 점은 남자보다 여자가 심한 것 같다.

이야기가 좀 옆으로 샜는데, 냄새가 식품 특성의 발로인 이상 우리들의 코는 멋으로 얼굴 한복판을 점령하고 있는 것이 아니다. 식품의 냄새를 맡아 분간을 하는 큰 사명을 갖고 있는 것이다. 따라서 콧대가 높은 것을 자랑할 것이 아니다. 아무리 오똑하고 훌륭한 코라도 비염이나 축농증으로 냄새를 맡을 수 없게 된 것은 제대로 된 코가 아닌 것이다. 향신료 식물의 특성은 나중에 자세히 설명하겠지만, 두뇌를 사용하는 인간정신노동자는 주로 이 향신료에서 정신노동에 의해 소모되는 어떤 요소를 보충한다. 약초라 칭해지는 것은 대개 그런 향신료이다. 아마 약종은 대개 생물에서 채취할 것이다. 특히 식물의 향신료에서 채취한다. 요컨대 인간 영양의 본의는 먹고 싶은 것을 먹고, 마시고 싶은 것을 마시는 데에 있다. 위산이 부족한 사람은 과일이나 초밥처럼 신 것을 많이 먹지만, 위산과다인 사람은 신 것은 일체 먹지 않는다. 더구나 탄산수소나트륨을 먹어 조절한다.

세상에 채식주의, 혹은 육식론자라고 해서 인간 수명을 독점판매하는 듯한 말을 하는 사람이 있는데, 미안하게도 한심한 이야기이다. 인간의 소질은 백인백종이며, 따라서 일정한 칼로리로 살아갈 수 있는 것이 아니다. 자신이 요구하는 음식물이 영양에 필요한 것이다. 고기를 좋아하는 사람은 고기를 먹으면 된다. 푸성귀를 좋아하는 사람은 카나리아처럼 채소를 먹으면 된다. 공자도 카나리아당인지, 소식疏食을 하고 물을 마시고 즐거움이 거기에 있다고 했다. 내가 알고 있는 의사의 집에 조추가 있다. 하루에 사과 반쪽으로 연명하고 있다고 한다. 처음에는 아마 몰래 다른 것을 먹을 것이라고 생각했지만, 절대로 그렇지 않다. 사과 외에는 아무것도 먹지 않는다는 것이다. 그렇게 해서 조추를 하고 있는데 다른 사람들처럼 일도 할 수 있고 별로 공복감도 느끼지 않는다고 한다. 긴축재정을 하는 때이니 만큼 참으로 경제적이라 할 수 있다. 그 여자가 장수를 할지 어떨지는 모르겠지만, 정말로 그런 사람도 있다. 어떤 사람은 매일 아침 솔잎을 씹는다. 그는 스무 관 전후로 몸집이 크고 뚱뚱하며, 뇌빈혈 혈통으로 혈압은 이백을 넘었다. 목숨에 미련이 있는 그는 요오드 주사를 맞아보기도 하고 혈액을 빼보기도 하고 술을 끊어보기도 하고 운동을 해보기도 했지만, 혈압은 전혀 떨어지지 않았다. 이제 이삼 년 안에 목숨을 잃거나 비틀비틀 쓰러지거나 할 운명에 처해 있었다. 그는 어느 날 소나무 숲을 산책하다가, 솔잎 향기에 무어라 할 수 없는 쾌감을 느꼈다. 자신도 모르게 그 솔잎을 한두 개 따서 씹어보니 굉장히 맛이 있었다. 솔잎은 떫고 끈적끈적해서 보통 사람들은 도저히 먹을 수 없는 것이었다. 그것이 맛이 있다니 참 팔자도 그런 팔자가 없다. 팔자는 어쨌든 간에 그 후 매일 아침 솔잎을 즐겨 먹었는데, 그리고나서 혈압이 차츰 떨어져서 지금은 백오십 정도가 되었을 뿐만 아니라, 사고력도 왕성해지고 신체도 튼튼해졌다. 특히 예의 그 건에 대해서는 도쓰카빈이라는 자양강장제 이상으로 유효했기 때문에 아내가 매우 기뻐했다고 것이라고 한다.

우리 고향에 뱀 할아버지라는, 아마 지금은 아흔 정도 된 노인이 있는데, 젊었을 때부터 뱀을 아주 좋아해서 살모사든 구렁이든 산무애뱀이든 무엇이든 눈에 띄는 대로 껍질을 벗겨 날로 우적우적 씹어 먹었다. 메이지明治 이전의 일이기 때문에 그런 일로 인해 근처 사람들과 제대로 교제도 하지 못했지만, 아직도 건강하게 지낸다. 또한 아주 최근의 일인데, 어떤 사람이 만성 장염을 3년이나 앓았다. 이의사 저 의사 모든 의사가 이리저리 손을 써보았지만 낫지를 않았다. 키는 다섯 자 여덟 치[106]로 비쩍 말라 그가 돌아다니는 것을 보면 장대가 걸어다니는 것 같았다. 어느 날 그는 만성 장염을 탄식하며 치료가 얼마나 어려운지를 이야기했다. 누군가 부추와 미꾸라지, 달걀을 쪄서 먹으면 어떻겠냐고 권했다. 그랬더니 그가 말하기를 부추처럼 악취가 나고 미꾸라지처럼 미끌거리는 것을 신사가 어떻게 입에 대겠냐며 일소에 부쳤다. 말하자면 먹어 보지도 않고 무턱대고 싫어한 것이다. 시험 삼아 한 번 먹어 보라고 권유를 했다. 그는 그러마 하고 집에 돌아가서 아내에게 그것을 해달라고 했다. 아내가 말하기를 그런 것을 먹으면 잠자리를 못 하겠다고 했다. 아내와 잠자리를 할 수 없다면 설사 장염이 낫는다고 하더라도 인생의 의미가 어떻게 될까 하는 문제가 생겼다. 그 후 아내도 설득을 해서 작은 냄비에 부추와 미꾸라지와 달걀을 삶게 되었다. 그런데 부엌에서 투덜투덜 하는 동안 자꾸 식욕이 일었고 그것을 삶는 것을 한참 기다렸다 먹어 보니 그 맛이 이루 말로 형언할 수 없었다. 냄새가 난다던 부추도, 미끌거려 기분이 나쁘다던 미꾸라지도 이렇게 맛이 있을 수가 있는가 라고 할 만큼, 태어나서 처음 느끼는 맛있는 것이었다. 그 후 매일 밤 그것을 섭취하는 동안 어느새 장염이 나아 버렸다. 장다리 같던 그도 살이 붙고 혈

106 한 자는 30.3cm, 치는 그의 1/10이므로, 다섯 자 여덟 치는 약 175cm.

색이 좋아졌으며 활기가 생겨 잠자리를 하지 않겠다던 아내까지 미꾸라지 예찬자가 된 것은 정말 다행스런 이야기였다. 이런 상황이므로, 자신의 주관으로 채식주의나 육식론을 떠벌리는 것은 실로 한심한 일이다. 술을 못 먹는 사람은 만두를 먹고, 술꾼은 술을 먹고, 여자와 어린이는 주전부리와 간식을 먹고, 정신노동자는 진귀한 것을 먹는데 그것은 다 그럴 만하니까 그러는 것이다. 정신노동자 중에는 소위 악식당惡食黨이라는 자들이 있다. 흔한 음식은 먹지 않고, 남들이 먹은 적이 없는 음식은 먹고 싶어 한다. 벌 유충을 달게 졸인 요리, 메뚜기에 간장을 발라 구운 요리, 괄태충인 달팽이 초절임, 간장을 발라 구운 쥐 등에, 아침식사 전에는 노루 피를 사발로 벌컥벌컥 마신다. 자라목을 잘라 피를 마신다. 악식이란 악식은 다 하고 적동색 배를 두드리며 좋아하는 일파가 있다. 이것들이 장명환長命丸107 같은 효력이 있는지 없는지는 아직 모르겠지만, 일면 도리에 맞는 영양법이다. 어떤 철학자는 자신의 사색으로 인한 에너지 소모를 보충하기 위해 청년의 △△를 마셨다는 이야기도 들은 적이 있다. 일본인 중에는 별 대단한 사색가도 발명가도 없다. 다른 사람 흉내만 잘 내는 것은 인종이 그래서 그런 것이 아니라, 음식이 그럴 만큼의 기력을 키워주지 못했기 때

107 '에도 시대의 비아그라'라고 하는 정력, 자양강장제.

198

문이라 할 수 있다. 푸성귀나 무만 먹고 평생 움직이는 일을 하려는 것은 주제를 모르는 희망 사항이라고 해야 할 것이다. 일본인은 조금 더 식생활의 범위를 넓혀야 한다. 그렇게 해서 사고력을 강화시키지 않으면 언제까지고 거무튀튀한 피부의 소유자에서 벗어나지 못할 것이다.

지금까지 이야기한 내용으로, 영양은 단순히 먹는 것에 의해서만 취해지는 것이 아니고 운동과 사고가 상호작용하여 서로 영향을 미치고 있음을 알 수 있었다. 운동과의 관계는 사람들이 많이 연구하고 있는 것 같지만, 사고와의 관계는 비교적 등한시한 것 같다. 이는 이상한 이야기이다. 또 한 가지 영양과 큰 관계가 있는 것은 성욕이다. 성욕에 대해서는 별로 이야기하고 싶지 않지만, 경찰이 쫓아오지 않을 범위에서, 또한 품위를 유지하는 범위에서 이야기하기로 한다. 그렇지 않으면 영양에 대한 설에서 정작 중요한 것을 빠뜨리게 되는 셈이기 때문이다.

일반적으로 육식을 하는 사람은 성욕이 강하다. 열대여섯 살 되는 서양 어린이가 짧은 스커트를 입고 넓적다리를 내놓고 있는 것은 춘기 발동을 늦추기 위한 조치이다. 늘 고기를 먹는 그들에게는 필연적인 조치이다. 그런데 늘 초식을 하는 일본인이 그것을 흉내내어 여학생들이 허벅지를 내놓고 있는 것은 이유를 알 수가 없다. 미국에는 부부의 의무를 일주일간 소홀히 했다고 해서 이혼 소송을 하는 일이 있다고 하는데, 우리나라에는 평생 빈 방을 지키고 있는 여자들이 수두룩하다. 예를 들어 증명하자면 한이 없지만 서양인이 우리들보다 훨씬 성욕이 강한 것은 확실한 사실로, 그것은 음식물 때문에 그런 것이다.

우리나라에서도 승려가 금욕주의를 수행하기 위해서는 매우 고심을 하고 있고, 따라서 사찰음식으로 영양을 보급할 것을 권한다. 오늘날 승려 대부분은 비린 것이든 고기든 아무 거리낌 없이 먹기 때문에 성욕을 억제하기가 상당히 힘든 것 같다. 그것은 전적으로 음식과 관련 있는 것이다. 또한 열서너 살 소녀가 월경을 하는 경우가 있다. 그런 아이들에게 채식을 권하면 월경이 일시적으로 중단되는 것은 사실이다. 인간의 사고력, 정력(성욕)이란 대부분 평행하다. 영웅은 색을 밝힌다는 말이 있는데 그것은 맞는 말이다. 도쿠가와 이에야스德川家康는 튀김을 상당히 좋아했다고 하는데, 그가 색을 밝히고 천하를 장악한 원동력은 튀김에 있었다고 할 수 있다. 이토伊藤108 공도 호색으로 말하자면 둘째가라면 서러울 사람인데, 참치회를 아주 좋아했다.

108 이토 히로부미伊藤博文, 1841~1909를 말함.

200

중국인은 기름진 것을 가장 좋아한다. 그리고 대단히 색을 좋아한다. 중국요리는 음식으로서는 매우 발달한 것이라고 하는데, 그 연구는 모두 호색에서 온 것이다. 해삼, 목이버섯, 조개 관자, 전복 그 외 중국요리에 배합되어 있는 것 중에서 그 방면에 무의미한 것은 한 가지도 없다. 그러니 성욕도 강하다. 옛날 관우, 장비는 별도로 치고서라도 오늘날 무슨무슨 장군이라는 호걸들 중에 열 명이고 열다섯 명이고 첩이 없는 사람이 없는 것을 보아도 그 정력이 얼마나 왕성한지를 알 수 있다. 중국 문자를 생각해 보면 중국인이 얼마나 여자를 좋아하는지 알 수 있다. '여자女의 자식子'이 '좋아하다好', '여자女를 주다妥가 '즐거워하다媛', '여자女가 적다少'가 '묘妙하다'라는 것을 보면, 중국인들이 여자에 얼마나 무른지 알 수 있다. 진시황제가 불로불사의 약을 구했다는 것도 실은 회춘하는 법을 추구한 것이고, 중국인이 아편을 즐겨 피운 것도 색욕을 대신한 것이다. 중국요리의 극치에 이르러서는 우리들의 상상을 초월한다. 증기가 나는 커다란 가마솥 위에 잉어를 매달아 놓고 코로 나오는 잉어 기름을 받아 국을 만든다. 장정에게 돼지를 잡게 하여 고기를 얻는다. 그런 식으로 요리를 십인분 만들기 위해서는 적어도 잉어 오십 마리, 돼지 스무 마리를 필요로 한다는 것이다. 제비집은 문제도 아니다. 중국요리만

큼 종류가 다양한 것은 없다. 세련된 호족의 밥상 위에 오르는 종류
는 매끼 오십 종을 넘는다고 한다. 산해진미란 절대로 허풍이 아니
다. 가까운 사람에게 초대를 받아 무나 감자, 정어리 정도를 대접받
고 '산해진미를 먹었습니다'라고 하는 것은 좀 부끄러운 일이다. 중
국인이 그렇게 정성들여 만든 음식을 먹는다면 사상가나 발명가가
나오지 않을까 의문이 드는 것은 당연한 일이다. 중국의 문학 예술
은 실은 세상에서 으뜸가는 것이다. 과학 방면과 국가 정치 방면에
는 그 정력을 쏟지 못했기 때문에 오늘날 이 모양이 되었지만, 중국
인은 절대 무시할 수 없는 국민이다. 개인적으로는 일본인이 미치지
못 하는 점을 많이 인정해야 한다. 전 세계적으로 앞으로 가장 경계
해야 할 것은 유대인과 중국인이다. 유대인의 정신도 그들 특유의
영양 방법에서 오는 것임은 틀림없는 사실이다. 일본의 정신인 야마
토 정신大和魂은 요즘 영양이 불량해졌다. 옛 무용담에 나오는 사람들
의 모습은 사라져버렸다. 카페 같은 곳에서 코쟁이들이 먹는 것을
우적거리고 위스키며 브랜디며 비영양적인 것을 마시며, 야구다 테
니스다 아니면 골프다 하며 국자 같은 것을 휘두르며 운동을 한다고
큰 소리를 치니 말이다. 댄스라고 하며 성적 행동의 기본 연습을 하
니 말이다. 호리병박 같은 핼쑥한 얼굴을 하고 폐결핵이 좋아할 듯

한 가늘고 긴 목에 빨간 넥타이를 매고 머리는 올백으로 지극히 여성적인 모양을 하고 득의만만해 하니 말이다. 요컨대 남자는 차차 여성화하고 여성은 점점 남성화하여 야마토 정신은 영양불량으로 쇠약증에 걸려 버린 것이다. 비타민 A든 B든 있어 봤자 소용없다.

하리마야[109]라는 명함을 내밀며 과자를 주문하러 오라며, 새로 낸 가게니 부디 성원을 부탁드린다고 하는 이가 있었다.

"하리마야라는 이름은 드문 점포명은 아닌 것 같습니다만, 고향 이름에서 딴 것인가요?"

"그렇습니다. 저는 아코赤穗 출신으로 어렸을 때부터 과자 만드는 일을 했습니다만, 과자를 만들다 보니 몸이 점점 쇠약해졌습니다. 그래서 도중에 그만두고 고무 제조일을 하러 이쪽에 왔습니다만 다시 과자 일을 시작하게 돼서요."

"과자 가게를 해서 단 것을 먹게 되면 다시 몸이 안 좋아질 텐데요"

"그렇습니다. 어쩔 수가 없습니다."

"과자를 먹지 않을 수는 없나요? 맛을 보는 것이겠죠?"

"과자는 먹지 않습니다."

"안 먹으면 괜찮지 않습니까?"

"냄새 때문에 못 살겠습니다. 우선 설탕이 문제인데

203

요. 설탕이나 팥앙금, 꿀 그런 것들 냄새를 매일 맡으면 몸이 몹시 야위게 되고 쇠약해집니다. 그리고 첫째 위장이 상해서 빈혈을 일으킵니다. 과자를 만드는 사람들 중에는 폐병환자가 많습니다. 상당히 조심을 하고 있습니다만 언젠가는 병에 걸립니다."

"그래요? 그러면 과자를 만드는 사람은 없어지겠네요."

"그런데 가공품으로서 과자 제조만큼 이윤이 많이 나는 것은 아마 없을 것입니다. 아무리 적어도 오 할 이상이 되니까요."

"목숨을 걸고 하는 일이군요."

"하지만 고무도 냄새가 꽤 납니다."

"그렇겠죠. 고무 냄새는 싫어요. 어떤 증세가 나나요?"

"머리가 멍해지고, 점점 신경이 쇠약해집니다. 중독이라고나 할까요. 밤에 잠을 잘 수가 없어요."

"음, 냄새라는 것은 특성의 표현이니까요."

"요즘처럼 고무가 유행을 하다가는 생명이 단축될 거예요."

위 문답을 봐도 음식의 냄새가 어떤 것인지 알 것이다. 이는 우발 상황을 삽입한 것으로 이하에 음식의 특성을 소개하는 것으로 영양의 설을 마치고자 한다.

부추, 마늘: 위장병에 특효 있음. 엑기스로 만든 것은 효력 없음.

수박, 참외: 날로 먹으면 신장을 튼튼하게 하는 효과 있음.

파, |**염교**|110: 뇌에 좋음. 날로 먹을 수 있음.

무, 우엉: 혈액 순환을 좋게 함. 날로 먹으면 좋음. 참치, 정어리와 함께 찌면 좋음.

절인 생강: 원기를 왕성하게 함. 많이 먹으면 해로움.

메밀, 감: 음주가는 사용하면 좋음. 뱃속의 열을 식힘. 여성은 사용하면 안 됨. 자궁을 차게 함.

솔잎, 잣: 혈압을 낮추고 혈관경화 방지.

생강: 감기에 좋음. 말려서 가루로 사용할 것.

대추: 설사에 효과 있음.

꽈리 뿌리: 임질에 특효 있음. 달여서 즙을 마실 것.

방풍나물: 류머티즘에 효과 있음. 중풍에도 좋음.

동과冬瓜: 자궁병에 효과 있음.

성욕을 강하게 하는 것: 당근, 우엉, 파, 감, 마 등

그 외 특질이 있는 것은 얼마든지 있지만, 아니 모든 식품이 각각 그 자체 특유의 성질을 갖고 있지만, 오늘날의 과학으로 아직 규명이 안 된 것 같다.

110 외떡잎식물 백합목 백합과의 여러해살이풀. 중국산이며 파처럼 재배한다. 일본어로는 '락쿄'라 하며, 식초절임으로 사용한다.

| 염교 |

"언제까지고 이렇게 혼자 지내시면 안 되죠. 이제 꽤 시간이 지났으니 적당히 사람을 들이시죠. 내가 괜찮은 상대를 찾아 드릴게요."

찾아오는 사람들 대부분은 모두 입을 맞춘 듯이 이런 말을 남기고 간다. 역시 이렇게 칠칠치 못한, 무질서한 오늘날의 내 생활을 눈앞에 보면 누구나 그런 말을 하고 싶어질 것이다.

정리정돈을 하는 데 보통이 아니라서 매사 반듯이 정리를 하지 않으면 마음이 놓이지 않는 성격을 갖고 있던 아내가 죽은 지 벌써 9개월이 되었다. 아내와는 정반대로 빗자루 한 번 들어본 적이 없는 게으른 내가, 그런 처를 잃고 혼자 남아 하는 생활은 하루아침에 싹 바뀌어 비참했다. 깃에 때가 낀 솜옷, 덥수룩한 머리, 삐죽삐죽한 턱수염, 어질러진 방, 포플러 잎이 깔린 마당, 어느 구석을 보나 홀아비 냄새가 나는 정경으

111 공규空閨는 빈 방, 공어空語는 빈 소리 즉 헛소리. 이 글에서는 아내가 죽고 홀아비 신세가 되어 읊조리는 필자의 말을 비유한 표현.

207

로 가득하다. 사람들이 후처를 권하는 것도 무리는 아니다.

"아무래도 아이가 둘이나 있어서, 이런 데 와주겠다는 적당한 사람도 없을 거야."

"무슨 그런 말을. 내가 반드시 찾아주겠네."

사람들은 대부분 그런 수표를 발행하고 가지만, 어느새 잊어버렸는지 대개는 부도를 낸다. 나도 특별히 간절한 것도 아니기 때문에 뭐 당분간은 이가 서말인 홀아비 생활을 하루하루 해 나가면 된다. 하지만 또 그런 생활 가운데에서도 의외로 재미있는 일이 일어나기도 한다.

\* \* \*

장난꾸러기 쥐가 백주 대낮에도 태연히 나타난다. 나를 혼자 산다고 깔보는지 거침없이 실내를 왔다갔다 하며 장난을 친다. 밤에는 사람이 자는 머리맡에까지 와서 나쁜 짓을 한다. 어떨 때는 대여섯 마리가 같이 사백 미터 릴레이를 한다. 견디다 못해 빗자루를 휘둘러 쫓아보지만, 그들은 여전히 느긋하게 천정으로 후퇴할 뿐 영 보람이 없기가 짝이 없다. 요즘 이 당당한 쥐의 대적인 도둑고양이가 숯섬 안에서 새끼를 낳아 세 마리의 고양이가 자라게 되었다. 고양

이가 쥐를 잡는가 싶지만, 절대로 그렇지 않다. 쥐하고는 전혀 상관
없이 가끔씩 부엌할멈 몰래 내 반주 안주를 훔쳐간다. 할멈이 아무
리 경계를 해도 상대는 그것이 직업인지 어느 틈에 가지고 간다.

"정말 이 고양이 짜증 나네. 또 주인님 안주를 훔쳐갔어…."

할멈은 몹시 분개하며 큰 장작을 휘둘러보지만, 주인님의 쥐 퇴치
와 오십보백보로 전혀 보람이 없다.


\* \* \*


어린아이들에게 위로가 될까 해서 올봄에 태어난 병아리 일곱 마
리를 조선인에게서 사왔다.

"어미닭까지 여덟 마리에 얼마인가?"

"4원 50전으로 하죠."

"좀 비싼 것 같은데, 암탉은 몇 마리인가?"

"여섯 마리는 암탉입니다. 게다가 검은 것이 네 마리, 이것은 일본
닭이니까 크면 매일 알을 낳습죠."

"그런가, 너무 잘 된 것 같군."

"4원 50전이라면 싼 것입죠. 크면 한 마리가 1원 40전에 팔립니다."

이렇게 해서 사들인 병아리는 과연 아이들에게는 매우 큰 위안이 되었다. 귀여운 주둥이와 다리, 보들보들 부드러운 깃털, 아장아장 달리는 모습에 아이들은 언제까지고 질리지 않고 바라보고 있다. 직접 쌀이나 좁쌀을 주며 신이 났다. 점점 자라면서 암탉인지 수탉인지가 문제가 되었다. 단골로 오는 생선장수에게 감정을 부탁했다. 생선장수는 닭장 밖에서 잠시 살펴보더니 짐짓 뻐기는 표정을 지었다.

"수탉뿐이구먼…… 흠, 암탉이 한 마리 있군."

"설마 그럴 리가…… 팔고 간 조선인은 여섯 마리는 암탉이라고 했네."

"하하하, 바가지를 썼구먼. 닭으로 군대를 만들 것도 아니고."

"하긴 뭐 아이들 장난감 삼아 산 것이니 어찌 됐든 괜찮네."

목적이 목적이니 만큼 암탉이든 수탉이든 상관없지만, 속았다고 생각하니 기분이 좋지는 않았다. 하다못해 생선장수라도 눈치 채지 못 할 정도로, 두세 마리는 암탉으로 줘도 됐을 텐데 하는 생각을 하며 나날을 보냈다. 그런데 그것이 몇 달이 지난 오늘날에는 생선장수의 견식대로 암탉은 단 한 마리이고 나머지 여섯 마리는 정말로 훌륭한 털을 갖추고 벼슬 싸움을 하고 있다. 닭도 병아리일 때는 귀엽지만 이렇게 되니 말썽만 피워서 싫다. 아이들도 슬슬 싫증이 난

것 같다. 그래서 여섯 마리의 수탉을 어떻게 처분할까 하는 문제가
생겼다. 할멈이 안건을 제출했다.

"주인님, 수탉만 여섯 마리인데 어쩔 생각이신지요?"

"어쩌다니, 저렇게 살아 있는데 어쩔 수 없지."

"한 마리씩 한 마리씩 잡아먹을까요?"

"끔찍한 말을 하는 구먼. 그렇게 하면 닭 귀신이 나올 걸."

"팔려고 해도 수탉은 아무도 안사요. 매일 말썽만 피워서 전 이제
싫어요."

"참 박정하기도 하군."

"저렇게 놔 둘 거예요?"

"글쎄. 좋은 방법이 없을까?"

안건은 미해결인 채로 사오 일 지났다. 어느 날 시끄러운 닭 울음
소리가 나서 가보니, 숲섬에 사는 도둑고양이가 수탉을 한 마리 입
에 물고 이리저리 흔들고 있었다.

"아니, 이 녀석이!"

할멈이 장대로 내려쳤을 때는 이미 고양이는 닭을 입에 문 채 담
장을 넘어간 후였다.

"주인님 어떻게 할까요?"

"아, 몰라. 그냥 내버려 둬. 자연의 섭리인 것을 뭐."

생각지도 못한 성공에 맛을 들인 고양이는 그 후 종종 동일 수단을 강구했지만, 이번에는 닭이 여간 경계를 하는 것이 아니라서 마음대로 되지 않았다. 그리고 다섯 마리의 수탉은 여전히 벼슬싸움대회를 개최하고 있다.

\* \* \*

예부터 내려온 의식주라는 말을 '식주의'라고 순서를 바꾼 나는 음식의 맛에 대해 상당한 취미를 갖고 있다. 아내 살아생전에는 상당히 여러 가지 음식을 음미했지만, 할멈 시대가 되고나서는 천편일률적인 맛을 참고 견뎌야 했다. 매일 아침 현관에서 신발을 신고 있으면, 할멈이 묻는다.

"주인님, 오늘 저녁 반찬은 무엇으로 할까요?"

"뭐든 상관없어. 적당한 것으로 만들어 놓아."

"회를 떠올까요?"

"귀찮게. 뭐든 적당히 봐서 만들면 되지."

그만두라고 해도 현관에서 항상 이런 실랑이가 시작되는 데는 질렸다. 할멈 심산으로는 이렇게 미리 물어봐 두면 책임은 주인에게 돌아갈 것이라고 터득을 한 것 같다. 저녁 때 돌아와 보니, 예의 조선식 밥상 위에 회와 찐 고구마가 올라 있었다. 그래도 연명은 할 수 있으니 불평은 하지 않는다. 술을 두 병 정도 기울이고 내 방으로 물러났다.

내 방에 혼자 우두커니 있자니 애수가 좀 느껴졌다. 도무지 딱딱한 책을 읽을 생각이 나지 않았다. 신문이나 잡지를 손에 잡히는 대로 펼쳐보았지만 흥미를 끄는 기사는 좀처럼 눈에 띄지 않는다. 벌러덩 누워 천정의 나무판을 바라본다. 싸구려 공사라 그런지 속에 댄 나무판이 말려올라가 나무판과 나무판 사이가 조금씩 떠 있고, 그 사이로 시커먼 검댕이가 늘어져 있다. 이 집은 작년 7월에 완성이 되어 내가 이사를 온 것인데 그 후로 불행의 연속이다. 그래서 이 집에 찾아오는 사람들은 집이 잘못 지어진 것이라 한다.

"자네, 이 집은 아무래도 방향이 좋지 않네. 변소가 귀문鬼門112에 해당하는 것 같네."

"그런가? 자네는 가상家相을 볼 줄 알지?"

"변소가 귀문이고, 대문이 속귀문裏鬼門113, 두말 할 것도 없이 안 좋은 집이네."

112 꺼리고 피해야 하는 방향, 곧 동북방, 귀방.

113 가상家相에서 남서南西의 방위. 귀문과 함께 불길한 방위로 침.

213

"그것 참 곤란하게 됐군."

"이런 집에 있으면 재난이 끊이질 않네."

"그러니 아이도 죽고 아내도 죽었지."

"빨리 이사를 하는 게 좋겠네."

대개 사람들은 이런 이야기를 해 준다. 개중에는 푸닥거리를 해야 한다며 신주神主까지 데리고 와서 푸닥거리를 해주는 친절한 사람도 있었다. 이렇게 천정의 나무판을 바라보며 이런 저런 생각을 하다 보니 뒤숭숭한 집에 살고 있는 것이 기분이 나빴다. 압록강 홍송紅松을 재료로 한 나무판에서는 송진이 나와서 칙칙하고 검게 붙어 있는 무수한 파리똥이 한층 더 음산한 기분이 들게 한다.

* * *

근래에는 연회라든가 송별회 같은 것이 많아서 저녁은 반 이상 밖에서 먹는다. 밖에서 하는 식사는 쓸데없는 것 같아 아쉽다. 특히 양식을 먹으면 배만 부르고 뒤가 좋지 않다. 아내가 있을 때는 늘 집에 와서 다시 밥을 먹곤 했는데, 요즘에는 그런 호사는 누릴 수가 없다. 귀가가 늦을 때는 12시를 넘길 때도 있다. 모두 잠들어 조용해진 현관문을 열고 쥐가 구멍으로 뛰어드는 모습을 하고 내 방으로 들어와서 보면, 할멈이 깔아준 잠자리가 냉랭하게 펼쳐져 있다. 할멈은 내가 돌아온 것을 알아차리는 적이 없다. 이런 기세라면 도둑이 두세 번 정도 출입을 해도 잠을 깨지 않을 것이다. 그런데 세상의 도둑들은 의외로 멍청한지, 이렇게 출입이 쉬운 집에는 한 번도 들어오지 않고 엉뚱한 곳에 덤벼들다가 혼쭐이 난다. 하지만, 이것은 자랑거리인데, 정말로 도둑이 들어와도 가져갈 것이 없다는 것이다. 정말로 찾아와 봤자 소용이 없으니 도둑 제군들에게 미리 말해 둔다.

\* \* \*

이대로 그 차디찬 이부자리에 들어가도 잠이 올 것 같지가 않다. 한 잔 걸치고 잘까? 할멈을 깨우는 것도 딱해서 내가 직접 부엌으로 납시었다. 부엌으로 가기 위해서는 반드시 할멈이 자고 있는 방을 가로질러 가야 한다. 할멈은 마음 편히 입을 벌리고 태평하게 꿈을 꾸고 있는 것 같다. 부엌에서 덜그럭덜그럭 하는 것은 확실히 도둑이 하는 짓과 비슷하다. 한 되짜리 병에서 중탕용 병으로 옮기는 것은 상당히 어려운 일이다. 겨우 술을 데우고 소위 안주거리를 찾아

원래 내 방으로 돌아와서, 척하고 책상다리를 하고 앉아 찔끔찔끔 마시는 기분은 독신이 아니면 맛볼 수 없는 맛이다. 시쳇말로 침주寢 酒라는 것으로, 잘 생각해 보면 실로 나쁜 습관인데 불면증의 대중요 법으로 나도 모르게 시작한 것이다. 이런 주사를 맞아 두면 네다섯 시간은 숙면을 취할 수 있다. 일면 뇌일혈 촉진법 같은 것이지만, 또 다른 일면 신경쇠약 예방법일지도 모른다.

방문객 중에는 단골인 자들이 몇 명 있다. 이런 종류의 무리들은 예의작법을 초월하고 찾아온다. 현관이 덜커덩 하고 열리면서 '어이 있는가?'라는 식으로 안내도 청하지 않고 올라온다. 손님을 맞이하 는 쪽에서도 '음, 왔어?' 하는 정도로 별로 놀라지도 않는다. 이런 무 리들이 일요일마다 예기치 않게 모여든다. 햇볕이 잘 드는 방에 진 을 치고 앉아서 줄창 수다를 떨기 시작한다.

"야, 벌써 와 있군. 상황은 어떤가?"

"음, 자네도 왔는가?"

"자네도 왔냐니 참 황송하네. 구석에 있는 흑은 죽었군?"

"그게 문제라니까."

"맞수는 되지. 아니 이런, 이 큰 돌에 눈이 없지 않은가? 놀랍군. 마치 장님 싸움 같구먼."

216

"가만히 입 다물고 있게, 잘 알지도 못하면서. 이렇게 여기에 박아 넣고, 이쪽에 둘까?"

"이봐, 한 가지 좋은 수가 있네. 잘 모를려나?"

"어디에?"

"끝내는 방법이지. 기권하는 것이네."

"자 어서 오게. 사주는 한심하네."

말도 되지 않는 불평을 늘어놓으며 아침 10시 무렵부터 시작해서 전기불을 켤 때가 되어도 그만둘 생각을 하지 않는다. 물론 아직 밥도 먹지 않았다. 아내가 있을 때라면 진미 두세 가지를 뜨거운 것은 뜨겁게, 차가운 것은 차갑게 한 맛있는 술을 적당히 가져와서 바둑 취미를 도왔을 것인데, 지금 신세로는 그런 풍류는 어림없다.

"이봐, 메밀국수라도 먹을까? 뭐가 좋지?"

"난 튀김."

"나는 가락우동이 좋아."

"뜨거운 메밀국수 두 개."

"할멈, 술 좀 데워다 줘. 귀찮으니까 대여섯 병 가지고 와."

마침내 바둑판을 물리고 덥석 먹기 시작한다. 모두 이면체면 불구하는 무리들이기 때문에 먹고 마시고 태평하게 큰 소리로 웃는다.

소란스럽기가 여간 아니다. 그러는 사이 10시도 넘어버렸다.

"난 돌아가겠네."

"나도 돌아가겠어."

우르르 맘대로 돌아갔다. 뒤에 남은 것은 이 집 주인뿐이다. 음식을 먹고 난 자리는 정말 지저분한 법이다. 주발이나 접시가 어지러이 널려있고 시커먼 국물이 여기저기 고여 있다. 화로 안에는 아사히朝日담배 꽁초가 빈틈없이 꽂혀 있다. 바둑에 정신이 팔려 담뱃불이 떨어진 줄도 몰랐기 때문에 다다미 위는 재투성이다. 홀로 남은 주인공은 이 꼴을 보니 방금 전까지의 와자지껄함에 비해 좀 적막해지지 않을 수 없었다. 이런 생활을 하는 동안에도 세월은 남들처럼 간다. 어느새 연말도 가까워지고 이 남자를 마음껏 괴롭혔던 마흔두 살의 액년厄年114도 이제 얼마 남지 않았다. 정신물질 양면의 압박을 극도로 받으며 악전고투한 이 일 년은 내 평생에 가장 귀한 경험이었다. 평상시에 느긋하고 낙천적이기를 전문으로 하는 내 자신은 이렇게 울상을 지어야 하는 경험을 거듭해도 여전히 장난기와 익살기를 잃지 않았다. 내년에는 본래의 성격으로 돌아가서 부흥사업을 시작할 것이다.

(이상 김효순 역)

114 일생 중 재난을 맞기 쉽다고 하는 해. 음양도陰陽道에서 남자는 25,42,60세, 여자는 19,33세를 이름.

# 전화의 어려움

*하나* ••

전화를 하는 데에는 여러 가지 습관이 있는 것 같다.

먼저 급사나 하녀 같은 고용인을 시켜서 상대방을 불러낸다. 급사는 주인의 명령을 받들어 수화기를 귀에 대고 광화문국局 사천 몇 번에 전화를 건다. 그 급사는 조선인이고 보통학교도 나오지 않았기 때문에 발음이 나쁜 경우가 허다하다. 이 청구를 받은 전화국 본국의 교환수는 몇 번이나 다시 물어 보고는 광화문국으로 돌린다. 광화문국은 지체 없이 이 요청을 받아서는 사천 몇 번을 불러낸다. 광화문국 사천 몇 번에는 사설 교환대가 있어서 사십오 명의 사설교환수가 있는데 요즘은 한가해서 대개 졸고 있는 듯하다. 호출을 해도 좀처럼 응답이 없다. 하지만 오 분이나 지났을 무렵에 잠이 덜 깬 목소리로 '예, ○○○입니다'라고 대답을 한다. 그러면 다시 구내 몇 번이라고 말을 한다. 그 구내 몇 번에는 급사가 있어서 전화를 연결하게 되어 있는데, 이 급사는 월급이 싼 대신에 전화벨 소리가 울려도 좀처럼 전화를 받지 않는다. '어이, 급사. 전화 왔어'라고 재촉을 받아야 겨우 "네, 네" 하니, 번거로움이 이루 말할 수 없다. 이쪽 급사는 '○○님께 전화 받으시라고 전해주세요'라고 부탁한다. 저쪽 급사는 '그쪽은 누구시죠?'라고 반문한다. '이쪽은 이 아무개입니다'라고 인사를 하면 '지금은 자리에 안계시니 잠시 기다려 주세요'라고 대답이 돌아온다. 이 잠시가 보통 잠시가 아니다. 때로는 기다리는 동안 전화가 끊겨버리는 일도 있다. 끊어지면 그걸로 끝이다. 다시 처음부터 본국에서 신규 통화를 시도해야 한다.

어쨌든 천신만고 끝에 주인의 통화 상대인 아무개 씨의 '여보세요'라는 목소리를 듣게 된다. 저쪽에서는 ○○씨한테서 온 전화라고 하니 바로 본인이 전화를 받고 있다고 생각해서 아주 정중한 말투로 '여보세요, 저는 ○○입니다. 그동안 인사를 드리지 못해서 죄송합니다' 등등 전화기에 절까지 하며 말을 걸면, 생각지도 못한 어설픈 발음으로 '잠시만 기다려 주세요'라고 대답이 돌아온다. 전화를 건 급사는 곧바로 상대방이 전화를 받았다는 사실을 주인에게 알리고, 주인은 '아, 그래?' 정도로 대꾸하며 쉴 새 없이 서류에 도장을 찍어대고 있다. 이런 상태라면 곧바로 전화를 받을 것 같지 않아 보이므로 급사는 애가 타지만 어쩔 도리가 없다. 상대방은 한 방 먹은 기분으로 화가 나 있다. 성질이 급한 사람이라면 수화기를 쾅 내려놓고 가 버릴 테지만, 저쪽은 아무래도 평소에 신세를 지고 있는 형편이라서 그렇게 할 수도 없다.

안절부절 하며 기다리고 있으니 '오래 기다리셨습니다'라며 이쪽을 깔보는 듯한 인사를 건네 온다. 그리고나서 잠시 용건에 관한 이야기가 시작되니 답답한 노릇이다. 이제껏 전화의 예비행동을 극히 간략하게 요점만 묘사하는 데에도 200자 원고지가 다섯 장 이상이나 들었으니, 참 대단하다고 밖에 할 수 없다. 어쩔 수 없이 이 방식을 생각해 보기로 한다.

둘 ● ●

도대체 자기 고용인을 시켜서 전화를 걸게 해서 상대방을 불러내고는 기다리게 하는 것은 뭘까? 인간에는 여러 종류가 있어서 아침부터 밤까지 격무에 시달려 잠시의 여유도 없다는 이도 있다. 이런 사람들이 전술한 내용처럼 된다면 이해해 줄 수도 있다. 그런데 근래에는 위와 같은 일이 감기처럼 유행하여 개나 소나 이런 방법을 이용하는 것은 정말 기가 막힐 일이다. 그다지 바쁘지도 않고 대개는 스토브로 엉덩이를 데우고 있는 이들도 일단 차임벨을 눌러서 고용인을 부른다. '어이, ○○에 전화를 걸어서 아무개를 바꿔줘'라는 식으로 잘난 체를 하고 있다. 그리고는 전술한 방식으로 나아가는데 이는 당치도 않으며, 분수를 모르는 것이라 할 수 있다. 관청이든 어디든 전화를 걸어서 사람을 찾는데 바꿔주는 사람이 이쪽 이름을 꼭 물어야하는 곳이 있다. 그리고 연결해주는 사람의 대다수는 조선인이므로 일본식 성의 발음이 어려운 경우에는 네다섯 번 반복하지 않으면 통하지 않는다. 당사자가 전화를 받기만 하면 해결될 일인데, 잘 알아듣지도 못하는 조선인 급사들에게 데시가와라勅使河原라든가 요코마쿠라橫枕 등 진기한 성을 대며 바꿔달라는 것은 정말 어렵다. 하지만 저쪽이 그걸 굳이 물어본다면 어쩔 수 없다. 잠시 일본어 선생님이 된 기분으로 발음 연습을 한다. 도대체 왜 미리 상대방의 주소와 이름을 확인하지 않으면 전화를 못 받는 건가. 이 점에 관해서는 관청 쪽보다는 회사나 은행 등이 간단하다. 보통 상점의 경우가 한층 더 편안한 성향이라는 점은 한 번 생각해 봐야 할 문제이다.

## 셋 ● ●

얼마 전 나는 오랜만에 어떤 사람을 방문했다. 그런데 그 사람은 나에게 알리지도 않은 채 어느 새 이사를 해버리고 그 집 앞에는 세를 놓는다는 문구가 걸려 있어 당황했다. 근처에 물어봐도 행방불명이었다. 설마 야반도주를 한 것은 아닐 거라는 생각이 들었고 결국 궁리 끝에 그의 근무처인 모 학교에 문의하기 위해 근처 잡화점에 잠시 들렀다.

"실례합니다."

"어서 오세요, 뭘 드릴까요?"

"아니, 전화를 좀 빌리고 싶은데요."

"아, 전화요. 자, 좀 앉으세요. 시내지요?"

가게 주인은 전화를 빌린다고 말하자, 앞서 애교를 부린 것이 아깝다는 표정으로 무뚝뚝하게 대꾸를 한다. 전화 앞에는 '전화 대여 거절'이라는 문구가 있다. 이쪽도 그 정도로 물러설 사람은 아니라서 사정이야 어떻든 본국의 몇 번이라고 말한다.

"여보세요, 말씀 좀 여쭙겠는데요. 그쪽 학교에 계시는 ○○씨의 주소는 어떻게 되나요?"

"누구신지요?"

"저는 ○○라는 사람인데요, 그 주소만 좀 여쭤보면 됩니다."

"○○만으로는 모르겠는데요, ○○ 뭐라는 사람인가요. 어디에 사는 ○○씨죠?"

"수송동의 ○○입니다."

"어, 뭐하는 분이죠?"

이 쯤 되면 슬슬 신경에 거슬릴 수밖에 없다.

"○○씨 주소를 물어보는데 이쪽의 성명, 주소, 신분 등을 말해야만 가르쳐준다는 거면 말해주지 않아도 좋소."

화가 나서 상당히 세게 수화기를 쾅하고 내려놓았다. 주인이 깜짝 놀라 '전화가 고장 나겠어요'라고 말하는데 좀 미안했다. 미안한 것과는 별개로 정말 한심한 얘기다.

가령 생각해 보라. 잠시 길을 물어보는데 '저는 몇 동 몇 번지에 살고 목수 일을 하는 평민 아무개라는 사람으로 올해로 서른다섯 살이 되는데, 잠시 말씀 좀 여쭙겠습니다. 이 근처에 아무개라는 사람을 아시는지요?라고 하는 게 말이 되는가? 조금 조심하는 것이 좋을 것이다. 하지만 전화에서 이런 우스꽝스런 일은 적지 않다. 아마 전화에서는 얼굴을 마주 대하지 않기 때문일 것이다.

## 넷 ••

전화번호가 틀려서 엉뚱한 사람이 받는 경우도 있을 수 있다. 음식점에 건다는 게 칙임관사에 걸기도 하고 안마사를 바꿔달라고 하는데 변호사가 받기도 한다. 전화를 건 쪽에서는 교환수 잘못이라며 욕을 하기도 하는데 교환수 말로는 가입자의 호출방법이 서투르기 때문이라고 한다. 어쨌든 사쓰마薩摩 사투리에 오사카大阪 사투리, 나가사키長崎 사투리에 오슈奧州 사투리 등, 열 가지는 되는 발음을 익혀두지 않으면 안 되니 보통 어려운 일이 아니다. 잘못 건 쪽도 힘들지만 잘못 걸려온 전화를 받은 쪽도 민폐가 이만 저만이 아니다. 요즘 부인들은 저녁 식사 준비에 여념이 없다. 냄비는 끓어오르고 있다. 밥솥도 증기를 뿜어낸다. 손으로는 정어리 회를 썰고 있는 중이다. 그 와중에 따르릉 따르릉 계속 전화벨이 울려댄다. 전화가 있는 곳은 부엌에서 꽤 떨어져 있어서 미닫이문을 서너 장 열었다 닫았다

하지 않으면 안 된다. 혹시 남편 전화인가 하고 받아보면 전혀 모르는 목소리로 알 수 없는 얘기를 한다. 때로는 밤중에 이런 식으로 잠이 깨게 되면 정말 기가 막힐 뿐이다. 시계가 두 시를 알릴 때쯤 따르릉 따르릉 하는 소리에 눈이 떠진다. '도대체 이런 시간에 어디서 온 전화일까' 하며 추위 속에 잠옷 차림으로 나가 전화를 받으면 상대방 목소리는 꽤 취한 듯하다. 얘기를 들어보니 혀도 잘 돌아가지 않는 목소리로 게이샤 집에 전화를 걸어서 게이샤를 불러내려 하고 있다. 계속 ○코라는 여자를 바꿔달라고 소리를 지른다. 아마 술자리에서 거절을 당하고도 아직 미련이 남아 있는 듯하다. 이렇게 잘못 걸려온 전화를 받은 사람이 상당히 거칠게 말하는 경우가 있다. '전화 똑바로 하게, 정신 차려', '이 멍청한 자식' 등등의 말이 나온다. 여자도 대개는 '잘못 걸었어요'라며 신경질을 낸다. 전화로 싸움을 받아들여도 주먹이 날아오는 것은 아니니 겁쟁이도 안심하고 싸움을 할 수 있는 좋은 도구다. 개중에는 또 상당히 성격이 나쁘고 짓궂은데다 한가한 사람도 있어서 잘못 걸려온 전화 내용을 그대로 다 듣고는 빈정거리면서 '그럼 이만. 쾅!' 하고 전화를 내려놓는 이도 있다. 이러한 상황이 되면 전화는 편리한 것 같으면서도 불편한 것이라 말하고 싶다.

226

# 이사 회고록

••

  인간도 점차 문화적이 됨에 따라 인간의 본성인 토착심이나 망향의 정을 잃어버리고 방랑을 아무렇지도 않게 생각하게 되어 이사만 계속하게 되는 것 같다. 나 같은 경우는 태어나면서부터 이사하고 싶은 충동을 운명처럼 짊어진 사람인데 과거의 이사를 되돌아보면 조금 인간미 어린 애수를 느낄 수밖에 없다. 역시 젊었을 때부터 여기저기 전전하며 오늘에 이른 길은 거의 대부분 통한과 비애를 짊어진 이사였다. 지금도 아직 이 속세의 바람을 맞으며 과거를 추억하지만 반 이상은 아득하게 잊혀져 있다.

  젊었을 때는 말할 것도 없이 아주 간단하게 하숙집을 옮겨 다녔다. 두세 개의 짐 가방을 어깨에 메고 여기저기 몇 번이나 이사를 했는지 지금은 전혀 기억나지 않을 정도다.

처음에 적은 월급이나마 받게 되면서 어쨌든 스스로 밥은 먹을 수 있게 되어 한 형님과 같이 지낸 적이 있다. 형님이라고는 해도 근무처의 조금 위 선배이니 월급도 뻔한 것이었다. 하숙집 할머니는 이 두 사람의 하숙비로는 도저히 생활해 나갈 수 없었으므로 부업으로 —할머니 입장에서 보자면 두 사람의 하숙이 부업인지도 모른다—젊은 여자나 남자를 상대로 하는 장사를 하고 있었던 것 같다. 언제나 아래쪽 자리는 떠들썩했는데 우리 하숙생들은 절대 이 자리에 끼지 못하게 했다. 그 대신 언제나 감자 고구마만 먹였는데 한창 자랄 나이의 청년들에게는 양만 많으면 그만이었다. 그 집에서의 생활은 반년 정도였는데 그것이 방랑의 시작이었으며 세상물정을 모르던 할머니 집에서 하숙을 했던 날들은 지금도 추억거리가 된다.


둘 ● ●


그 후 다시 학생으로 돌아가서 기숙사로 이사를 했다. 그런데 금세 기숙사에 불이 나서 건물이 전소되어 거기에 살고 있던 이들은 마을 곳곳의 하숙 등으로 피난을 갔다. 보리밥에 냄새나는 단무지, 식은 된장국에 톳 조림 등 맛없는 음식을 잘도 견뎌냈다는 생각이 들 정도다. 그래도 청춘의 피는 타올라서 나 자신의 경우와 비슷한 소설 등을 탐독하며 장래의 운명을 꿈꿨다.

우연히 어촌 마을로 전근 명령을 받고 홀쩍 그곳으로 가보니 아는 사람도 없고 번듯한 하숙집도 보이지 않아 당당하게 여관방을 하나 잡고 들어가 화가 났던 적도 있었다. 숙박비와 급료가 별 차이가 없었던 탓에 돈을 빌리는 맛을 알게 된 것도 무리는 아니었다. 그 여관은 다른 건물에 음식점도 겸업을 하고 있었다. 경찰 단속 차원에서 보면 겸업은 겸업이라도 여관과 음식점은 확연히 구별되어 있는데 실은 표면적으로만 그렇고 여관 객실 세면장 옆 어두컴컴한 방이 게이샤 방이었다. 여름에는 상당히 수상한 장면을 보게 된다. 비오는 일요일 같은 날에는 뻔뻔하게 내 방에까지 침입해서 기분 좋게 덮고 자고 있던 이불을 걷어 올린다. 그리고는 뭘 하는가 하면 연적과 두루마리를 꺼내 '편지 한 통 써줘요'라고 하는 것이다. 게이샤에게 대필이나 해 주려고 하숙하고 있는 게 아니라는 말까지 하자 게이샤는 달콤한 콩과자인 아마낫토를 줄 테니 대필을 해달라며 조건을 내건다. 하긴 내가 아마낫토를 좋아하기는 한다. 게이샤에게 대필을 해 준다고 손가락이 부러지는 것도 아니니까 써주기로 결심하고 도대체 어디로 보내는 편지냐고 물어보니 좋아하는 사람을 불러내는 거라고 한다. 질려서 말도 안 나오는 상태이기는 하지만 이렇게 되면 장난기가 작동한다. 꼭 오도록 써주겠다고 하고는 오노 가도[115] 풍 서체로 천하의 지렁이가 갖가지 곡예를 부리는 듯하게 멋진 문구를 턱 써준다.


## 셋 ● ●

다음날 또 게이샤가 찾아왔다. 덕분에 어젯밤에 그 사람을 만날 수 있었다고 태평스럽게 지껄이며 보자기를 풀어놓는다. 상자 속에서 그 근방에서 유명한 대나무 잎 초밥이 나오는 것을 보니 쓴웃음을 지을 수밖에 없었다. 그 일이 소문이 나서 다른 게이샤들로부터도 연이어 연애편지 대필 주문이 들어오니 기가 막히기도 했다. 하지만 돈이 없다는 것은 행복한 일이어서 아침저녁으로 이렇게 주색에 탐닉하는 묘한 장면을 보면서도 위조 연애편지를 읽으며 기뻐하는 무리들과 섞이

115 오노 가도小野鵞堂, 1862~1922. 메이지, 다이쇼기의 가나 서도를 대표하는 서예가.

지 않았을 뿐더러 게이샤의 내막을 다 알고 있으니 그런 방면으로는 그다지 빠져들지 않을 수 있었다.

산속 농가 창고의 다다미 여섯 장짜리 행랑방에 거처하며 자취한 적도 있었다. 도기 냄비로 한 홉 정도 밥을 지어 통조림을 반찬으로 먹으려고 하면 꼭 친정으로 돌아온 그 집 딸이 나타나 '맛있는 것 드시네요' 하며 말을 건다. 장난치러 온 건지 놀리러 온 건지 알 수가 없다. 지금이라면 술안주 삼아 이 아가씨를 놀릴 용기가 있겠지만 이 무렵 나는 아직 순진했다. 모처럼 준비한 맛있는 밥도 목을 넘어가지 않고, 그렇다고 해서 호통을 칠 수도 없어서 매일 이 어이없는 일에 입을 다물고 고개를 숙이고 있다가 결국에는 짐을 싸서 나온 적도 있었다. 그 아가씨가 뭐 하러 매일 그렇게 왔는지 지금도 알 수 없고 '맛있는 것 드시네요' 라고 하던 의미도 알 수 없다.

쓰자면 한없이 더 쓸 수 있을 것이다. 이렇게 정처 없는 방랑의 훈련을 하다 보니 정착하려는 마음도 옅어지면서, 토종 메추라기도 먹이가 없어지면 떠돌이새가 되듯이 점점 보폭이 넓어지다가 결국에는 현해탄을 건너 버렸다.

231

## 넷 ••

　화려한 에도江戸 근처의 정든 고향을 뒤로 하고 멀리 조선으로까지 달아난 것에는 다 그만한 사정이 있었을 터이지만 그런 이야기까지 하다 보면 이사 이야기와는 상관이 없어지기 때문에 중간 내용은 생략하고 일단 부산에 상륙한 것에서 시작한다. 12월 13일, 추운 겨울날 처음으로 보게 된 지저분한 흰 옷 차림의 지게꾼, 기차 차창으로 바라본 민둥산, 버섯이 겹쳐서 자란 듯한 집, 아무리 보아도 좋은 느낌은 아니었다. 흔들리는 기차에서 하루를 보내고 밤 11시에 목적지에 도착했다.

　정거장에는 관계자 두세 명이 마중 나와 있었다. 그중에는 동향인 사람이 있었는데 당분간 자기 집에 머물면 될 거라고 했다. 달리 갈 곳이 있는 것도 아니어서 그럼 신세를 지기로 했다. 한두 개의 짐짝을 지게꾼에게 지우고 밤거리를 지나간다. 기차 창문에서 바라본 삭막한 풍경에 비해 상당히 밝은 분위기를 띠고 있다. 언덕을 오르락내리락 삼십 분 남짓 걷다보니 어느덧 그의 집에 도착했다. 이 집의 주인공인 여주인은 오치카 씨로 나와 소학교 친구이다. 그녀는 부잣집 외동딸로 이 집에서는 나를 사위로 삼으려 한 적도 있었던 사이

이기도 한데 내가 딱히 오치카 씨를 싫어했던 것은 아니다. 지금이라면 기쁜 마음으로 응했을 지도 모르지만 그때는 그런 마음이 들지 않았다. 어쨌든 그 오치카 씨 댁에 신세를 지게 될 줄은 꿈에도 생각지 못했다. 오치카 씨는 출산력이 왕성한 분으로 젊은 나이에 벌써 세 아이의 어머니였다. 어떤 대우를 해 줄지 모르지만 이쪽은 상당히 피곤한 상태다. 콧속은 기차 그을음으로 새카맣다. 따뜻한 물에 들어가고 싶다고 생각하고 있었는데 바로 앞이 목욕탕이니 다녀오자고 한다.

목욕탕 안에서 옛날이야기와 고향이야기를 하며 푹 쉬다 돌아와 보니, 밥상 위에는 관례처럼 작은 그릇들이 두 개의 작은 술병 주위에 놓여 있었다. 내가 좀 욕심이 많은가 하는 생각이 들기도 했지만 기뻤다.

이렇게 일주일 정도 머물렀는데 어느 날 비위를 좀 맞출 생각으로 오치카 씨의 두 살 난 아이를 안고 어르면서 위로 들어 올리는 순간 아기가 나에게 쪼르륵 오줌을 쌌다. 당황해서 아이를 떼어놓았는데 때는 이미 늦어서 가슴 부위부터 상당히 피해를 입었다. 오치카 씨는 '어머나, 세상에'라며 걸레를 가져와서 닦아주었는데 전혀 더러워하지 않고 지극히 간단하게 치우고는 아무런 신경도 쓰지 않는다.

233

오치카 씨는 자기 아이 오줌이니 별 문제가 없어보였지만 이쪽은 그렇게 간단하지 않다. 일단 아이에게 오줌 세례를 받은 것은 처음이었고 아직 스물 몇 살의 청년으로서 대소변은 상당히 더러운 것이라고 생각하던 시절이라서 비위가 무척 상했다. 여기에 있으면 언제 다시 이런 일을 당할 지도 모른다는 생각이 들어서 적당한 이유를 붙여 일반 하숙집으로 이사를 했다.

동숙자는 서너 명으로 그중 한 명은 나 못지 않은 방랑벽이 있는 남자로 싱가폴에서 상하이, 베이징, 하얼빈 등 여기저기를 돌아다녔다고 한다. 체격은 겨울에 동면에서 깨어 기어 나온 개구리처럼 말라빠져서 일 년 내내 설사를 하며 위장약을 끊지 못한다. 약을 먹고 나서는 술을 마시고 결국 마르기만 해서 앉으면 엉덩이 뼈가 아프다고 했다. 그런데 정작 본인은 태평해서 죽음은 전혀 생각하지도 않는다. 그 몸으로도 아주 진지하게 미국에 가자라든가 남양에 가서 한탕하자는 등의 얘기를 한다. 이 남자는 여자를 아주 좋아했다. 대학을 나와서 월급을 꽤 받고 있었는데도 하숙비를 뺀 나머지는 게이샤에게 쏟아부어 버린다. 한가할 때에는 대체로 누워 있지만 가끔 이야기에 몰두하면 빈정거리는 투의 격언, 해학, 농담이 막 쏟아져 나온다. 그리고 담백하고 솔직한 점이 확실히 일종의 깨달음의 경지를 개척한 인물이었다. 아쉽게도 이 사람은 그 후에 곧 경성으로 이사를 갔고 삼 년 정도 지난 후에 세상을 떠났다. 그를 아는 사람은 모두 아까운 인물을 잃었다고 했는데 본인은 아무렇지도 않게 죽음을 맞이했을 것이 틀림없다. 어쨌든 이 사람은 보기 드문 인격자였다.


## 다섯 ••


이 하숙집에 또 한 사람은 전혀 다른 인물로 극단적인 소심함을 발휘하는 인물이었다. 그는 밤에 하는 일을 전문으로 하는 사람으로 박쥐처럼 낮에는 자고 저녁부터 일을 하러 나간다. 아주머니 이야기를 좀 들어줄 테니 하숙비를 깎아달라는 것은 이 사람이 발명한 것이리라. 굳이 흠을 잡자면 지갑을 잘 열지 않는 성격이었다. 어쩔 수 없는 경우에는 설탕을 탄 따뜻한 물을 내온다. 그 사연이 재미있다. '나는 가난하지만 구두쇠는 아니에요'라고 얼버무리며 사람을 돌려보낸다. 그는 가끔 은행 통장을 꺼내보고는 싱글벙글 한다. 그 외에는 평범한 사람들로 특별히 적을 필요는 없을 듯하다.

이 하숙집에 반 년 정도 사는 동안 하숙생 한 사람이 아내를 잃었다. 이 남자는 내 고향의 바로 옆 현 출신으로 내가 왔을 때부터 크게 호의를 보여준 사람이어서 매일 가서 위로를 하다 보니 같이 하숙을 하자는 쪽으로 의견이 모아졌다. 그래서 둘이 괜찮은 하숙집을 찾아다녔다. 그런데 이 남자는 육 척이 넘을 만큼의 거구인데 나는 오 척이 조금 넘을 정도로 체구가 작아서 둘이 나란히 걸으면 상당히 신기해 보이는데 말하자면 내 쪽이 좀 불리하다.

"난 자네와 같이 하숙은 안 하겠네."

"왜 그러는데?"

"이유는 됐네."

"이상한 사람이네, 갑자기 이의를 제기하는 데는 이유가 있을 거 아닌가?"

"갑자기 이유를 발견했거든."

"뭔데?"

"아니, 이렇게 걸어보면 알 텐데."

"걷는다고 뭘 안다는 건가?"

"이렇게 이야기하려 할 때도 나는 하늘을 바라보듯이 해야 하는 게 힘들어. 아무래도 둘이 나란히 걷는 건 내가 손해라구. 산책을 좋아하는 자네가 매일 같이 산책하자고 하는 것도 곤란하고."

236

"그래? 그럼 이렇게 하지. 둘이 걸어갈 때에는 자네가 길의 높은 쪽에 서서 걷는 거야. 나는 낮은 쪽으로 걷고. 그리고 자네는 굽이 높은 신을 신고 나는 조리草履116를 신는 거지. 그리고 나는 가능한 한 허리를 굽히고 목을 움츠리고 걸을 거야. 어때?"

"그래? 그런 조건이 붙는다면 아까 제기한 긴급 이의는 철회하지."

결국 우리 둘은 다다미 여덟 장 크기 정도의 삼 층 방에서 함께 하숙을 하게 되었다. 삼 층이라고 하면 꽤 큰 건물처럼 들리지만 실은 네모난 굴뚝 같은 집이어서 삼 층은 그 방 하나뿐이었다. 어쨌든 손 없는 날을 골라 그곳으로 이사해서 덩치 큰 녀석과 작은 녀석이 저녁상을 앞에 두고 마주 앉았다.


## 여섯 ● ●

다음 날부터 저녁이 되면 덩치 큰 녀석이 산책을 가자고 한다. 따라서 작은 녀석이 그 상대를 해주게 되는데 큰 녀석은 전에 말한 약속을 이행하려는 자세가 전혀 보이지 않는다. 신발은 세 치는 되는 높은 도마 같은 왜나막신이다.

116 발가락을 걸어서 신는 일본식 짚신.

237

그리고 낮은 곳을 걷기로 한 조건이 있었는데 종종 길 중앙부로 나와서 작은 녀석을 위압한다. 결코 목을 움츠리는, 기특한 태도는 보이지 않는다. 상당히 괘씸하지만 도로 한가운데서 싸움을 걸 수도 없는 일이라 참을 수밖에 없다. 돌아와서 심각하게 따지게 되면 그 때만은 '그래, 그래. 내가 잘못했어. 내일부터는 꼭 이행할게'라고 해서 안심시키고는 다음 날이 되면 싹 잊은 듯이 대놓고 규칙을 깬다. 돌아와서 무섭게 말해 보아도 효과는 그 때 뿐으로 또 산책을 가게 되면 전혀 효과는 없다. 같은 일을 몇 번이나 반복해도 한결같다.

그래서 묘안을 생각해 냈다. 먼저 목수에게 작은 저금통 같은 것을 만들어 달라고 했고 이것을 큰 녀석에게 내밀었다.

"무슨 상자게?"

"무슨 상자야? 돈도 없는데 저금통을 어디다 써?"

"아니 이제부터 저축을 많이 할꺼야."

"맨날 담배 살 돈도 모자라는데 저금을 한다니 이상하네. 역시 돈이 갖고 싶은가 보군."

"돈을 갖고 싶지는 않지만 이 상자 안에 자연히 돈이 날아들어 올 테니 신기하지."

"정말 바보 같은 소리를 하네."

"바보 같아도 괜찮은데 나는 이제 자네하고 산책은 안 갈 거야."

"왜 그래? 산책도 자네랑 같이 안 가면 재미없는데."

"어쨌든 산책은 질렸어."

"고집은 세가지구."

"생각해봐, 한 번이라도 계약을 이행한 적이 없잖아."

"그래 그래, 그거 말이지. 다음부터는 꼭 지킬게."

"다음부터, 다음부터 하는 말에는 이제 안 속아."

"시끄러운 자식이네. 남자가 한 번 지킨다고 하면 믿어야지."

"좋아, 그럼 이렇게 하자. 한 번 규칙을 어길 때마다 십 전 씩 이 상자에 넣는 거야."

"누가?"

"자네가 넣는 거지. 많이 모이면 내 저금에 넣을 거야."

"그건 곤란한데."

"곤란하면 남아일언의 위반 행위를 안 하면 돼. 곤란할 이유는 더 이상 없어."

"정말 따지기 좋아하는 녀석이군, 할 수 없지. 한 번 위반할 때마다 십 전씩 넣을게."

다음 날 산책하러 가서 큰 녀석의 위반을 계산해보니 열세 번이었다.

239

"어이, 일 원 십삼 전 넣어."

"오십 전으로 깎아줘."

"우는 소리 하지마. 깎아주면 버릇 돼."

"진짜 비싼 산책이네. 이렇게 산책 값이 폭등하면 절약을 좀 해야 되겠어."

일 년 정도 사이에 저금은 상자에 가득 찼다. 마침 그때쯤 큰 녀석은 두 번째 아내가 생겨서 방을 나가게 되었다. 그 때 그 돈으로 오비#117를 하나 사서 축의금을 대신 했으니 결국 원래대로 돌아간 셈이다. 어쨌든 큰 녀석의 범칙행위는 거의 이 아내를 얻기 위해 사용된 것이다.

## 일곱 ••

그 후 몇 번인가 여러 집을 전전하는 사이에 경성으로 이사를 해야 하게 되었다. 하숙집은 민간인의 집이 좋다는 규칙을 따라 뜸을 놓는 할머니 집으로 일단 정했다. 민간인이라고는 하지만 네다섯 명의 하숙생이 있다. 이 할머

117 일본 전통 의복의 허리 부분에 두르는 띠.

니의 뜸은 상당히 유명해서 매일 열 명에서 열다섯 명의 손님이 있다고 한다. 여기 하숙생들은 반드시 한 번씩은 뜸 세례를 받는다고도 한다. 엄청난 곳에서 하숙을 하게 된 것이다. 뜸 같은 것은 어렸을 때 장난을 쳐서 당한 적은 있지만 좋아서 스스로 할 만한 것은 아니다. 가능하면 예외적으로 이 강제적 뜸뜨기에서 벗어나고 싶어서 이런저런 방어수단을 생각해 본다.

이삼 일 후에 저녁식사가 끝나고 나서 이쑤시개로 이를 쑤시며 차를 마시고 있는데 할머니가 슬슬 유혹의 손길을 뻗쳐 왔다.

"댁도 몸이 꽤 약한 것 같네."

"이럴 줄 알았어. 저는 너무 건강해서 걱정이라구요."

"그렇지 않아."

"글쎄 이렇게 쌩쌩하잖아요."

"인간이란 자기 스스로는 자기 몸을 모르는 거야."

"그럼 어디가 약하다는 거에요?"

"우선 신장이 안 좋아. 그리고 신경이 쇠약해져 있지. 위장도 약해져 있고. 각기병도 섞여 있어. 그리고 혈액 순환이 잘 안 되니 조심해."

"장난하지 마세요. 뜸을 뜨려는 속셈이잖아요."

"그러니까 오늘 밤에 한 번 뜨자구."

"거참 희한한 취미도 있네. 사람을 보기만 하면 뜸을 뜨고 싶어하다니. 특이해."

"자네는 뜨거운 게 무서운 거지?"

"바보 같은 소리 마요, 뜨거운 뜸 정도가 뭐 무서울까."

"호호호, 센 척 하기는."

역시 직업상 이러쿵저러쿵 하는 말솜씨는 능수능란하다. 어쨌든 결국 뜸을 떠야 하게 되었다. 이렇게 되면 야반도주를 하든지 뜸을 뜨든지 둘 중 하나를 골라야 한다. 물론 뜸은 싫지만 야반도주는 더 싫다. 에이, 뭐 한 번 해볼까, 매일 열 너댓 명이나 상대하는 것을 보면 어느 정도는 효과가 있을 지도 모른다. 결국 결심을 했다.

"그럼 내일 밤에 부탁할까요?"

"좋지. 도망가면 안돼. 댁의 몸을 위한 거니까."

"걱정 마세요. 그런데 도대체 얼마만큼이나 뜸을 뜨는 거죠?"

"등에 열둘, 엉덩이에 둘, 목에 넷, 배에 여섯, 발에 여덟, 또 여러 곳에 각 열둘씩이야."

"놀랍네요."

"그만큼 해두면 신장도 신경쇠약도 위장도 한 번에 좋아져. 새로 태어난 것 같은 기분이 들 거야. 그리고 나면 또 오게 될 테니까 여

242

기서 하숙하는 게 잘 된 거지."


## 여덟 ••

　다음 날 드디어 당했다. 역시 뜨겁다. 아무래도 산 사람에게 불을
붙여 지글지글 피부를 태우는 것이니 뜨거운 게 이상할 것은 없다.
그것을 사백 곳이나 놓는다. 비지땀이 흘러내린다. 그래도 남자로
태어난 이상 뜨겁다고 할 수도 없고 아프다고 할 수도 없다. 꾹 참
는다. 할머니는 아주 태평하게 사백 점을 한 시간 반 정도에 해치운
다. 그리고는 '벌써 다 끝났어요'라고 말한다. 벌써라고 느껴지기는
커녕 이쪽으로서는 지옥에서 불세례라도 받은 듯한 기분이라 겨우
한숨 돌린다.
　"꽤 참을성이 있네, 제법이야."
　"칭찬받는 것보다 안 하는 게 나을 뻔했어요. 이런 고생을 하다
니…."
　"에이 괜찮아. 이제 여든까지는 살 수 있을 거야. 오늘밤은 한 잔
대접할게."

243

"이상한 습관이네. 사람을 붙잡아서 뜸을 놓고 나서는 대접을 하다니. 전혀 남는 게 없잖아."

"벌이는 따로 있지. 하숙생이 최고야."

이상한 할머니라고 생각했는데 이 할머니는 어느 날 아침 다다미방의 기둥 사이를 연결하는 나무에 목을 매고 죽었다. 하지만 보통 목을 매는 사람처럼 콧물을 흘리거나 혀를 내밀거나 눈을 뒤집고 있는 것 같은 흉한 모습은 보이지 않고 태연히 잠든 것 같이 평온하게 미소를 지으며 매달려 있었다는 점을 보면 역시 뜸의 효능은 영묘하다고 생각되었다.

할머니가 왜 목을 매고 죽었는지 유언도 없고 유서도 없으니 아무도 아는 이가 없었다. 가족이라고 할 만한 사람도 없고 본적도 불명확하다는 것이 죽은 후에 알려졌다. 어쨌든 경찰의 검시도 끝나서 하숙생들이 함께 장례를 치렀다. 할머니의 유품이나 저금 등을 모아서 장례비용으로 쓰고 광희문 묘지에 석비를 세웠다. 그리고 이것으로 하숙생들은 흩어졌고 이곳저곳을 전전하며 또 몇 번째 하숙집을 고르게 되었다.

## 아홉 ••

뜸 치료사 할머니가 목을 매고 나서부터 다시 임시방편으로 의사집에 하숙을 하며 화투로 하는 도박을 배우기도 하고, 양복집 이층으로 집을 옮겨보기도 했으며, 요전에는 시골로 이사한 적도 있었다. 말하자면 비슷비슷한데 점차 짐의 양이 늘어난다. 어느 틈엔가 남들처럼 마누라라는 사람도 생기고 아이들도 태어났다. 이사도 총각 기분을 잃어버리고 악착스러워졌지만 여전히 이곳저곳을 전전했다. 그러나 그런 이야기들을 쓰다보면 한이 없으므로 만사 생략하기로 하고 최근 일을 말씀드리려 한다. 나는 실은 최근 일 년 반 정도 독신으로 돌아갈 수밖에 없었다. 독신이 되었어도 이제 와서 다시 하숙집으로 들어갈 용기는 없어서 할머니를 고용하여 일 년 반을 지냈다. 옷장도 짐짝도 부엌도 모두 그동안 엉망이 되어 손을 댈 수조차 없게 되었다. 그래서 이사를 할 수 밖에 없는 운명에 처하게 된 것이다. 짐을 어떻게 처리했는지 손을 품속에 넣은 채 어지럽게 밀어놓은 짐을 바라보며 시간이 흘렀다. 당일이 되어서 소달구지가 다섯 대 줄지어 서 있어도 그대로였다. 그런데 세상일이란 다 어떻게든 해결되게 마련이라서 막상 해보면 걱정하던 것보다는 쉬운 법이다. 이때 정리정돈에 대해서라면 해결책을 알고 있다는 어떤 아주머니가 가세해 준 것이다.

"댁이 혼자서는 도저히 못할 것 같아서 도우러 왔어요."

"고마워요. 사실 보시는 것처럼 고생하고 있었거든요."

"그렇군요, 정말 정신이 없네요."

"사람 사는 곳 같지가 않지요. 오늘 안으로 이 소달구지에 실어야 할 것 같아서 걱정이에요."

"별일 아니에요. 제가 할 테니 댁은 손을 품속에 넣고 계시면 돼요."

"손을 넣고 있는 건 좋지요. 부인, 오늘은 추운 것 같네요. 바람도 심하게 불고."

"그렇네요. 으슬으슬 하네요."

"부인, 오늘 그렇게 움직이시면 열이 날지 몰라요. 만약에 그러면 제가 간병하러 가지요."

"품안에 손을 넣은 채로 간병하는 건 골치아플 텐데요."

"앗, 부인. 그 짐짝을 여시면 뭐가 튀어나올지 모릅니다."

"뭐가 튀어나와도 괜찮아요. 속바지네요. 세 장이나 있는데 빨지 않은 것 같군요."

"살살 부탁드립니다. 제 얼굴이 빨개지지 않도록."

"속바지 쯤이 뭐 어때서요. 댁의 얼굴은 항상 빨개요."

"빨갛긴 빨갛지만 태어날 때부터 그런 건 아니라구요. 열네다섯 살 때는 하얀 피부의 미소년이었는데. 부인, 혀를 내밀지 않으셔도 괜찮은데요."

"그래서 미소년이라 어쨌다는 거에요?"

"소심해서 여자들이 쳐다볼 때마다 얼굴을 붉혔지요."

"골치 아팠겠네요."

"정말 골치 아팠는데 결국 그러다 보니 이렇게 얼굴이 빨개져 버렸지요."

"지금도 여자들이 쳐다보면 빨개져요?"

"이제는 새빨갛지 않아요. 금색 골드 멜론이죠."

"바보 같은 소리 하시긴. 이 길다란 건 뭐죠?"

"그런 걸 끄집어내시면 안돼요. 그대로 살짝 넣어 두세요."

"골치 아프네."

"그말 벌써 세 번째입니다. 아무리 성가셔도 너무 그러시면 곤란하죠."

"훈도시褌118인가요?"

"죄송합니다."

118 남성의 하체를 가리기 위한 긴 끈. 묶어서 속옷처럼 착용한다.

247

"어때요, 꽤 많이 정리됐지요?"

"정말 다 정리 되었네. 보고 있으면 간단하군요."

"팔자 좋은 소리 하시네요. 이래 봬도 힘들다구요."

"정말 부인은 정리정돈의 천재네요."

"또 바보 같은 말씀을 하시네. 이제 슬슬 수레에 실어도 되겠지요?"

"이쯤에서 한 숨 돌립시다. 휴식합시다, 휴식. 부인 덕분에 정말 살았어요."

"그런가요? 댁도 피곤하시죠?"

"부인도 꽤 짓궂으시네. 그렇게 진지하게 사람을 놀리다니."

"정말 그렇죠."

"정말인지 뭔지 모르지만 극락에는 못갈 거요."

"골치 아프네. 벌써 투덜대는 소리가 나와요."

"그 소리는 좀 너무 빠른데요. 부인 또 우동입니까?"

"우동이면 충분해요. 이 상태라면 세 시 넘어서까지 걸릴 거에요."

"그 정도도 괜찮아요. 부인이 안 오셨으면 내일 아침까지 걸렸을 텐데요. 소달구지를 잡아둬야 할 뻔했습니다."

정돈 전문가 천재가 하늘에서 내려온 덕분에 의외로 빨리 정리되어 네 시 경에는 아궁이의 재까지 갖고 나갈 단계가 되었다.

"부인, 뭐죠? 그런 걸 왜 갖고 가는 겁니까? 거기에다 양주병이 세 개나 꽂혀 있었다구요. 버립시다."

"여자한테는 이런 게 필요해요. 이걸 부엌에 두면 주걱이나 국자 나 젓가락을 꽂아둘 수 있어서요."

"아하, 그렇군요. 오늘은 계속 감탄만하고 있어서 이제 감탄할 거 리도 다 떨어지겠네요. 부엌에서는 주걱 꽃이 핀다는 거네요."

"왜요?"

"그야 주걱을 꽂아둔다니 그렇지요."

드디어 이사를 했다. 이사한 곳은 일 리 정도 떨어진 곳이다. 부 인과 전차로 먼저 가서 청소를 한다.

"이 집이 훨씬 더 낫네요."

"더 나은가요? 낫다면 다행이지만."

"이 방을 쓰시면 좋겠네요. 여기 들어가서 나오지 말고 계세요."

"갑자기 말투가 바뀐 것 같은데. 전보 쳐서 배달시켰어요?"

"댁이 하도 놀리니까."

"이게 낫네요. 다른 말투를 쓰면 안 되지요."

"골치 아프네."

"골치 아픈 걸로 됐어요. 어, 저기 소달구지가 왔어요."

"그래요? 제가 알아서 들여올 테니 댁은 들어가 계세요."

"적당히 부탁드립니다. 물건이 안 보이면 전화로 하나씩 여쭤 볼게요."

"오늘은 들여놓기만 하고 모레 정도에 와서 정리할게요."

"부인 혼자서는 힘들테니 조수를 데려 오세요. ×××한 조수를요."

"네?"

"아무것도 아닙니다. 어쨌든 이제 이사를 마쳤네요. 전부 부인 덕입니다."

"무슨 일이든 말씀만 하세요."

이것이 일주일 전에 한 따끈따끈한 최근 이사였다.

# 새로운 생명보험 제안

　나는 평생 생명보험이라는 것을 좋아하지 않았다. 긴 세월 동안 번거롭게 돈을 내야 하고 죽지 않으면 이득을 보지 못하는 것이니 말하자면 생명보험은 사망보험인 셈이다. 게다가 보험 권유원이라는 사람이 찾아오는 것도 곤혹스럽다. 보험을 들고 싶은 사람은 순순히 회사에 찾아가서 계약을 하면 그걸로 끝날 일이다. 굳이 비싼 월급에 보너스를 지불하면서 번듯한 성인 남자를 고용해 양복을 입히고 가방을 들려서 보험을 권유하러 다니게 할 일은 아니다. 그런데도 이들은 찾아오고 또 찾아온다.

　'저희 회사는 창립 이십여 년으로 자본금이 얼마며 가장 신용할 만합니다'라든가 '저희 회사는 상호회사라서 가입자의 뜻대로 하실 수 있습니다'라는 등 미사여구를 늘어놓는다. 사람이 일을 하고 있

든지 밥을 먹고 있든지 상관없이 찾아와서 설교를 시작한다. 개중에
는 소개장을 갖고 정중하게 인사를 건네 오는 이도 있다. 그리고 최
근에는 여자 판매원이 유행인 것 같은데 어느 집 아가씨가 찾아온
건지 갑자기 나에게 결혼 신청이라도 하러 온건가 하고 보면 그게
보험 권유원이시다.

이런 사람들이 한 달에 몇십 명, 하루에도 서너 명 올 때가 있다.
'나는 보험을 싫어해서요'라고 하면서 무뚝뚝하게 인사를 해도 결코
'안녕히 계세요' 하면서 돌아가지는 않는다. '정말 싫으신 건가요?'라
든가 '싫어하는 분일수록 가능성이 있어요'라는 둥 말도 안 되는 소리
를 하고는 꼼짝도 하지 않는다. 처리하기가 상당히 곤란하다. 그래서
이 재난을 방지하기 위해 새로운 생명보험을 생각해냈다.

"아, 저는 ○○님으로부터 소개를 받은 이런 사람입니다. 잘 부탁
드리겠습니다."
명함을 보니 또 그 건이다.
"저는 일체 보험을 안 들기로 했습니다."
"이런 선구적인 분께는 어울리지 않네요. 인간의 수명만큼 믿을

수 없는 것은 없으니까요."

"죽지 않으면 손해인 보험은 사절이야."

"어느 날 갑자기 불행이 찾아와도 보험이 있으면 부인이나 자녀분들은 안심이니까요."

"너무 안심해서 남편을 소홀하게 대한다구. 내가 십만 원이나 하는 보험을 계약하면 아내는 언제든 '불행이 찾아와주면 좋을 텐데' 하고 생각하게 되지. 이불 속에서 '아무래도 감기에 걸려 머리가 아픈 것 같아. 열도 39도나 되는 것 같고, 폐렴이 될지도 몰라'라면서 끙끙대면 아내가 와서 '그럼 안돼요, 몸 조심해야지요. 그런데 당신 보험 증서는 서랍장 서랍 안에 넣어 두었어요? 아니면 책장에 있나요?'라고 묻고 싶어질 거야. 심해지면 곧 죽을 것 같다고 남편 얼굴만 쳐다보는 거 아닐까? 하하하."

"설마요, 선생님도 참 너무 삐딱하신 분이시네요."

"하하하, 그러니까 자네의 보험은 죽어라, 죽어라 하고 몰아가는 구조인 거지. 그러니까 생명보험이 아니라 사망보험이라구."

"정말 놀랍습니다."

* * *

"그래서 나는 진짜 생명보험을 고안했네."

"어떤 건가요?"

"내가 먼저 십 년 계약으로 천 원의 보험에 들었다고 치지. 매년 내는 보험금을 삼십 원 정도라고 하고. 십 년에 삼백 원이야. 보험금은 매우 적지만 그래서 십 년 내에 죽으면, 아마 죽겠지. 구 년 구 개월이라도 괜찮아. 십 년 내에 죽으면 지금까지의 보험금은 회사가 전부 가져가 버리는 거야. 회사는 가만히 앉아서 삼백 원을 버는 게 되지. 그 대신 십 년 이상 내가 살아 있으면 계약대로 천 원을 나한테 주는 거야."

"그렇군요."

"그러니까 살수록 이득이 되지. 자네들 회사에서는 젊은 사람을 환영하지만 이 안대로 가면 노인일수록 환영을 한다구. 건강한 사람보다 병자일수록 붙잡고. 그런데 이 보험에 들면 노인들도 좀처럼 죽지 않아. 왜냐구? 죽으면 손해니까 건강에 주의해서 좋은 것을 먹고 살아있는 거야."

"재미있네요."

254

"재미있지. 자네들의 보험은 죽으면 이득이고 이 보험은 죽으면 손해니까 아내도 가능한 한 남편을 소중하게 생각해. 무엇보다 아침 저녁 밥 짓기부터 신경을 쓰지. 그리고 보기에도 아름다운 좋은 음식을 먹이고, '여보, 무슨 일이 있어도 앞으로 십 년은 더 사세요'라고 하게 돼. 하하하, 인간이란 건 죽고 싶다고 생각하면 죽게 되지만 살고 싶다고 생각하면 살게 되는 거야."

"돼지나 닭 같군요."

"그렇지. 무엇보다 자네들은 인간의 목숨을 천원이니 만원이니 하면서 정하지 않나. 자네들 스스로 인간을 물건 취급하고 있어. 지금의 인간은 대개 물건이지. 어디든지 인간의 가격표가 있지 않은가. 직원명부도 그런 종류지."

"무슨 말씀인지 잘 모르겠는데요."

"잘 몰라도 괜찮은데 보험 권유를 하러 올 거라면 내가 말한 것 같은 진짜 생명보험을 가져오게. 자네 회사 같은 사망보험은 안돼."

"글쎄요."

"글쎄요 라는 걸 보니 더 와 봤자 안 되겠네. 나한테 오는 건 소용 없는 짓이야. 더 죽고 싶은 사람을 찾아가 봐야지."

"그렇게 말씀하지 마시고 한 번 생각해 주십시오."

"뭐, 기다려 봐. 내가 목숨이 안 아까워지면 가입하지. 십만 원 정도 짜리로. 그리고 한 번 납입하고 죽을 거야. 하하하."

"선생님은 정말 이길 수가 없군요. 또 찾아뵙겠습니다."

"또 찾아오지 않아도 되네."

겨우 돌아갔다. 내가 생각해 봐도 명안이었다. 이렇게 해두면 다시 찾아올 생각이 들지 않을 것이다.

# 술병 고찰

단순하게 병이라고 하면 식초 병이나 간장 병도 있지만 이 이야기는 술에 관계된 것, 특히 따끈하게 데운 청주 술병에 대한 이야기이다.

|돗쿠리|德利119라는 술병의 명칭의 기원은 확실하지 않지만 술 예찬자가 명명한 것임이 틀림없다. '돗쿠리, 돗쿠리'120 하면서 병에서 술이 흘러나오는 소리에서 온 것이라는 설은 견강부회이다. 이름은 어쨌든 없어서는 안될 것 중의 하나이다. 술집 카운터에 진을 치고 베틀의 바디처럼 왕래하는 따끈한 청주 돗쿠리를 뜨겁지도 않고 미지근하지도 않게 처리할 수 있으면 보통 이상 가는 훌륭한 술집 주인이라고 할 수 있을 정도로 술을 데우는 것은 어려워서 아무리 좋은 술이라도 잘 데우지 못하면 빛을 보지 못하게 된다. 연료, 물 끓이기, 수질 등도 술 데우기에 영향을 미치는 것인데 돗쿠리 자체가 술 데우기의 수준을 좌우하는 것은 말할 것도 없다.

119 '돗쿠리', '도쿠리'로도 읽으며 아가리가 잘록한 도기나 금속제 용기. 주로 술 등을 담는다.

120 꿀럭꿀럭. 액체가 구멍으로 흘러나오는 소리를 나타낸 의성어와 비슷함.

257

| 돗쿠리 |

오늘날 따끈한 청주 돗쿠리는 주로 도기이고 주석이나 은제품 등은 비용상 문제가 있어서 사용되지 않는다. 돗쿠리로서의 도기의 요건은 주로 흙과 굽기와 형태이다. 흙은 가볍고 연하고 변화가 없는 것을 좋게 본다. 난징 산 걸작은 상 중의 상품인데 좀처럼 구하기 어려우므로 논외로 해야 할 것이다. 굽기와 형태는 도공의 실력에 달려 있는데 열의 유도를 원만하게 하는 방법에 주안점을 둔다. 이러한 점에서 고찰하면 인베伊部[121] 자기나 이마리伊万里[122] 자기를 상품으로 쳐야 한다. 이러한 점이 비젠備前[123] 술병, 히젠肥前[124] 술병이라고 평판이 높은 이유이다. 세토, 구타니, 시미즈에 이르러서는 모양만 신경 쓰고 이런 점들을 소홀히 해서 청주를 데우는 술병으로는 쓸 만하지 못하다. 세상에서는 요즘 딱딱한 도자기를 직접 불에 데워서 술을 데우는 경향이 있는데 너무도 풍류를 모르는 짓이다. 무엇보다도 탄내가 나서 마실 수가 없다. 그리고 윤택한 수분기를 잃고 마른 술이 되어 버린다. 유리병 같은 것도 사용하기에 적합하지 않은 질이 낮은 것이다.

돗쿠리는 술을 데우는 중대한 임무를 다한 후에 직접 잔과 교섭을 해서 술을 옮기는 역할을 하게 된다. 여기서 형태의 문제가 생긴다. 돗쿠리의 형태는 염교 모양

121 오카야마현岡山県 비젠備前시의 중심부.

122 사가현佐賀県 서부.

123 오카야마현 남동부.

124 구지명으로 현재의 사가현과 이키壱岐, 쓰시마対馬를 제외한 나가사키현長崎県.

259

을 우수하다고 한다. 술이 흘러서 깨끗하게 멈춰 한 방울의 여분도 남기지 않고, 또 곡선미라는 관점에서 봐도 이 형태가 가장 좋다. 학 모양은 신사 공양용을 빼고는 필요가 없고 멧돼지 머리 모양은 술 흐름이 너무 안 좋은 데다가 남은 술 방울이 뒤로 돌아가서 깔끔하지도 않다. 육각형, 팔각형은 말할 필요도 없다. 요즘 꾀꼬리 술병이라는 한심한 애들 장난감 같은 것이 가끔 보이는데 조악스러운 물건이다. 한 잔 따를 때마다 삐삐 소리가 나는 건 참을 수가 없다. 또 보온병 식이라는 것도 있다. 술이 식지 않도록 하기 위한 것인데 쓸데없는 간섭이다. 죽은 사람을 만지는 것 같은 기분이 든다. 유리 술병 역시 논외이다. 안에 든 술의 양이 보이는 것만큼 삭막한 것도 없다. 술자리를 전혀 이해 못하는 종교인 가정 같은 곳에 이런 유리 술병이 출현하는 일이 있다. 형태상으로 보아도 비젠과 히젠 것이 아주 상질인데, 이 형태만 보자면 구타니도 결코 나쁘지 않다. 세토나 시미즈는 술병으로서는 낙제다. 교토 방면에는 진정한 술꾼은 적은 듯 한데 이 지역에서는 좋은 형태가 나오지 않기 때문이다. 술잔만은 상당히 좋은 것을 생산해 내는 것을 보면 술병은 술잔보다 만들기가 어려운 것으로 보인다.

백조 술병이라는 것도 있다. 모양이 백조를 닮았고 아주 큰 것이

260

다. 탁주를 넣는 전용 술병이다. 탁주는 백조라고도 부르며 민간에서 상용하는 것으로 아주 마시기 편하고 부담이 없다. 백조 술병은 그 용기로서의 역할을 맡고 있는 만큼 풍아한 정취를 띤 모양이다.

백조 술병이 있는가 하면 가난뱅이 술병이라는 것도 있다. 이름은 별것 없어 보이지만 실물은 꽤 분위기가 있고 자연스럽게 흙을 빚어서 돌려 만든 점에 그 맛이 있다. 대개는 술집 이름이 박혀 있고 운반용으로 제공되는 점은 일종의 술통으로 보인다. 하지만 산속의 술자리나 다리 밑 술잔치 같은 술자리에서는 술을 데우는 술병으로도 겸용된다.

근래에는 단지가 대유행인 것 같은데 단지가 술병에 가까워지고 술병이 단지에 접근해가면서 거의 구별이 되지 않는다. 백조나 가난뱅이 술병에는 술병보다 단지에 가까운 것이 많다. 단지 예술이 있는 이상 술병 예술도 생겨야 마땅한 것이다. 특히 조선에는 훌륭한 항아리가 있듯이 술병에 있어서도 난징 만큼은 아니지만 쓸모 있는 꽤 괜찮은 것들이 얼마든지 있다.

# 가쓰미쓰勝光[125] 무네미쓰宗光[126] 합작

영화와 쇠락이란 세상의 이치로, 십 년 전에는 몇 등 고등관이던 사람도 미끄러지듯이 쇠퇴기를 맞이하게 되면 어쩔 도리가 없다. 재주는 어려울 때 도움을 줄 수 있을 만큼 쌓아서 지금은 표구사 흉내를 내고 있는, 십 몇 년 전부터 알던 사람이 최근 여기에 드나들고 있다.

도코노마床の間[127] 근처를 둘러보고는 표구가 되어 있지 않은 것이 있다고 가져가서는 별로 신통치 않은 표구를 해왔다. 때로는 보물이라도 찾은 것처럼 산요[128]나 난슈[129] 등의 요상한 물건을 가져온다. 전성기에는 서화나 골동품 등을 꽤 갖고 있었는데 그 중 가치 있는 것은 모두 남의 손에 넘어갔을 것이다.

오늘도 이 양반이 갑자기 찾아왔다. 보아하니 묘한

125  가쓰미쓰勝光, 생몰년 미상.
     무로마치室町 중기 비젠의 도공刀工.

126  무네미쓰宗光, 생몰년 미상.
     무로마치 중기 비젠의
     도공. 가쓰미쓰와의 합작
     품이 많음.

127  일본식 방의 상좌上座에
     바닥을 한층 높게 만든
     곳. 벽에 족자를 걸고 바
     닥에 꽃병 등을 장식함.

128  라이산요賴山陽, 1780~1832.
     에도 후기의 유학자, 역
     사가, 시인, 서예가.

129  사이고 난슈西郷南洲, 1828
     ~1877. 사이고 다카모리西
     郷隆盛라는 이름으로 유명
     한 에도 말, 메이지 초기
     의 사쓰마 출신 무사, 군
     인, 정치가. 난슈는 호.
     유신의 삼걸로 불림. 많
     은 한시를 남기기도 했다.

모양의 보자기 꾸러미를 지참하고 온 것이다. 가죽 손잡이 같은 것이 보자기에서 삐져나와 있다.

"상당히 이상한 걸 갖고 계시네요."

"허허."

"뭡니까? 그건."

"풀통입니다. 저 공구점에서 찾아냈지요. 어떤가요?"

"풀통 감정에 대해서는 저는 잘 모르죠."

"풀통에는 여러 가지가 있는데 이런 게 가장 편리합니다. 어쨌든 표구장이는 풀이 생명이니까."

"그럴지도 모르지만 저는 잘 모르겠네요."

"이걸 보여드리러 온 건 아니에요."

"그렇다면 안심이네."

이 마음 편하고 한가한 사람은 유유히 담배를 피우며 움직일 생각도 않는다. 풀통이 용건이 아니라면 왜 온 것일까? 한가한 사람과 바쁜 사람을 상대하는 것은 상당히 묘한 심리가 서로 작동하는 듯하다.

"뭔가 급한 일이라도 생긴 거에요?"

"풀통은 안 보셔도 되지만 그것 말고 보여드릴 게 따로 있습니다."

이 양반은 어디선가 마술사처럼 노란 천으로 싼 길죽한 것을 꺼낸다.

"뭡니까, 이번엔 위험한 거 아닌가요?"

"하하, 좀 위험한가? 한 번 보세요."

껍질을 벗기듯이 노란 천 속에서 꺼내보니 꽤 훌륭한 물건이다. 쭉 뽑아 본다. 찬 물방울이 뚝뚝 떨어질 정도까지는 아니지만 녹슨 곳 하나 없이 밝게 빛이 난다. 칼날 끝부터 날밑 부분까지 훑어본다.

"비젠 것인 것 같군요."

"그렇습니다. 이름을 보세요."

"이름은 상관없어요. 날이 잘 들 것 같네."

"잘 들지요. 잠시만요."

그는 손잡이를 조물락거리더니 부탁하지도 않았는데 이름을 들이민다.

"어느 거요? 음, 가쓰미쓰인가? 비젠이라면 하품下品이 겠네."

"그렇지 않아요."

"미비젠未備前[130]이라고도 하지 않나요. 특히 가쓰미쓰 는 상당히 후기지. 무네미쓰[131]라는 사람은 제자였고. 말하자면 조수 역할을 했다는 거지요."

"뭐 그런 샘이네요. 미비젠도 좋은 물건은 이치몬지―

130  말비젠未備前의 오기로 보임. 무로마치室町시대에 번성한 도공刀工의 유파인 나가후네파長船派의 무로마치 후기 작품을 말비젠이라 함. 화려하고 복잡한 문양이 칼 표면에 보이는 것이 특징. 가쓰미쓰는 말비젠의 대표 작가.

131  원문에는 宗勝라고 되어 있는데 무네미쓰의 오기로 추정. 무네미쓰는 각주 126)

<sup>文字132</sup> 못지 않지요. 베는 맛이 아주 좋으니까."

"베는 맛은 분명히 좋은 것 같네요. 비젠도 요즘 들어서는 소슈<sup>相州133</sup>
가 섞여 있는 것 같은데."

"1506년이라면 지로자에몬<sup>次郎左衛門</sup>이군."

"그럴지도 모르지요. 말로는 이러쿵저러쿵 해도 실제로는 세간에
많이 있는 건 아니니까."

"그건 그렇지. 어떻게 손에 넣은 겁니까?"

"뭐 전부터 갖고 있던 거죠. 서화나 골동품은 거의 처분했는데 이
것만은 갖고 있었어요. 아버지한테 물려받은 거라서."

"그런 거면 소중하게 보관해 두세요."

"그런데 칼은 씹어 먹을 수도 없고 말이죠."

"그거야 씹을 순 없겠지요."

"그래서 어떻게든 하려고 해요."

"돈으로 바꾸는 건가요?"

"그렇게 하고 싶어요."

"사람을 베는 칼 같은 건 난 필요 없어요."

"갖고 싶어 하는 사람 없을까요?"

"그런 걸 모으기 좋아하는 사람도 있을 것 같긴 한데."

266

"좋아할 사람 좀 찾아줘요."

"도대체 돈은 얼마나 받고 넘기려고 하는데요?"

"많을수록 좋지요."

"상대방은 적을수록 좋다고 할 거요."

"적당히 하지요, 뭐."

"적당히라는 정도가 어려워요."

"대개 정해진 가격대가 있을 것 같은데요."

"그렇게 하지요."

귀찮은 물건을 떠맡았다. 잘못 두었다가 도둑이라도 맞으면 잘됐다며 태도를 바꿀지도 모른다. 아이가 발견하면 완구점의 장난감 칼보다 좋다며 휘두를지도 모른다. 이 칼을 원하는 사람은 한 시라도 빨리 말씀해 주시기를. 그리고 이 분의 희망처럼 '많을수록 좋다'는 정도의 돈을 지참해야 한다.

# 졸부의 집

오늘은 한 번 야마나카山中를 방문하기로 했다. 촌스러운 줄무늬 기모노에 주름투성이 하카마袴134를 한 벌 차려입은 데다 두꺼운 지팡이를 흔들며 가보니 꽤 위엄 있어 보이는 집이다.

'한 번 와라, 한 번 와라' 할 만큼 대단한 개장행사를 할 만한 곳이다. 엄청나게 큰 화강암 문으로 들어서서 현관에 가니 문은 열쇠로 잠겨 있어 꿈쩍도 하지 않는다. 초인종을 여러 번 누른다. 그러자 철컹 하면서 안쪽에서 문이 열린다. 서둘러 구두를 벗는다. 여우 같은 얼굴의 조추가 현관의 받침대에 양손을 짚고 인사를 한다. '도대체 수상한 사람인데 돈을 받으러 왔는지 뜯어내러 왔는지'라고 생각이라도 하는 듯 내 머리부터 발끝까지를 훑어 내려 본다. 그리고는 무시하는 듯한 태도로 피식 웃고

134 전통의상으로 품이 넓은 하의를 지칭.

269

있다.

"야마나카 군은 있는가?"

"네, 누구신지요?"

"나는 물총새일세. 있나, 없나?"

"잠시 기다려 주세요…."

응대에 능숙한 조추라면 '안 계십니다'라고 독단적으로 말하겠지만, 윗사람에게 지시를 받았는지, 어쨌든 이 태도로는 솔직하게 '계십니다'라고 자백할 수 없다는 것을 알아차렸다. 있다는 것인지 없다는 것인지 알 수 없는 대꾸를 하고 안으로 들어갔다. 상당히 사람을 우습게 보는 짓이다. 한 집의 조추인 자가 주인이 집에 있는지 없는지 모를 리가 없다. 그런데 두 번이나 물어도 대답을 하지 않고 이쪽을 인물 감정하고 들어가 버리다니 이런 법은 없다. 기분이 거슬러서 지팡이로 주위를 아무렇게나 두드리고 있다 보니 아까 그 여우가 나타났다.

"실례했습니다. 들어오십시오."

자백한 대로 완전한 실례임이 틀림없지만 들어가 준다. 양식 응접실로 안내를 받았다. 과연 졸부인 만큼 번쩍거리는 금으로 장식한 상당히 큰 응접실이다. 구석구석에 제라늄이며 튤립 등 화려한 서양

270

꽃들이 배치되어 있고 역 대합실 같은 긴 의자가 주위를 둘러싸고 있다. 중앙의 탁자를 중심으로 팔걸이의자가 네다섯 개. 거기에 호랑이 가죽이며 곰 가죽이 종로 근처의 모피 상점처럼 걸려 있다. 벽에는 곳곳에 역시 번쩍이는 금장식 액자에 넣은 유화가 걸려 있는데 중앙부를 차지한 것은 여성의 나체화다. 열여덟, 아홉 정도의 이제 막 성숙해진 처녀인 듯하다. 그런데 그게 거의 정면묘사라서, 그것을 부끄러워하지도 않고 넉살 좋고 뻔뻔하게 잘도 걸어놓은 것에 감탄을 하게 된다. 간단하게 말하면 이 응접실은 야마나카에게 어울리는 저급한 취미의 색채로 가득하다.

"어이쿠, 여기까지 와 주다니. 어떤가?"

야마나카가 오시마[135]산 옷감으로 만든 옷을 걸치고 고구마처럼 두꺼운 시가를 피우며 의자에 깊숙이 앉아있는 모습은 꽤 볼 만했다.

"여기 현관은 언제나 저렇게 꽉 잠가두는가?"

"온갖 녀석들이 오는 데에는 질렸거든. 대부분은 돈을 받으러 오든가 뜯으러 오는 거지."

"나도 그렇게 보인 것 같네."

"더 좋은 옷을 안 입고 오니까 그렇지."

"여기 조추는 안내하는 태도가 아주 익숙하던데. 자

135 아마미奄美의 오시마大島를 일컬음.

네가 가르친 건가?"

"하하, 가끔은 없다고 하고 쫓아버리지."

"나도 하마터면 쫓겨날 뻔했네."

"하하하."

"여우 같은 얼굴을 해가지고는. 맘에 안 드는 조추야."

이때 그 조추가 들어왔다.

"사모님께서 자리가 준비되셨으니 안내 말씀 드리라고 하십니다."

이건 좀 황송했다. 나무에 대나무를 연결한 것처럼 오[*136]자가 붙기만 하면 격식이 올라간다고 생각해서인지 논리에 맞지 않는 말을 태연하게 한다.

"자, 저쪽으로 가세."

"응."

어쨌든 준비가 되었다는 방으로 들어갔다. 인공적으로 동산을 만들어 놓은 넓은 정원을 오른쪽으로 긴 복도를 건너서 막다른 곳이 준비가 되었다는 방이다. 열네 종류의 다다미가 깔린 다다미 다섯 평 크기의 방으로, 장지, 창호, 문위의 장식 등 상당히 기교를 부렸는데, 장식을 위한 공간인 도코노마의 기둥과 가로대는 아무래도 허영인 것 같다. 호이쓰[137]의 그림 족자

136 정중한 표현에 사용하는 접두어.

272

도 미심쩍다. 어쨌든 도코노마를 등 쪽에 지고 두꺼운 방석에 풀썩 양반다리를 하고 옆쪽으로 기댄 모습은 그렇게 밉지만은 않다.

"자네 편하게 푹 쉬다가도 괜찮겠지? 나도 오늘은 한가하니까."

"어떻게 대접하는지에 따라서 푹 쉬어갈 수도 있지."

"신기한 걸 보여주지."

그러고 있다 보니 높은 상에 차려진 음식이 나온다. 크고 둥글게 틀어올린 머리의 부인이 나온다.

"이 사람이 전에 말한 물총새. 내 아내야, 잘 부탁하네."

야마나카는 한 번에 양쪽을 소개하면서 턱을 쓰다듬고 있다.

"전에 말한 물총새라니 너무한데. 전인지 뭔지, 오늘이 처음인데 말이야."

"가끔 댁의 얘기가 나와요. 뵙는 것은 처음이지만 잘 알고 있어요. 그러니까 전이라고 해도 문제가 없지요."

"이거 역시 남편 편을 들다니 역시 부부는 부부군요."

"자 친구분께 술을 따라 드리지요."

미꾸라지처럼 술로 죽인 다음에 끓여서 먹을 작정인지 자꾸 술을 따르려고 한다.

"오늘 밤은 고맙네."

137 사카이 호이쓰酒井抱一, 1761
~1829. 에도시대 후기 림
파琳派 화가.

언제 데려왔는지 크고 작은 미인 세 명이 바닥에 손을 대고 인사를 한다.

역시 이런 점이 야마나카 특유의 방식인가?

"오늘 밤이 뭐야. 이제 겨우 시작 나팔소리가 들렸을 뿐인데."

야마나카는 상당히 기분이 좋아 보였다.

"진기한 물건이란 게 이건가? 그림을 보는 게 아닌 것 같군."

"여자 앞에서 얼굴이 어떠하다는 비평은 금물이야."

"그런가? 나는 또 여자만 보면 흉을 보고 싶어져서 말이야."

"경박해서 그렇지."

"경박하다고 해도 아무 상관은 없는데 여기에는 언제나 이런 이들이 드나드는 건가?"

"손님만 있으면 언제든지 부르지. 뭐 어때서 그래?"

"하긴 자네라면 이럴 만하지. 부인은 질투하지 않아?"

"여자니까 가끔은 질투도 하지."

그때 한동안 얼굴을 보이지 않던 그 여우 조추가 빼꼼히 얼굴을 내밀었다.

"저, 가와무라河村 씨라는 분이 오셨습니다."

"있다고 했나?"

"아닙니다."

"부재중이라고 말했나?"

"아닙니다."

"어떻게 할까? 자네."

마치 너구리 문답 같은 알쏭달쏭한 말이다. '있다'고 하던지 '부재중'이라고 하던지 간에 현재 집주인은 게이샤 세 명을 불러서 거하게 술을 마시고 얼굴이 빨개져 있지 않은가.

"이쪽으로 안내하게."

야마나카 대신 여우에게 명령한다. 이윽고 예술가인 척하는 싸구려 문인 가와무라가 정장차림으로 들어와서 내 옆에 앉는다. 풍채로 보자면 물총새 이상의 미남이다. 게이샤가 '드세요' 하면서 술잔을 내민다. 얼굴이 두꺼운 미남이 한 명 자리에 섞이니 갑자기 떠들썩해져서 부인까지 나와서 마쓰즈쿠시松づくし138라는 춤을 추기 시작한다. 온갖 바보짓을 다 하고서 술자리가 끝난 것은 전기가 들어온 후였다. 사실 이 셋은 청년 시절 한솥밥을 먹던 사이였다.

138 각지 명소의 소나무를 세며 노래를 하고 그에 맞춰 부채를 사용하는 무용.

275

# 실업자

체중 십구 관 오백[139]. 결코 뚱뚱한 지방 덩어리는 아니다. 튼튼한 골격에 균형있게 발달한 더할 나위 없는 체격이다. 이 남자가 무슨 도의 무슨 산 속에 있는 토목과 출장소에 근무하고 있었다. 뭐든지 남들의 배 이상으로 일하고 펜을 들면 서무, 회계일도 하고 삽을 쥐면 도로 감독도 하는 상당히 능력 있는 사람이다. 특히 겨울이 되면 사냥을 잘 해서 멧돼지나 고라니가 있는 조선 특유의 험한 산악지대를 평지처럼 걸어 다닌다. 스물 너댓 관[140]의 곰이나 멧돼지를 아무렇지 않게 산골짜기에서 끌고 내려온다.

그런 이 남자는 아직 스물여덟 살의 독신으로 하숙 생활을 하고 있는데 단 하나 불편한 점이 있었다. 그것

139  한 관은 약 3.75킬로그램
     이므로, 약 73킬로그램.

140  약 86~90킬로그램

277

은 남의 세 배 정도나 밥을 많이 먹는다는 것이다. 막상 식사를 하게 되면 보통 밥공기로 먼저 일고여덟 그릇은 한 번에 해치운다. 이제 다 먹었나보다 싶으면 또 거기에 따뜻한 물이나 차를 부어서 대여섯 그릇은 더 먹는다. 그리고 부족하다는 듯 젓가락을 내려놓는다. 그의 말에 따르면 배부르게 밥을 먹어본 적이 없다고 한다. 하숙집 할머니가 괴상한 놈을 하숙생으로 받았다고 푸념을 하는 것도 무리는 아니다. 이런 그는 학력이 없는 설움에 겨우 육칠십 원의 수당에 만족하며 삼사 년을 고라니를 상대하며 산 속에서 살았다.

그런데 불경기의 한파는 이 산사나이의 신변에도 불어 닥쳤다. 관청 정리 결과 그가 열심히 근무하고 있던 토목 출장소가 폐지되게 되었다. 따라서 이 대식가 남자는 목이 댕강 잘려서 절벽에서 떨어지듯 실업자들의 동료가 되어버린 것이다.

그렇지 않아도 배부르게 밥을 먹은 적이 없는 이 남자는 항상 배가 고픈 상태로 있어야 하는 비참한 상태에 직면했다. 그래서 그는 도회 근처에 사는 물총새에게 편지를 보내서 밥을 먹고 살 수 있는 길을 간절하게 부탁했다. 물총새는 학력이 낮은 그의 빈약한 이력서를 들고 돌아다녔다. 실업자가 산더미처럼 많은 도시 사람들은 이

빈약한 이력서에 좋은 대답을 주지 않았다.

"어떻습니까? 어디든 좋으니 좀 배려해 주실 수 없을까요?"

"어떤 곳이 맞을까요?"

"회사도 은행도 관청도 회계나 서무라면 괜찮겠죠."

"뭐 그럼 찾아보겠습니다."

"꼭 부탁드려요."

"좋아요, 그렇게 하죠."

이런 의뢰를 한 것이 2월 초순경이었다. 그렇게 해두면 조만간 어떻게든 되겠지. 자꾸 재촉하는 것도 이상할 것 같아서 그냥 좋은 소식을 기다리고 있었다. 그러다 보니 날은 지나가서 3월 중순이 되었다. 대식가 남자는 아마도 배고파 하고 있을 것 같아 의뢰했던 곳에 전화를 걸어서 상황을 물어보았다.

"여보세요, 전에 부탁한 사람 일자리는 어떻게 되었나요?"

"이름이 누구였지요?"

"야마나카입니다. 전에 말한 서무회계 일자리요."

"야마나카라구요, 야마나카. 잠시 기다려 주세요…… 여보세요, 그게 별로 좋은 자리가 없네요."

"그거 곤란하네, 그럼 다른 곳을 찾아보고 싶으니 이력서를 돌려주시죠."

"아, 이력서 말이죠. 그 이력서는 그 날 입었던 예복 주머니 속에 넣어둔 것 같은데요. 내일 찾아서 보내겠습니다."

"그렇습니까?"

전화를 끊었지만 산사나이의 이력서가 2월 이후로 예복 주머니 안에 감금되어 있다면 아무리 시간이 지나도 일자리가 있을 리는 없다. 날이 지나감에 따라서 일자리를 찾기보다 이력서를 찾아야 하는 처지가 되어 포기한다. 세상일은 믿을 만하지 못하다는 생각을 할 수 밖에 없다.

어쨌든 다음 방책을 강구해야 한다.

조서인쇄<sup>朝書印刷</sup>, 조화보<sup>朝火保</sup> 양측의 사장인 고우치야마<sup>河内山</sup> 씨에게 이런 것을 갖고 가는 것은 소잡는 칼로 닭 잡는 격이기는 하지만 어쩔 수 없으니 부끄러움을 잊고 부탁을 했다. 어쨌든 이력서를 가져오라고 해서 2월 이래 모닝 포켓 안에서 담배 꽁초 등과 동거해 온 이력서를 면목은 없지만 제출했다.

이번에는 코푸는 휴지 대용이나 변소에 가져가는 사태도 있을 수 있지 않을까 생각하고 있었는데 불과 이틀 정도 지나자 한 곳에서 전화가 왔다.

"고우치야마 씨가 소개하신 야마나카라는 분을 이쪽에서 채용하고 싶으니 바로 오시도록 부탁합니다. 대우는 이쪽에 맡겨 주십시오. 절대 이전보다 나쁘지는 않게 하겠습니다."

"잘 부탁드립니다. 어쨌든 대식가로 남의 서너 배는 먹는데 그 대신 일은 잘하는 남자입니다. 정말 잘 부탁드립니다."

겨우 무거운 짐을 내려놓은 것 같다. 취직자리를 찾는 이들이 문전성시를 이루는 세상에 일면식도 없는 산사나이에게 우선권을 준다는 것은 순전히 고우치야마 씨의 친절한 동정심일 것이다. 이윽고 산사나이가 찾아올 텐데 이 고우치야마 씨의 이야기를 하면 감정에 약한 산사나이는 소라 같이 울퉁불퉁한 주먹으로 눈물을 닦을 것이다.

# 솔개와 까치

△춘일春日, 여일麗日, 영일永日이라는 말이 어울리는 날이다. 다행히 이런 저런 방문객도 없다. 밤에 온 비가 그치고 갠 하늘은 높으며, 촉촉한 대지는 깨끗하다.

툇마루에 담요를 가지고 나와 따뜻한 햇살을 맞으며 대자로 누워서 하늘을 바라본다. 생기 가득한 비 온 뒤의 산도 꽤 괜찮지만 먼지를 청소한 푸른 하늘은 뭐라 표현할 수 없이 상쾌하다. 소위 무념 무상의 상태로 대자연의 품에 안겨 있다가 저 먼 하늘 윗쪽에 아주 작은 검은 점을 확인한다. 한 순간 한 순간 검은 점은 점차 커진다. 아하, 솔개구나 하고 알게 된다. 일직선으로 펼친 날개는 한 번도 퍼덕이지 않는다. 마치 나를 향해 내려오는 것 같은 태도로 화살처럼 미끄러져 내려온다. 가까워짐에 따라 형태가 커진다. 그 휘어진 부리, 부채 모양의 꽁지깃이 명료하게 보일 때 쯤 휙 방향을 틀었다. 그리고 저공비행을 시작했다. 저공이라고는 해도 비교적 그렇다는 것으로 실은 상당히 높다. 유유히 넓은 하늘을 휘저어 날고 있다고 하는 편이 어울린다. 생각대로 혹은 마음대로 대자연의 미를 맛보듯 몇 번이고 춤추듯 돌고 있다.

△솔개는 유부를 채가는 명수이다. 솔개가 유부를 채간 예는 옛날부터 적지 않은데 요즘 삼정목 일번지 부근에서는 자주 있는 일이다. 그 녀석은 넓은 하늘을 날며 유유자적 하고 있는데 실은 유부를 채려는 야심이 있는 건지도 모른다. 마음을 놓을 수 없는 녀석이다. 그리고 보면 열쇠처럼 이상하게 구부러진 부리는 욕심이 많아 보이고 고리대금업자의 갈퀴 같은 발톱은 뭔가를 낚아채려는 기세를 나타내고 있다. 드넓은 창공을 제 것인 양 날아가는 당당한 풍모는 멋있지만 의외로 배가 고픈 건지도 모른다. 품위 없는 녀석이다. 사회사업이니 공공을 위해서니 국가중심이니 등등 이러쿵저러쿵 미명의 가면을 쓰고, 사실은 사리사욕을 위해, 자신의 배를 불리기 위해 권문세가에 출입하는 인간처럼 이 솔개도 품성이 저열한 놈일지도 모른다.

△이렇게 솔개를 보고 있는 사이 생각지도 못하게 아래쪽에서

그 솔개를 노리고 퍼덕퍼덕 보기 싫은 날개짓을 하며 날아오는 녀석이 있다. 유유한 솔개의 모습과는 반대로 상당히 촐싹맞게 무턱대고 날개를 퍼덕이고 있다. 잘 보니 그것은 통칭 까치, 일본어 명은 '가사사기'라고 하는 새였다. 이윽고 이 건방진 새는 놀랍게도 웅대한 솔개를 향해 도발적인 태도를 취했다. 거대한 수레에 맞서는 사마귀 같은 그림이다. 그런데 이 도전을 받아들인 솔개는 그의 휘어진 부리와 강하고 탐욕스러운 발톱으로 일격을 가해 까치를 부숴버릴 것 같았는데, 슬슬 도망치려고 하는 태도에는 더욱 놀라지 않을 수 없었다. 기세를 더해서 까치는 오르락내리락 놀리는 기분으로 솔개를 쫓고 있다. 큰 소를 향해서 불독이 짖어대는 모습처럼 상당히 우스꽝스럽다.

△솔개는 유부를 채가는 명수일 뿐 아니라 또한 솔개 이가 많기로도 유명하다. 이 녀석은 개구리를 잡아먹기를 좋아한다. 초봄에 개구리가 다량으로 과잉생산될 때 이 녀석은 개구리를 고목의 끝이나 말뚝 등에 꽂아서 말린 개구리를 제조할 정도로 개구리를 좋아하는데 그래서 그 몸속에 솔개 이가 많아지는 원인이 된다. 솔개에 이는 빠질 수 없으니 잘난 척하며 말하기는 좀 그렇지만, 까치는 먹을 것이 부족해서 썩은 고기 먹기를 좋아한다. 쥐나 족제비 등이 횡사한

곳에 벌레가 생겼을 때 달려들어서 뜯어먹는 것은 서양식 연회와도 같다. 따라서 그들의 신체는 뭐라 할 수 없는 일종의 악취를 띠고 있어서 대부분 동물을 물러서게 한다. 생명보험에 도움이 되는 족제비의 마지막 방귀 같은 것이다.

△아까 솔개가 작은 까치 한 마리에게 놀림을 받아 꼼짝 못하고 도망치는 추태를 보인 것은 이것 때문이다. 자기 몸의 이 이야기를 제쳐두는 것은 불합리하지만 세상의 많은 일은 그런 것이다. 어쨌든 솔개는 깨끗하게 패배하여 날개를 접고 저편 바위절벽 모서리에 움츠러들어 버렸다. 솔개가 멈춰 있는 상태는 경단을 굴린 것처럼 볼품이 없다. 까치도 개선가를 부르며 포플러 나무에 손수 만든 엉성한 둥지로 돌아갔다. 창공은 다시 한적해진다. 동시에 나 물총새도 조금 졸음이 온다.

# 최근에 오간 편지

## *시골에서 도시로*

그 후로 오랫동안 소식을 전하지 못해 너무나 죄송합니다. 남풍이
불고 물이 따뜻해지며 새싹이 터오는 계절이 속눈썹 사이로 다가오
면서 평소보다 청량함이 더욱 더해졌습니다. 소생도 처가 1월에 출
산을 한 이래로 지금까지 오랫동안 쾌차하지 못하여 뭔가 분주하게
지내다가 겨우 오늘에야 인사를 드리게 되었으니 부디 양해를 부탁
드리겠습니다. 이런 시골에 있는 동안은 절대로 아이를 만들지 않겠
다는 가훈이 있었는데 작년에 이곳에 도착한 이래로 꿩을 너무 많이
먹기도 하고 온돌생활을 계속한 천벌인지, 어느 틈엔가 점차 사람의
행위가 천리에 어긋나지 않게 되더니 가훈 따위는 덧없는 휴지조각
이 되어버렸습니다. 결국 사람은 하늘을 이길 수 없는 것이었는지,

287

태어나는 고뇌에 운명 지워진 아이야말로 난감한 일입니다.

일찍이 보내드린 꿩 어음은 겨우 이자만은 지불이 끝났을 텐데, 여기는 사실 상당한 불황으로 올해 안에 다 갚을 거라고 말씀드리지 못하니 환시세의 하락은 각오하고 있습니다. 단지 거래 정지를 고려하다 보니 곧 본고장 특산물인 꿩으로 또 이자를 드려야겠습니다. 일주일 정도 전에 사두고 바로 지금 사육중인데 이제 사오 일 정도만 지나면 꽤 살이 찌고 부드러워질 것입니다.

진짜 꿩은 이제 절체절명의 위기로 작년 말 이래로는 한 마리도 모습이 보이지 않습니다. 꿩이 있다는 소문을 듣고 사냥하러 원정을 가도 실패하여 소득이라고 그저 발에 생긴 물집과 허무한 노고뿐입니다. 꿩이 있기만 하다면, 갑옷의 소매를 스치기만 해도 상대를 반드시 쓰러뜨릴 만큼의 기량이 충분히 있는데, 너무나 허무하게 이런 능력을 이용하지 못하니 세상일이 생각대로 잘 되지 않음을 한탄하고만 있습니다. 다음 달 말경에는 사자(멧돼지인가)가 산다는 장연長淵[141]으로 진격하여 단판 승부를 겨루고자 하는 장거리 여행을 계획하고 있는데 너무 기대는 마시고 기다려 주십시오.

이전에 말씀드린 정리 기간도 시시각각 임박해 와서 이 지방에는 꽤 큰 파문이 일고 있습니다. 번쩍 치켜든

[141] 황해도黃海道 서쪽의 한 지명.

288

도끼를 향해 응수하는 눈빛에는 아주 작은 틈도 없는데 어두운 밤에 날아드는 돌팔매질은 막기 어려우니, 만일 제 목이 날아가게 된다면 이 지역에는 제대로 된 청산도 없어 뼈를 묻기 어려우니 갖고 계신 땅 어느 구석이든지 매장을 하도록 허락해 주시기를 미리 부탁드립니다.

이곳도 손바닥만큼 작은 땅에서 작은 이익을 갖고 다투는 소인배들이 많은데 정말 시골은 시끄러운 곳입니다. 물건을 주었네 안 주었네, 많네 적네, 안 나오네 나오네, 또 안 나오네 등등 하나 둘, 셋… 여섯의 아부하는 무리들이 조선 개처럼 멀리서 짖으며 비문명적인 생존 경쟁에서 열심히 위안하는 모습. 그런 것을 생각해 보면 오히려 이때 국면 전개나 진로 개척의 기회를 논하는 편이 앞으로 펼쳐질 날이 길게 남아 있는 소생에게는 오히려 장래를 위한 행운을 불러오지 않을까 하고 생각됩니다. 장래의 일과 귀신은 이 세상에서는 확신할 수 없다고 하니, 부초 같이 떠도는 몸을 대충 흘러가는 대로 맡기고 있습니다. 귀형은 양반이라 이런 번거로운 세상에서 떠나 스스로 유유자적한 한지에 가셨겠지만 덧없는 세상 반나절의 한가함이라도 있으시면 심중의 변화를 알려주십시오. 어쨌든 겨울이 끝나면 봄이 돌아오는 자연이 맞다고 해도 시골에 살면 꽤 재미는 있습니다. 청운의 꿈에 달리는 젊은이는 어쨌든 불평을 할 수 밖에 없구나 하고 웃어주십시오. 오늘은 이 정도로 그치고 다음에 다시 편지 드리겠습니다. 건강 조심하시기를 기원하겠습니다.


## *답장*


편지 잘 받아보았습니다.

산아제한 문제의 유력자인 생어 부인[142]조차 보통 사람들처럼 쉽게 아이를 낳아 남들을 웃게 하는 아이러니한 세상에, 귀형처럼 산 속 집 온돌에서 뒹굴뒹굴하면서 이런 방법 이외에는 딱히 이렇다 할 별도의 즐거움도 없는 분을 모시고 아침저녁으로 현모양처 기질을 발휘하고 계시는 부인이 출산을 하신 것은 별로 이상한 일도 아니고 오히려 자랑이 되지 부끄러워 할 연배는 아니라고 생각합니다. 그래도 가훈을 지키고자 성인 같은 얼굴을 하셨겠지만, 시골 생활을 하면서 따끈따끈한 온돌에서 긴 밤을 보내다 보니 자연히 야심만만하던 성인의 얼굴도 가훈 같은 것은 잊고 금세 알카리성 반응을 보이는 것은 천리의 묘법이자 자연의

142 마가렛 히긴스 생어Margaret Higgins Sanger, 1879~1966. 미국의 산아제한 활동가.

조리로 극히 당연한 일입니다. 그것을 모르고 또 깨닫지 못하고 시골 생활에 대해 이런 저런 농담을 하시는 것은 현명한 귀형에게는 몹시 어울리지 않습니다. 이후로는 꼭 주의하셔야 할 것 같습니다.

그쪽의 꼬꼬댁 하는 몹시 진귀한 꿩을 1월 중에 주신다면 정말 수령증을 드릴 터이니 부도는 내지 않기 바랍니다. 사냥 솜씨에 대해서는 아무리 변명을 해도 실증이 수반되지 않는 이상 인정하기는 어렵습니다. 따라서 환시세는 대폭락이라고 알고 계셨으면 하고, 이번에 꿩이나 오리 정도로는 도저히 평판은 회복될 것 같지 않고 우선은 노루나 다른 산 짐승<sup>143</sup> 두세 마리는 지불해야 할 필요가 있을 것 같습니다. 그런 참에 또 그쪽 특산이라고 이름난 꿩의 이자 입금 통지를 받았는데 요컨대 이것은 또한 온돌 초가지붕 정도로 유유자적한 게 아닌가 생각됩니다. 그렇다면 그 고장에서도 교외 부근을 돌아다니면 흔히 발견되는 것으로 명예회복의 재료로서는 너무 빈약한 것 같습니다. 발에 생긴 물집과 허무한 노고는 정직한 고백이라고 생각하지만 갑옷 소매 대목에서는 너무 우스워서 배꼽을 잡았습니다. 능력을 갖고도 썩히는 진정한 예로는 물집 얘기가 적당하며, 특히 돼지가 산다는 장연으로 간다는 등 치쿠젠비파<sup>筑前琵琶</sup>144 같은 말투로 도시의 풍

143 원문에는 山七라 되어 있음.

144 메이지 중기에 하카타<sup>博多</sup>에서 창시된 비파악<sup>琵琶樂</sup>.

291

류남을 위협해 보아도 별다른 효과는 없으니, 말씀하신 대로 세상에는 믿을 만하지 못한 일들이 허다합니다. 어쨌든 벌써 봄바람이 살짝 따뜻해지고 포플러, 아카시아 등 성질 급한 무리들이 슬슬 새싹을 피우는데 이런 계절에는 사람도 미치기 쉬워서 정신이상자라고 하는 이들은 목을 기웃거리고 싶어합니다. 이 계절 몸조심하시기 바랍니다.

정리 바람은 악성의 유행성 감기와 같아서 이쪽에서의 확산도 질도 결코 그 쪽 지역에 뒤지지 않을 텐데 그렇다고 해서 별로 자랑할 만한 일은 아니겠지요. 어쨌든 작년 말 정리 바람을 만나서 시체가 쌓였는데 제대로 된 매장은 생각할 수도 없어서 혼백은 하늘에 떠돌며 쓸데없는 위로금을 품에 안고 원한을 가진 무리들이 시정에 가득한 상황에 또 다시 유행 감기가 폐렴을 수반하여 여명이 얼마 남지 않아 월말까지도 어렵겠다는 진단을 받은 이가 상당히 많습니다. 개중에는 캠퍼 주사를 놓을 만반의 준비가 되어있고 여러 가지 방법을 쓰면 단지 천명에 달렸다고 하기도 어려운데 여러 약과 치료의 효과도 없이 암중비약 같은 활약도 잠자리의 공중돌기 같아서 한 줄의 위패가 될 운명인 이가 얼마나 많은지 모르는 정경입니다. 그러나 개중에는 스스로 나서서 목을 잘라 달라고 하는 자도 있는데 그러면 죄인이나 시체, 퇴비 등을 나르는 뒷문으로 실려 나가 위로금도 받을 수 없고 결국은 밤에 남의 문을 두드리는 잘못을 깨닫게 됩니다. 자연의 흐름에 맡기고 유유자적하게 결과를 누워서 기다리는 방침을 취하는 자도 있습니다.

말씀드린 대로 시골은 한가하면서도 시끄럽습니다. 그러나 목이 잘렸다고 해서 이 지역에 함부로 매장을 하려고 하면 그것도 어려워서 우물쭈물 하는 새에 시체가 썩어 냄새가 나게 될 것입니다. 그렇다면 먼저 이 거대한 회오리바람을 가르고 시골사람을 상대로 때로는 재주를 갖고도 썩히면서 서서히 때가 오기를 기다려야 할 것입니다. 어쨌든 자다가 떡이 생기는 일도 있다고 하니 의외로 손쉽게 얻게 되는 것이 아닐지요. 계산하지 않고 참는 것이 중요하다고 생각합니다. 말씀드리는 것이 너무 늦었지만 부인의 산후 건강이 좋지 않으시다고 하니 이 문제야말로 심각한 큰 일입니다. 그 후로 상태는 어떠신지요. 출산은 어쨌든 부인이 큰 고생을 하는 것이니 당당한 남자도 여자의 이런 노력에는 크게 경의를 표해야 한다고 생각합니다. 자칫하면 이 산전산후 기간에 남자 중에는 흑심을 일으키는 자들도 있으니 이는 정말도 개탄을 해도 모자랄 일입니다. 그렇다면 산후조리가 제대로 안될 것은 당연한 귀결이니 그럴 때 부인에게 접

293

근을 해서는 안 된다는 명령을 해 두겠습니다.

간단히 답장을 드리고 이만 글을 맺겠습니다.


## 불행한 여자에게서 온 편지

…… 세상에는 저 같은 처지에 있는 분이 많이 계십니다. 저는 세상의 불행한 사람 중의 한 명입니다. 여자 입장에서는 남편이 먼저 죽는 것 만큼의 불행은 없을 것입니다. 이 달 15일은 남편의 3주기로 여러 가지 상념에 잠겨 있었습니다. 남편은 조선의 진남포에 있는 모 은행 지점에 근무했습니다. 제법 단란한 가정을 꾸려왔는데 무슨 죄인지 신의 장난인지 우리 가족 세 명에게 슬픈 일이 닥쳤습니다. 저는 운명 만큼 무서운 것은 없다고 생각했습니다. 올해로 저는 스물일곱 살이 되는데 스물다섯 살 어린 나이에 과부가 되었기 때문에 남편의 형제와 친척들은 모두 재혼을 할 거라고 생각하여 모든 일이 그렇게 진행되었습니다. 저에게는 올해 여섯 살이 되는 남자아이가 있습니다. 저는 아버지가 없는 아이를 버리고 재혼을 할 마음은 전혀 없습니다. 아무래도 아이에 대한 사랑에 끌리기 때문

에… 저는 아이를 데리고 친정 부모님에게 돌아갔습니다. 물론 시아 버지는 우리 모자를 데려가겠다고 집요하게 말했습니다만…… 또 저로서는 시댁에 가는 것이 당연한 일이겠지만 시누이 두 명 중 한 명은 저와 같은 처지였고 또 오래 있기는 어려울 것 같아서 친척들과 의논을 하여 친정으로 돌아갔습니다. 그러나 호적은 가고시마에 있습니다. 지금 부모님은 평양에 계신데 아이는 거기서 자라고 있습니다. 저는 작년 5월에 갑자기 마음을 먹고 먼 도쿄에 나왔습니다. 저의 상경에 대해 친척 일동은 찬성해 주지 않았습니다. 하지만 저만은 굳은 결심을 품고 5월 28일에 도쿄에 도착했습니다. 전혀 모르는 곳에서 갖가지 고생을 했습니다. 그러나 그해 6월에는 바로 재봉학교에 입학이 되고 이번 1월에 졸업을 하게 되어서 매우 자신감에 차 있었습니다. 이번에는 본과 2학년으로 입학하여 할 수만 있다면 교원검정시험을 치고 싶다고 생각하여 여자의 연약한 팔로 힘을 내어 공부하고 있는데 제가 과연 어떻게 될지 너무나 불안합니다. 그리고 오늘부터 모 기예학교에서 자수, 선물용 장식, 주머니 등도 강습을 받기로 했습니다. 제국의 수도 안에도 우에노上野, 히비야日比谷 등 곳곳의 공원에는 판자로 만든 가건물이 있어서 어떻게든 당장은 견딜 수 있습니다. 저는 가건물에 사는 사람들을 생각할 때 한층 마음이 아파집니다. 하지만 이 달 안에 가건물도 없어질 거라는 말이 있어서 왠지 불쌍하다는 생각이 듭니다. 저희 학교도 역시 가건물로 허술한 환경의 학교입니다.

부모님은 올해 꼭 조선으로 돌아오라고 말씀하시지만 저는 목표를 이룰 때까지는 아이도 만나지 않겠다고 생각하고 있습니다. 하지만 경우에 따라서는 돌아가게 될 수도 있으나 어떻게 되든 경성에도 친척이 있으니 언젠가는 뵙게 될 거라고 생각합니다. 마지막으로 덧붙이겠습니다. 부인께도 인사를 전해 주십시오. 추위도 어지간히 지나가서 다행이니 몸 건강하시기를 기원하겠습니다. 이만 줄이겠습니다.


## 여행지에 있는 사람에게


출발하신 지 벌써 한 달이나 됩니다만, 감감무소식으로 아무 연락이 없는데 그게 여행 중의 통상적인 일이니 별로 이상하게 생각하지는 않습니다. 그렇지만 이곳처럼 미인을 별로 만날 수 없는 곳에 있어도 상당히 행동거지가 바르지 않으셨던 분이 게이힌京浜145 지방을 어슬렁거리시니 매우 위험하다고 생각됩니다. 부디 조심하고 지내시며 다치거나 하지 않으시길 기도합니다. 그리고 또한 내지의 향기로운 이들이 부드러운 참치 회와 함께 여기저기 상에 오르는데 위는 어쨌든 옆에 앉은 여자를 사랑하고 싶어서 결국은 발을 문질러야 하게 되면 여행지이므로 집에 계실 때처럼 적당한 기술자도 없어서 결국은 여자 안마사의 신세를 지게 될 것입니다. 여자 안마사에 대해서는 언젠가 펑톈奉天에서 큰 혐의를 쓰신 전적이 있으시니 결코 실수하시지 않기를 부탁드립니다.

여기도 춘분이 지나자 날씨가 상당히 따뜻해져서 이것저것 온돌에서 기어나오기 시작하여 흰 옷을 입은 귀신들이 혼마치 주변을 어슬렁거리며 돌아다니는 계절이 되었는데 가게들은 어디나 그다지 짭짤한 수입을 올리고 있는 것 같지는 않습니다. 당신이 집을 비운 사이에 부재중 문안인사 격으로 때때로 찾아뵙는데, 나의 적인 여자를 사랑하는 호적수가 안 계셔서 때때로 노익장 선수인 할머니를 상대해야 합니다. 요즘은 언제고 이 노인이란 분이 좋아집니다. 마침 이 노선수는 특히 복이 있어 보이는 인상으로 노인에 어울리지 않는 애교가 있고 정말 깊이 있는 취미를 갖고 계십니다. 단지 곤란한 점은 꽤 귀가 멀어서 대화가 잘 통하지 않고 때로는 근처에 쩌렁쩌렁 울릴 정도의 목소리로 거의 싸움처럼 들립니다. 그건 그것대로 어쩔 수 없는 노릇입니다만 때때로 잘못해서 당신 부인에게도 이런 식으로 큰소리로 말을 걸어 부인이 노려보기도 합니다. 도저히 일흔 몇이라는 연세에 맞지 않게 매우 건강하고 혈색도 아주 좋아서 술 한 잔 마신 후 얼큰하게 취한 기분으로 미소를 지으시는 것은 상당히 보기 드문 모습입니다.

이삼 일 전에 이 노선수를 필두로 댁의 가족들과 저희 집 아이들이 함께 동물원 구경을 나섰습니다. 그런데 부인께서는 꼭 비를 부르는 분이라 어제까지는 더할 나위 없이 좋은 날씨였는데 이날따라 아침부터 날씨가 흐린 것이 아주 수상했습니다. 원래 종이로 만들어 젖으면 안 되는 인간들도 아니니 가장 좋은 옷 한 벌을 적실 각오를 하고 외출했습니다. 동물원에 도착했을 무렵에는 제대로 내리기 시작해서 비원 안을 어슬렁거리는데 진눈깨비와 눈으로 길은 진흙탕이 되어 여자들은 어쩔 수 없이 치맛자락을 둥글게 걷어올릴 수밖에 없는 입장에 처했습니다. 이세 신궁伊勢神宮146 참배를 하러 온 시골 사람들처럼 이상한 곳에서 빨강 담요를 펼쳤을 때쯤 동물원은 반도 구경 못한 채 뎅뎅 벨소리가 울려 퍼져서 우리는 황급히 동물원 밖으로 쫓겨났습니다. 일동은 황망히 문 앞의 찻집에서 한숨 돌리고 집으로 돌아

146 미에현三重県 이세시伊勢市에 있는 일본 왕실의 선조를 모시는 신사. 메이지시대 이후 국가 신도의 중심. 1946년에 종교법인화.

왔습니다. 오랜만에 계획한 이번 동물원행이 안타깝게도 이런 결과로 비참한 최후를 맞이한 것은 두고두고 아쉽습니다.

그 외에는 그다지 알려드릴 만한 것이 없고 세상도 딱히 이렇다할 변화도 없습니다. 굳이 말씀드리자면 어느 집에서 얼룩 고양이가 새끼를 낳았는데 그 중 두 마리는 죽고 한 마리는 다른 부인 집에 양자로 보내져서 비단 옷을 입고 귀여움을 받고 있습니다. 그리고 그 사이 다른 곳에서는 옆집 개가 한 할아버지의 닭을 훔쳐가서 할아버지는 개 주인인 빨간 넥타이를 한 남자에게 덤벼들었다는 이야기 정도입니다. 어쨌든 간에 왕복표 기한이 끝나기 전에 돌아오시기를 기다리고 있겠습니다. 무엇보다도 말씀드리고 싶은 부분은 법률상 선물 등은 결코 지참할 수 없게 되어 있으므로, 그 부분은 이번 3월 우등의 성적으로 진급하신 따님조차도 포기하고 있을 테니 안심하시고 빈손으로 돌아오셔도 지장은 없다는 점입니다. 여관 방 한곳에서 쓸쓸하게 계실 것을 위로할 겸 이상의 내용을 말씀드립니다. 그럼 이만 접겠습니다.

(이상 이선윤 역)

# 술 따르는 일곱 가지 버릇

'술은 나다灘[147], 술 따르기는 다보髱[148]'라는 말은 옛날부터 있던 평가이다. 물론 주거니 받거니 하는 대작對酌, 책상다리로 앉은 채 혼자 따르기 등은 변칙이다.

소위 다보란 젊은 여자를 달리 부르는 말이지만, 오늘날의 귀를 덮는 머리모양의 여자나 행방불명[149]이라는 머리모양의 여자는 다보 축에 끼지 못하는 것은 물론, 술을 따르는 데도 적임자가 아니다. 그럭저럭 술 따를 줄 아는 여자가 점차 줄어드는 것은 처녀가 줄어드는 것과 같은 정도이다. 세상에서 제법 술을 잘 따를 줄 안다고 하더라도 술자리가 길어지면 몇 가지 버릇이 나오는 법이다.

147 일본 고베神戸 지방에서 나는 고급 청주.

148 일본식 머리스타일의 일종으로 뒷부분이 튀어나온 모양이다. 젊은 부인을 지칭하기도 한다.

149 머리끝이 어디에 있는지 알 수 없는 올린 머리 스타일을 지칭함. 1920년에 웨이트리스나 직업여성에게 유행하였다고 함. 머리 전체를 크고 둥글게만 머리모양.

| 술병과 술잔 |

* * *

홀려 따르기. |술병과 술잔| 간의 거리가 문제이다. 과장해서 말하자면 폭포 소리에 물방울이 튀는 듯한 분위기이다. 빗물 따르기도 같은 종류의 것이다. 이런 술 따르는 버릇은 경험 많은 손끝에서 오는 경우가 많으나 삼가야 할 것이다.

* * *

거꾸로 따르기. 상황이 좋지 않을 때 하는 버릇이다. 술잔을 내는 방식에도 버릇이 있어, 왼손잡이와 오른손잡이와 양손잡이의 방식이 있다. 그런데 술 따르기는 왼손으로 정해져 있기 때문에 상대의 버릇에 따라 위치를 바꿔야만 한다. 왼손을 내미는 사람에게 그 방향에서 술을 따르는 것은 무리라고 해야 할 것이다. 그래서 거꾸로 따르게 된다. 거꾸로 따르기란 손등을 밑으로 하고 손가락을 위로 한 상태로 따르는 것이다. 대개 술 따르기는 술병을 쥔 손끝을 보이지 않는 것을 원칙으로 한다. 포동포동한 손등의 곡선은 보통의 경우 애벌레 같은 손가락보다 아름답기 때문이다. 거꾸로 따르기는 이 대

원칙을 깬 것이기 때문에 간과할 수 없는 버릇이다. 이 방법은 전쟁터를 왕래하던 병사들에게 많은 버릇이기 때문에, 이렇게 따라주면 단번에 흥이 깨지는 수가 있다.

막 잡기. 술병의 밑바닥을 잡듯이 쥔, 마치 방어낚시 부표 같은 모습을 가리켜 유래된 것을 말한다. 변두리 찻집 등에서 오미키 술병[150]같은 것을 이런 식으로 따르는 경우가 많다. 이런 식으로 따르면 아무리 관대한 도량을 가진 사람이라도 싫어할 것이 틀림없다. 지금은 버젓한 사모님 중에도 술자리가 길어질 때 이렇게 술을 한번 따르면 과거에 유녀였는지 의심받지 않을 수 없다. 즉 이 방법은 산전수전 겪은 산물에 다름아니다. 따라서 운 좋게 시집을 잘 가서 시치미 뚝 떼고자 하는 사람들은 이 방식을 꼭 감추기를 제발 잊지 않을지어다.

총대 갖다대기. 이것은 초짜에게 흔히 볼 수 있다. 조심스레 술병 끝을 떨면서 내민 주둥이에서 작은 사기술잔에 찰랑찰랑, 게다가 흘리지 않게 단번에 따르는 것은 보통일이 아니다. 그래서 마치 서투른 포병이 총대에 총을 놓고 겨냥하듯이 상대의 술잔 가장자리에 술병 주둥이를 대고 따르는 것이다. 아직 경험이 부족한 연약한 아가씨들이나, 설날 외에는 술

150 신에게 바치는 한 쌍의 술병.

304

마실 일이 없는 여염집 아녀자 등, 고구마 껍질이나 잘 벗기는 여자에게 흔히 보이는 현상이다. 그들에게 아무 잘못은 없지만, 있다면 오히려 술잔을 내민 주인에게 죄가 있을지 모른다. 하지만 술자리로서는 살풍경한 것이다. 들고 있는 술잔을 술병으로 누른다는 것은 어쩐지 겸연쩍은 느낌이 드는 것이다.

\* \* \*

팔을 길게 뻗어 따르기. 술잔을 튕겨 야구 연습을 하듯 형편없는 술자리라면 몰라도, 혹은 술잔을 거꾸로 하여 밑부분을 쥐는 상대라면 몰라도, 적어도 술자리 사정을 잘 아는 본고장 사람들에 대해서는 엉거주춤하게 길게 따르는 것은 금물이라 해야 할 것이다. 팔이 길다는 것은 대개 좋지 않지만, 특히 술 마실 때 팔 윗부분은 있으나 마나 한 물건이다. 이것도 만두로 연애가 성립되고 단팥죽으로 결혼했다는 그런 사람들에게 많다. 아무튼 뭐든 귀찮아하는 데서 기인하는 것이다.

\* \* \*

어루만지기와 넋 놓고 있기. 주위를 빙글빙글 팽이처럼 어루만지는 성향의 사람이 있다. 특히 추운 겨울밤 술병을 손난로로 여기고 차가운 손을 덥힐 셈으로 쥐고 있는 것이다. 하는 김에 주둥이도 어루만진다. 아무래도 조금 더럽다는 생각이 든다. 이것을 어루만지기라고 한다. 넋 놓고 있기란 한번 술을 따르고 나서 술병을 거두어버리고 아무렇지도 않게 있는 것이다. 나쁜 뜻이 있어서 그런 것은 아니지만, 상대는 믿고 맡긴 것을 홀라당 먹어치운 느낌을 받는다. 이 두 가지도 술자리에 익숙지 않은 사람에게 많다. 덥히는 온도도, 술의 좋고 나쁨도 전혀 알지 못하고, 술을 물이랑 별반 다르지 않은 것으로 여기는 경우에 종종 보이는 것이다.

술자리에 하품은 큰 금기 사항이다. 하물며 술 따르는 자가 배려나 예의도 없이 크게 하품을 하는 것은 언어도단이다. 술자리는 어쨌든 길어지기 일쑤이므로 졸릴 것이다. 위가 안 좋아져서 자연스레 권태로워지는 것이리라. 재밌지도 않은 지루한 이야기를 듣게 될 테니 이것을 참는 것도 힘든 일이다. 이런 상황은 매우 동정해 마지않지만, 그럴 때가 중요하다. 하품에도 종류가 있다. 입을 쩍 벌려 주변을 신경쓰지 않고 하는 것도 있다. 손을 대고 남몰래 하는 것도 있다. 이를 꽉 다물고 얼굴을 찡그려 억누르며 하는 것도 있다. 어찌

됐든 오십보백보 같은 죄상이다. 하품과 같은 것으로 방귀가 있다. 술 마시는 가운데 방귀를 한 번 뀌고 나면 백년 사랑도 깨지는 법이다. 아주 드물지만 정숙한 자리에서 뜻하지 않게 마주하게 되는 경우가 있다.

* * *

일곱 가지 버릇은 이것으로 끝이다. 더 자세히 말하자면 마흔여덟 가지도 넘지만, 인심과도 관계되는 것이므로 이쯤에서 끝내기로 한다.

# 안전지대

*하나* ••

　무지 추운 밤이다. 올해 들어 가장 추운 밤이려나. 시계는 이미 12시 조금 전, 이렇게 늦어질 생각은 아니었지만 일이 술술 풀려가듯 시간이 흘러, 빨리 자신의 둥지로 돌아가기 위해 전차를 타러 서두른다.

　정류장의 안전지대에는 같은 마음으로 전차를 기다리는 자가 많았다. 겨울 외투에 고색창연한 중절모 차림을 한 사람이 한 명, 양복 입은 사람이 두 명, 포대기로 자식을 업은 아주머니 한 명, 빨간 댕기를 한 새댁 같은 마루마게[151] 머리를 한 여자 한 명, 구석에 놀랍게도 서양식의 긴 숄을 두른 흰 테 안경을 쓴 젊은 여성과 곁을 지키는 듯한 청년 한 쌍, 그

151 결혼한 여자의 머리모양의 하나로 타원형의 평평한 상투 같은 머리를 틀어 올림. 나이든 여성의 대표적인 머리모양.

309

외에 몇 명이 있었다. 모두 추운 듯한 얼굴로 휑하니 칼 같은 바람이 불 때마다 머리를 수그리고 있다. 그리고 짜 맞춘 듯이 1분에 두 번 정도로 엉거주춤하게 전차 오는 쪽을 바라본다. 대부분 자주 쳐다보면 전차가 빨리 온다고 생각하는 것이리라. 선로를 따라 저 멀리서 빛이 보이기 시작했다. 드디어 왔구나, 사람들이 기뻐한 보람도 없이 그것은 자전거였다. 붕붕 모래바람을 일으키며 안전지대를 스치듯 지나갔다. 위에는 아무래도 요염한 자가 타고 있었던 것 같다.

둘 ● ●

"아무래도 전차는 오지 않네요, 어떻게 된 걸까요?" 외투는 참다못해 질문을 던졌다.

이 질문에 확답을 할 수 있는 자는 없다는 것을 알고 하는 우문이었다.

"글쎄요, 어떻게 된 걸까요? 정전인 건지."

근거 없는 무책임한 답변이었다.

"저쪽은 아까부터 다섯 대 지나갔거든요. 어째서 이렇게 운행이 안 되는지."

"회사가 돈을 너무 남겨서 그렇겠죠."

"오늘밤은 무지 춥네요. 이제 슬슬 날이 풀려야 할 텐데."

"그러게요, 내일 정도부터 괜찮을지도 모르겠네요."

외투와 내가 같은 운명의 안전지대에서 하릴없이 우문우답을 하고 있는 사이에 구석에 있던 서양풍의 여성과 청년 간에도 달콤한 대화가 시작되고 있었다.

"저, 어쩌죠? 이렇게 늦어지면 혼나거든요."

"신경쓰지 마세요. 전차가 안 왔다고 하면 되지 않나요?"

"그치만 당신과 이렇게 있는 것이 알려지면 큰일이랍니다."

"알려지면 그뿐이죠."

"벌써 어렴풋이 알아챘는지도 모르겠구요."

"어차피 언젠가는 알려질 거라 각오하세요."

"전 곤란하다구요."

그 와중에 아주머니 등에서 자고 있던 서너 살짜리 아이가 갑자기 큰소리로 울기 시작했다.

"그래 그래, 곧 전차가 올 거야, 그렇게 손 내밀고 있으면 춥다니까? 참 말 안 듣는 아이로구나."

아무리 달래도 아이는 엄마 등에서 뒤를 젖히며 울음을 그치지 않았다. 옆에 있던 빨간 댕기의 마루마게는 빈번히 그 모습을 쳐다보고 있었다. 아마도 자신도 이런 아이를 낳고 이런 안전지대에서 사람들이 다 보는 앞에서 아이가 몸을 뒤로 젖힐 운명이 머지않았음을 느낀 것이리라.

"어디 배라도 아픈 건 아닐까요?"

"아뇨, 이 아인 보통 고집불통이 아니라서요."

아주머니는 오지랖도 넓다는 듯이 휙 뒤를 돌아서 커다란 엉덩이를 마루마게 코앞으로 돌려 버렸다. 이 얄미운 아주머니 행동에 그 자리에 있던 사람들의 시선은 아주머니 엉덩이로 쏠렸지만, 아주머니는 태연스런 얼굴로 두세 정町 앞의 약국 첨탑을 바라보고 있었다.


셋 ••


이윽고 기다리던 전차가 겨우 도착했다. 오긴 왔지만 만원 승차임을 알리는 종이 울리는 상황으로 차장은 목이 쉬어 '앞으로 *내려옵쇼, 순서대로 앞쪽을 채워주세요*'를 반복하고 있지만, 차장이 말하는 것을 듣는 이는 한 명도 없었다. 나는 동대문에 가는 길이어서 이 다음에 타려고 보고 있자, 가장 먼저 뛰어들려고 한 자는 양복차림의 두 사람이었다. 한 사람은 성공했지만, 또 한 사람은 너무 술에 취한 탓인지 손이 미끄러져 데구르르 안전지대로 굴러서 머리를 벽돌보도에 심하게 부딪혔다.

그다지 보기 좋은 모양새가 아니었다. 이 순간의 광경에 대해 '위험해'라고 외친 것이 외투였다. '호호호' 웃은 것은 마루마게였다. '꼴 좋다'라며 조롱한 것은 청년이었다. 옆에 있는 애인에게 값싼 체면치레를 위한 것이었다. 말하자면 이런 돌발 사태에 대한 사람들의 동정은 매우 얄팍한 것이라 하지 않을 수 없다.

양복은 기분 나쁘다는 듯이 일어나 기어들어가듯이 전차에 올랐다. 아마 얼큰한 기분도 단번에 깬 모양이었다. 슬슬 포대기 아주머니가 커다란 엉덩이를 무기로 뻔뻔스레 끼어든다. 청년 뒤를 좇아 올라탄 서양풍 여자 소매에서 하얀 것이 떨어졌다.

"이봐, 뭔가 떨어졌어."

남아있던 외투가 주의를 준 때에는 전차가 출발한 뒤였다. 외투는 손을 뻗어 줍고는 히죽거리고 있었다.

"보세요, 요즘 젊은 여자는 조금도 방심할 수 없다니까요."

"그렇군요, 이런 것을 소맷자락에 몰래 넣어 둔다니까요."

"어쩜 좀 전의 여자는 양가집 규수 같지만, 어디서 이런 것을 찾았을까요. 놀랍네요."

외투는 계속 놀라고 있다.

여기서 전차를 내린 무리의 표정에도 제법 저속한 기색이 있지만, 다들 각자의 집에 돌아가기 위해 발걸음을 재촉하는 것이었다. 1분 뒤에는 사람 그림자도 없어졌다고 생각했는데 젊은 여성 두 명이 왔다 갔다 하며 서성대고 있었다. 그들이 점점 안전지대로 올라왔다. 안전지대에는 현재 나와 외투, 손이 없는 거지 세 명 뿐이었다.

## 넷 ..

"저, 말씀 좀 여쭙겠습니다만 이 근방에 묵을 만한 숙소가 없을까요?"

"묵을 수 없는 숙소란 없겠지만, 아무래도 때가 때이고 여자분 두 분이시니…."

외투는 의심스런 눈초리로 관찰하고 있었다. 한 명은 나카이[152]나 작부 계통 같았고, 젊은 쪽은 여염집 처녀

152 요리집 등에서 손님을 접대하거나 잔심부름을 하는 여성.

314

같았지만 자매이려나.

"어디서 오셨나요?"

"저기 멀리서 왔습니다. 좀 사정이 있어서 어디서 왔는지는 말씀 드릴 수 없지만, 오늘밤만 묵을 곳을 마음 써 주실 수 있으신지요."

"글쎄요, 아무튼 묵을 곳이 없으면 곤란하겠네요. 어떻게든 알아 봅시다."

외투는 전차를 타는 것도 잊어버리고 두 여자를 데리고 어디론가 가버렸다. 이상한 이야기다. 그 두 명의 여자도 뭔가 일을 저지르고 왔음에 틀림없고, 그 외투도 보통 외투가 아닌 듯했다. 어디로 데려 갈 셈인지 언젠가는 어떤 극이 시작될 것이었다.

"사장님, 다섯 푼만 빌려주세요. 배가 고파 죽겠어서요."

손없는 거지는 드디어 차례가 돌아왔다는 듯한 태도였다.

"사람들이 더 많이 있을 때 모두한테 받았으면 좋았을 텐데."

"사장님, 많이 있을 때는 아무도 주지 않습니다. 혼자가 되면 대개 는 줍니다."

"저런저런. 나도 그 많은 사람들 중에 끼게 되는 건가."

거지는 던져준 은화를 발가락에 끼우고 가슴팍 주머니에 던져넣 는 교묘한 기술을 선보이며, 희색만면喜色滿面 희망에 부풀어 마음이

들뜬 채 술집을 향해 가버렸다. 안전지대는 나만의 천하가 되었다. 그다지 좋은 천하도 아닌 추운 천하이다. 발밑이 얼어붙을 것 같았다. 그러던 차에 주문한 대로 동대문행 전차가 도착했다. 앞 전차와는 달리 한산했다. 두세 명의 승객은 모두 졸고 있었다. 개중에는 꽤 술을 마셨는지 제법 얼굴이 시뻘개진 자도 있었다. 그러던 차에 익숙한 안전지대를 벗어나 전차 승객이 된다. 이상이 전차를 기다리는 곳인 안전지대에서 벌어진 18분간의 광경이다.

316

제

3

편

# 바둑의 가치관

*하나* ··

　바둑판의 전국면全局面은 360로路에 천원天元153 하나를 더해 이루어
진다. 360은 천지자연의 운행의 모습이며, 천원은 그 중심축이다. 네
귀와 네 변은 사시四時의 상相으로 만물이 생기는 근원이다. 합쳐서 72
로는 인생 72상相에 해당한다. 이 72로를 발생지로 하여 온갖 일들이
벌어진다. 행로의 궤범軌範이라 해야 할 정석定石도 변과 귀를 근거로
하여 생겨난다. 놓인 돌의 모양도 여기에 근거하여 생겨
난다. 소목小目154의 한 수를 대조하여 응수를 주고받음에
여러 형상을 포함하는 것이 우리 인생과 다르지 않다.
이 소목에 걸치는 외목이 있으며, 높은 걸침이 있고, 두
칸 높은 걸침이 있다. 협공 기술에 한 칸 협공, 두 칸 협
공, 또한 멀리 세 칸으로 협공하는 수도 있다. 모행마로

153　바둑판 중앙에 있는 검
　　 은 점.

154　바둑용어로 바둑판의 위
　　 치를 가리키는 말의 하나.
　　 바둑판 가장 구석을 (1,1)
　　 로 두었을 때, (3,4)나 (4,
　　 3)의 곳에 해당한다.

155 근대 바둑의 창시자이자
기성基聖으로 불리는 혼인
보 도사쿠道策와 류큐 제
일의 명수 베이친 하마히
카濱雲上浜比賀와의 대국에
서 외국인인 하마히카를
굴복시킨 바둑의 묘수.

156 상대의 바둑돌을 포획하
는 기술의 하나. 단수가
된 돌을 상대가 도망가기
위해 이으면, 그 다음에
단수로 만드는 것으로.
학의 둥지 묘수는 늘어선
세 개의 돌이 삼면으로
포위되어, 한쪽이 뚫려
있으나 도망갈 수 없는
돌의 배치를 지칭한다.

157 바둑에서 빈집이 열십자
모양으로 다른 돌에 둘러
싸여 매화꽃 모양이 되는
형태를 말함. 이하의 화
오, 화육은 오궁도화, 매
화육궁으로도 불림.

158 끝 쪽의 여섯 점.

159 바둑용어. 먼저 단수를
치는 쪽이 손해를 보게
되기 때문에 서로 단수를
칠 수 없는 무승부 상태
를 말한다.

160 바둑용어. 사활에서 같은
형태가 반복되는 특수한
형태.

161 전설상의 동물로 크기는
새끼손가락 정도로 길이
는 30센티미터 정도. 등
에 비단 모양이 있으며,
배는 선명한 붉은 색임.

320

위치를 높게 하는 수도 있고, 두 칸 벌림과 세 칸 벌림도 있다. 굳힘에는 날일자 굳힘, 한 칸 높은 굳힘, 눈목자 굳힘이 있으며, 뛰는 수도 있고 뻗는 수도 있다. 이것은 모두 놓여진 돌의 모양이다.

이렇게 하여 대국이 진행됨에 따라 점차 복잡해져 각 면에서 천원을 향해 성장하고 변에서 천원을 향해 성장하며, 날일자 뛰기, 한 칸 뛰기, 두 칸 뛰기, 끊기, 잇기, 뻗기, 붙이기, 건너붙이기, 젖히기, 이단젖히기, 꼬부리기, 걸치기, 넘기기, 조이기 등 끝없는 변화를 동반한다.

그 결과로서 시종 벗어날 수 없는 적에게 걸려들어 고생하기도 하고, 외국인을 괴롭힌 묘수155나 학의 둥지156 묘수로 왕생하기도 하고, 양해를 구하는 강도를 만나기도 하고, 화삼花三157, 화사花四, 화오花五, 화육花六, 귀곡사, 귀의 뒷박형 등 죽음을 맞는 것도 있고, 이타로쿠板六158, 곡사궁, 반륙板六 등 작은 세대世帶를 갖고 영원히 사는 것도 있고, 빅159, 장생長生160 등 적과 아군이 공동생활을 하는 것도 있고, 양두사兩頭蛇161 등 한 집을 가지고서 살기도 한다. 이렇게 하여 세상은 점점 천원을 향해 뻗어가고, 복잡하기 이를 데 없게 되어, 한 수를 두는데 몇 시간이나 걸려 생각하더라도 그 노림수를 다하지 못하는 경우 드물지 않고, 이렇게 종국에 이르면 한 집 반 집의 싸움이 되고 남는 부분은 이 세상에 쓸모없는 공백일뿐이다.

　바둑을 둔다는 것은 이와 같은 것이어서, 이러한 난국에 처하여 종종 전국全局의 승리를 얻고자 하는 과정은 사람의 일생과 조금도 다르지 않다. 초창기에는 계획을 세워야 한다. 이것이 배석 혹은 포석이다. 이 시기에 알아두어야 하는 것으로, 일반적인 방략方略, 품계[162], 수나누기, 적의 기량, 흥정, 장점, 단점 등이 있다. 다음으로 와야 할 시대는 생존경쟁 수라修羅의 거리, 영토 획득에 매진하는 사회이다. 이 시기에는 접전의 방법, 수상전의 수수手數, 선수先手, 후수後手의 버림돌捨石[163], 매진해야 할 경우와 그렇지 않은 경우, 들여다볼 것인가 아닌가, 뒷맛, 뒷탈, 생, 사, 빅, 몰아떨구기, 건너기, 큰 곳, 작은 곳 등을 연구해야만 한다. 이 시기가 지나가면 끝내기이다. 인생의 말기라 해도 짧기 때문에 부지런히 선수를 두어야만 한다. '다 이겼다고 보고 스님처럼 낮잠'을 자거나, '부자는 싸움을 않는다'는 필법으로 지나치게 겸손하여 점점 손해를 보다 보면, 세 집 부족했다

162　사물의 등급이나 우열, 품위 등을 정하는 것.

163　바둑용어. 더 큰 이득을 노리고 돌의 일부를 버려서 일부러 잡히게 만드는 전략 혹은 그 돌을 말함.

거나 하는 후회를 해도 만회할 수 없다는 이야기이다.

* * *

　이상은 바둑 활동에 관한 약간의 개요를 기술한 것인데, 이 추이 속에서 시종 신경을 써야 하는 것은 바둑의 구획 계산이다. 바둑은 한 집이나 두 집이라도 남으면 되는 것으로, 20집, 30집 내지 100집은 더 이겨야 한다는 법은 없다. 집바둑目碁 따위는 바둑의 축에 들지 않는다. 이미 20~30집은 남을 전망인데도 욕심껏 질투한 나머지 적의 영지에 무단으로 들어가서, 감쪽 같이 포로가 되어 허둥지둥하며 일을 키워서 돌을 빼앗기고 지는 예도 적지 않다. 그렇다면 전체적인 형세를 보고 무리하지 않고 두세 집을 남긴다는 것은 어지간히 계산이 능숙한 자여야 한다. 보리바둑麥碁164을 두는 사람을 보면 세 집이나 다른 수상전을 양쪽에서 열심히 겨루어 스무 집이나 이기는데도 반집을 다투거나 하는 경우를 보지만 실로 바보 같은 짓이다.

164 법식도 없이 아무렇게나
　　두는 서투른 바둑.

* * *

선착先着의 효력이 위대한 것은 바둑에 한한 것만은 아니다. 전차를 타도 한 발 선착하는 자는 유유히 앉아 상쾌한 얼굴을 하는데 비해, 한발 늦은 자는 더러운 손잡이에 매달려 세밑의 말린 연어처럼 있어야만 한다. 만사는 이와 같지만 바둑에서는 특히 이 선착이라는 것이 일대 조건이다. 대충 보아 아무렇게나 후수를 두거나 선수를 둘 셈으로 젖혀 두었지만 적은 전혀 답을 않고 태연히 있는다든지, 두세 집 받아먹고 속아서 후수를 받거나, 졸려서 먹잇감이 된 나머지 후수가 되거나, 작은 장소에서 후수로 살아야만 하거나, 고수는 늘 수단을 갖고 적의 선수를 빼앗는 데 열심인 법이다.

둘 ● ●

아무리 자유평등을 외치거나 계급 타파를 부르짖어도 인간 세상은 평등해지지 않고, 계급을 배제할 수도 없다. 응애하고 태어나면 그 때부터 운명의 지배를 받아야 한다. 현명하거나 어리석거나, 우수하거나 열등한 자로서 이 세상에 나와야 하는 것이다. 인생은 그런 계급적 시작을 출발점으로 하여 평생 이러한 계급투쟁에 임하는 것이다.

323

"위를 보면 한이 없네, 다리 위 거지, 밑을 보면 지붕 있는 놀잇배"

실로 짜증이 나지만 어쩔 수 없다. 연말에 보너스를 갖고 미쓰코시 백화점 세일 물건을 사러 가는 사모님과, 부엌에서 돈받으러 온 술집, 혹은 잡화가게 주인에게 빌린 돈에 대해 해명을 하며 머리를 조아리는 주인아주머니와는 하늘과 땅 차이이다. 그렇지만 그것이 인생의 묘미라는 것이다. 무슨무슨 주의主義라고 하듯이 똥이나 된장이 같이 뒤섞여 버린 날에는 기대도 즐거움도 있을 턱이 없다. 계급은 인간사회의 일대 요소이다.

* * *

바둑만큼 계급차이가 현저한 유희는 또 없을 것이다. 물론 어떤 놀이라도 우열은 있다. 승부를 거는 것으로 야구, 테니스, 당구, 탁구, 한창 유행하는 골프, 트럼프, 마작 등이 있지만, 그 우열의 차는 근소한 것이다. 그리고 일단 약간의 차이가 있으면 대등한 싸움이 되지 않는다. 핸디캡의 효력은 거의 없다고 해도 좋다. 테니스의 네 게임을 한쪽을 10점으로 정한다 해도 경기에 보탬이 되지 않는다.

직접 승패를 결정하지 않는 도락으로 요쿄쿠<sup>謠曲</sup>165, 비파, 샤미센, 퉁소, 피아노 등의 음악이 있고, 꽃가꾸기, 분재, 서화, 골동 취미 등이 있다. 승부를 결정하지 않고도 우열을 겨룬다는 점에서는 동일하지만, 아무래도 그 우열을 평정하는 기준이 없기 때문에 나르시즘 근성의 인간에게는 딱 맞는 만족을 얻을 수 있는 법이다. 투계가 목졸려 죽는 듯한 소리를 내서 근처의 백김치나 김치에 서둘러 반찬뚜껑을 덮어야 하는 골치 아픈 요쿄쿠라도 자기자신만 잘 한다고 만족하면 되는 것이다. 세 집 졌다든지 불계승<sup>不計勝</sup> 이라든지 하는 문제는 생기지 않는다. 이상의 유희는 꽤 미온적이고 자기도취병 환자에게는 아주 좋은 것이다.

\* \* \*

바둑에서는 매우 우열이 뚜렷한 것으로 아무리 뻐기고 해설을 해도 한 수 두어보면 그 진가는 바로 알게 된다. 때때로 여기 돌이 죽었어야 했는데, 저기를 놓치지 말았어야 했는데, 여기를 건너기만 했더라면 등 아쉬운 소리를 하는 자도 있지만, 그런 것은 임금님 이외에는 통용되지 않는 도리이다.

165 일본 중세 무대예술 노<sup>能</sup>의 대본, 혹은 그것에 가락을 붙여 노래하는 것.

바둑은 그렇게 우열이 명료한 것이지만, 거기에 몰이꾼 역할을 하는 돌을 두기만 하면 갑자기 대등한 자격을 갖출 수 있다. 명인이라 하더라도 초단의 네 점 접는 바둑은 둘 수 없을 정도로 핸디캡의 효력은 지대한 것이다. 이것이 바둑의 일대 특징이어서 다른 유희와는 견줄 수 없는 점이다. 근래 야구가 대유행이지만 오사카마이니치 야구팀과 어설픈 팀을 겨루게 한다 해도 싸움이 되지 않는다. 핸디캡을 둘 방법이 없는 것이다. 도무지 대등한 경기가 되지 않는다. 바둑에서는 초단에 접바둑의 품격으로 둔다면 못 둘 것은 없다. 바둑의 포용력이 크다는 것을 느끼게 하는 대목이다.

\* \* \*

166 혼인보 슈사이本因坊秀哉, 1874 ~1940 메이지에서 쇼와 시대에 걸쳐 활약한 바둑기사. 본명 다무라 야스히사 田村保寿. 혼인보 가문의 22세로 종신 명인제의 마지막을 장식함.

바둑의 최고위는 명인으로 9단의 격을 말한다. 그 명인이라는 것은 천하에 널린 것은 아니다. 한 세대에 한 명이 고작이다. 지금 세상에서는 제22대 혼인보 슈사이166 즉 다무라 야스히사 딱 한 명이다. 이 명인은 일명 기성 碁聖이어서 바둑판 361로路로 통하지 않는 곳이 없다. 한 대국에서 세 번 이상을 곤혹스럽게 하는 능력자이다. 지금 혼인보 슈사이도 우선 기성이라 불러도 부끄럽지 않을 기량의 소유자이다. 얼마전 『요미우리신문』에서 일본 기원 대 기정사棋正社167의 시합으로 강적 가리가네雁根168 7단에게 흑을 깔게 하고 유유히 승리를 거둔 태도는 실로 훌륭한 것이었다. 예전 명인의 대부분은 명인이 된 이후에는 거의 대국을 피했지만, 슈사이는 명인이 되어서도 십수 년 동안 5,6단 정도에게 두 집 정도를 깔게 하고 유지해 온 점은 실로 훌륭하다고 해도 좋을 것이다. 그리고 이렇게 십수 년 동안에 슈사이의 포진 속에 뛰어드는 자가 없었기에 어쩔 수가 없는 것이다.

* * *

스모에 있어서 오늘날의 요코즈나橫綱169와 예전의 다니카제170, 오노가와171 등을 비교한다면 어느 쪽이 셀 것인가 하는 이야기가 자주 등장한다. 그러나 이것은 말뿐으로 실증을 할 수는 없다. 오늘날 대충 만들어 흔히 내놓는 요코즈나보다 예전의 다니카제가 더 강했을

167 일본 바둑의 조직. 1924년에 가리가네 준이치雁金準一, 다카베 도헤이高部道平 등에 의해 설립되어, 1926년에 열린 일본 기원과의 대항전으로 만천하를 놀라게 하였으나, 그 후 세 기사는 일본 기원에 복귀하여 1941년 가리가네 준이치의 이탈로 사실상 해체됨.

168 가리가네 준이치雁金準一, 1879~1959. 메이지에서 쇼와 시대에 걸쳐 활동한 기사. 혼인보 슈사이와 라이벌 관계에 있었다. '雁根'는 '雁金'의 오기로 추측됨.

169 일본 씨름 스모에서 최고의 지위를 가진 선수. 비유적으로 제1인자로 쓰임.

170 다니카제 가지노스케谷風梶之助, 1750~1795. 일본의 스모 선수. 제4대 요코즈나였지만 실질적인 초대 요코즈나이다. 에도시대의 스모 경기에서 일본 스모 사상 굴지의 강호로 역량, 인격 면에서 후대 요코즈나의 모범이 됨.

171 오노가와 기사부로小野川喜三郎, 1758~1806는 일본 요코즈나를 역임한 스모 선수.

327

것 같지만, 어찌 하겠는가 한쪽은 죽어서 없기 때문에 스모를 하게 하여 실증할 수는 없다. 일반적으로 말한다고 해도 지금의 요코즈나가 이길 것 같지도 않지만, 어쩌면 교묘한 스모 기술을 구사할지 모르기 때문에 이러한 논의는 영구히 결말이 나지 않을 것이다.

바둑에서 예전 도사쿠[172]와 지금의 슈사이 중 어느 쪽이 더 강할까? 이것도 비교할 수 없지만 추측은 가능하다. 그것은 보본譜本이라는 것이 남아있어서 그것을 살펴보면 그 우열은 판단할 수 없지는 않다. 그것으로 본다면 슈사이는 결코 예전 명인에 손색이 없다. 그렇다면 슈사이는 동서고금 독보적인 일인자라고 할 수 있다. 그렇다면 바둑이라고 해도 그 가치는 절대적이라 해야 할 것이다.

\* \* \*

명인에게 네 집 승부를 하는 자를 초단이라 하기 때문에 각 단의 차이는 반 집이다. 3단은 5단에 대해서 그렇지만 3, 4단의 차는 꽤 큰 것이어서 3, 4단의 차이는 두는 바둑에 대해 당당히 강평講評을 한다. 바둑을 전혀 모른다고 말하는 것도 아무렇지 않다. 3, 4단의 차라는

것은 앞선 두 수 정도의 차이이다. 그렇게 보면 정목<sup>井目</sup>173의 차이는
차이가 너무 심해 걸맞지 않는 정도여서 대신<sup>大臣</sup>과 심부름꾼 정도의
차이일 것이다. 그런데 명인과 대국할 때 네 집을 놓는 초단에 대해
정목을 두는 기품<sup>棋品</sup>인 자와 정목을 두는 정도의 바둑기사는 흔히
볼 수 있다. 그런 시합이라도 흥미진진하여 끝이 나지 않아 결국 밤
을 새워 부인에게 혼나거나, 다음날 구청에서 과장에게 꾸지람을 듣
고도 질리지도 않고 다음날 밤에도 또한 딱딱 바둑을 두기 시작하니
묘한 일이다. 이런 시합이 되면 밤새 두더라도 같은 모양새, 같은 취
향의 바둑을 반복하지만, 몇 년이 지나도 전혀 기량이 늘지 않고 '나
는 이십 년이나 바둑을 두지만, 조금도 늘지 않는 것 같다'고 탄식하
는 것은 무리도 아니다.


## 셋 • •


인간 세상에서 예의작법이란 것을 빼면 어떻게 될까?
아마도 인간의 가치 중 칠 할, 팔 할 정도는 줄게 될 것
이다. 인간 사회에서 그러한 예의작법이 필요하듯이,

173 바둑에서 역량의 차이가
있을 때에 하수가 먼저 아
홉 점 접바둑을 두는 것.

바둑에서도 당연히 작법이 있어야 한다. 처음 상대하는 바둑을 둘 때 즉 대국을 할 때는 단이 있는 경우 이외에는 먼저 상대의 기량은 알 수 없기 때문에, 돌을 잡는 것이 예의 작법으로 갑자기 백을 잡는 것은 무례함의 극치인 것이다.

그래서 사회적으로 상위인 자가 돌을 몇 개 잡는다. 그리고 상대는 홀수인지 짝수인지를 말한다. 그것이 적중한 경우에 혹을 잡는 것을 원칙으로 한다. 홀수인지 짝수인지 사전에 지정할 바가 아니다. 백을 잡고 싶어하는 것은 예의가 아니다.

한편 돌을 쥔 결과 혹을 잡게 된 쪽에서 공격을 한다. 혹의 첫번째 수는 우선 오른쪽 소목에 한 집을 내리는 것을 예법으로 삼는다. 이것은 상대 오른 구석 소목을 비워 둔다는 작법이다. 첫 수부터 고목高目174을 두는 경우도 있지만, 혹으로서는 첫 수부터 홍취를 돋울 필요는 없기 때문에 무의미하고 무례한 것이다. 이 첫 수 소목에 대해 백으로서는 어떠한 취향으로 대응하더라도 지장은 없지만, 대개는 오른쪽 구석의 소목에 두는 것이 보통이다. 이 두 수가 끝나면 다음은 마음대로 취향에 따라 두면 되는 것이다.

다음으로 대국중의 자세는 단정하게 앉아 단전에 힘

174 바둑에서 각 귀의 4선線과 5선의 교점. 포석 단계에서 귀를 먼저 차지하는 수의 하나.

을 주고 바둑판을 향해 다섯 치의 거리에 무릎을 두고, 바둑통을 그 사이에, 바둑통 조금 위쪽에 바둑통 뚜껑을 두고 거기에 거둔 돌을 넣도록 한다. 대국 중에는 양손을 무릎 위에 두거나 접는 부채를 딱 딱 치는 정도이다. 한 번에 돌을 왕창 쥐거나 짤그랑 소리를 내거나, 돌을 갖고 바둑판 모서리를 두드리는 것은 보기 흉하다. 돌을 쥐는 것은 자신의 순번이 되어 생각을 마치고 드디어 돌을 내려놓는 단계에서 해야 한다. 여기에 가장 주의를 해야 하는 것은 마침내 돌을 내려놓은 이상 결코 이것을 바꿔서는 안 된다는 점이다. 돌을 내려놓고 나서 여기저기 옮겨 두어 적의 의향을 살피는 것은 금물이다. 물러달라는 말을 결코 해서는 안 되는 것이다. 잘못 두고서 물러달라고 하는 경우에는 깔끔하게 끝을 내야 한다. 서로 물리려 하는 것은 안 되는 것으로 바둑이 성립되지 않는다. 물러달라는 것은 다이묘[175]나 그에 상응하는 사람 이외에는 허용해서는 안 되는 것이다. 그런데 물러달라는 경우를 자주 보지만, 개중에는 세 수나 바꾸면서 태연한 자가 있다. 그런 것은 바둑이 아니다. 그러나 자신은 결코 물러달라 하지 않지만, 다른 사람이 물러달라고 하면 눈 감아주고 싶을 정도의 아량을 갖고 싶은 법이다. 그리고 드디어 마지막이 되면 중간에 끝을 내지 않는 이상

175 넓은 영지를 가진 무사. 특히 에도시대에 봉록이 만 석 이상의 무가武家.

각자의 지역을 계산한다. 이것은 서로 상대편을 계산하는 것으로 남이 해야 하는 영역에 손을 대는 것은 금물인데, 때로는 구경하는 사람이 배려 없이 남의 바둑에 손을 뻗어 계산의 허술함을 지적하곤 하지만 그야말로 언어도단인 것이다. 구경꾼의 자세로서는 남의 바둑에 결코 조언을 해서는 안 된다. 옆에서 보는 사람이 여덟 수나 먼저 본다는 식으로 남의 바둑에 조언하는 등 심해지면 손을 뻗어 '이렇게 두면 어떠냐'며 지시하듯이 말하는 자가 있는데, 머리를 한 대 쥐어박히더라도 어쩔 수 없는 방식이다.

이상은 엄격한 의미의 바둑 작법이라 할 수 있지만, 초짜끼리는 보통 약식이어도 상관없다. 양반다리를 하거나 담배를 피고 차를 마시며 웃음을 섞어가면서 대국하는 일도 삼가야 할 것은 아니다. 그러나 초짜라고 해도 무르는 것 만큼은 엄격히 하지 말아야 한다. 가령 한번 내려놓은 돌은 돌려놓는 것을 금기시해야 한다. 이상의 마음가짐 없이 바둑을 두는 것은 기도棋道의 추락이라 할 수 있다. 바둑을 도박의 대상으로 삼는 것은 바둑의 적이다.

흔히 있는 동네 기원 등에서 때때로 내기바둑을 둔다는 이야기를 듣는데 한탄스러운 일이다. 기원에 간판을 내거는 것에도 작법이 있어서 '바둑 안내'와 같은 간판은 고단자 즉 6단 이상인 사람이 아니라면 내걸어서는 안 된다. 다음으로 '바둑 연습'은 단 이상에 한한다. 입단하지 않은 자는 '바둑 초보' 정도에 불과한 것이다. 근래는 '바둑 교습' 등 이상한 간판을 보지만 입단도 하지 않았는데 교습에 가까운 간판을 내거는 것은 주제넘은 짓이다.

바둑을 두는 자만큼 허풍장이가 없다는 말이 있지만, 이것은 허풍을 떨 만하다. 요쿄쿠나 분재 등은 아무리 허풍을 떨더라도 말하자면 자화자찬하는 것이어서 실력을 겨루는 것은 아니다. 시합을 한다고 하더라도 그 승패는 애매한 것이기 때문에 우쭐대는 자의 코가 납작해지는 일은 드물지만, 바둑은 아무리 허풍을 떨더라도 한번 대국을 해보면 바로 거짓이 탄로나기 때문에 자신 없는 허풍은 떨 수가 없다. 바둑 두는 자가 서로 허풍을 떤다는 것은 전혀 다른 경우로 흥취가 제법 있는 것이다. '바둑 상대는 미워도 보고 싶구나'라는 뜻은 이러한 이야기이다.

넷 ••

바둑만큼 시간을 요하는 유희는 또 없을 것이다. 이것이 바둑이 비난받는 한 요소가 되지만, 시간이 걸린다는 것은 바둑의 가치에 영향을 주는 문제는 아니다. 대개 무슨 일이든 시간을 요하지 않는 일은 없다. 큰일일수록 많은 시간을 요한다. 바둑을 단순한 유희로 본다면 쓸데없이 시간을 들이는 것처럼 보이겠지만, 바둑의 한 대국은 사람의 일생에 상응하는 심오한 의미를 내포하고 있기 때문에 한 인생관의 값어치를 한다. 또한 바둑은 일종의 예술로서 대국의 결과 만들어진 한 대국의 경로를 기록한 기보棋譜는 훌륭한 예술작품이다. 따라서 그 기량은 다른 예술과 마찬가지로 사회적 존경을 받는 권리를 가지는 것으로 바둑의 명인을 '기성棋聖'이라 부르고, 바둑 두는 사람을 '기백棋伯'이라 부르는 것은 당연한 표현이다. 그러므로 우수한 작품을 얻기 위해서는 시간의 관념을 초월하여 시간을 들여야 한다. 예로부터 기보 중에서 걸작으로 불리는 것은 어떤 것도 대국자의 고심과 참담함이 담긴 것이고, 목숨을 걸고 피를 토해 죽은 예도 적지 않다. 따라서 그 한 수, 한 수는 국면에 나타난 오만가지 경우를 모두 다 쓴 것이고 그 수를 두는 데에 많은 시간이 걸리는 것은 의심할 수 없다. 흔히 한 수에 여러 시간을 들일만하고, 한 대국에 일주일이 걸린다는 것은 결코 드문 일이 아니다.

334

* * *

이러한 것이기 때문에 고단자의 바둑일수록 시간이 걸리고 보리
바둑일수록 빠르게 둔다. 그런 바둑을 '비 내리는 바둑'이라 하며 횟
수로 두기 때문에 결코 좋은 작품이 나올 수 없다. 얼마 전 혼인보
와 가리가네 칠단의 바둑은 시간제한을 두어 각자 가진 시간을 27시
간으로 했지만, 가리가네 칠단이 시간이 없어서 바둑을 끝내지 못했
던 것이다. 즉 한 대국이 54시간 안에 마무리되지 못했다. 야구라면
비기는 경기가 되었겠지만, 가령 끝냈다고 하더라도 하루에 다섯 시
간씩 둔다고 하고 열흘 이상이 걸린 셈이 된다. 명인이나 고단자의
바둑은 이처럼 시간이 걸린다. 사, 오단이라 해도 이삼일은 걸린다.
초단급으로 대여섯 시간 내외이고, 초단에 한두 집 접고 두 시간, 초
단에 네 집 접바둑 정도로 한 시간 가량 걸린다고 보인다. 말하자면
기량과 소요시간은 정비례하는 것이어서 어쩔 수가 없는 것이다. 보
리바둑을 두는 자에게 한 수에 두 시간 생각하라고 한들 생각할 능
력이 없기 때문에 그렇게 되지 않는다. 생각하더라도 소위 '하수가
생각하는 것은 하나마나 한 것'이어서 전혀 도움이 되지 않는다.

* * *

　바둑에 푹 빠진 자가 있어서 '어제도 밤을 새웠다'는 자들이 몇 명 있지만, 하룻밤에 몇 번이나 두는 식의 대국은 삼십 분이나 사십 분으로 끝난다. 때로는 십오 분 정도에 끝내는 바둑도 생긴다. 상대는 돌을 한줌씩 쥐고 순서를 기다린다고 하니까 생각도 흥취도 있을 리 없고, 오로지 승패에만 골몰한다. 이러한 바둑은 밤새 둔다고 하더라도 늘 같은 모양, 같은 식으로 바둑의 맥점도 바둑의 맛도 생길 수가 없기 때문에 언제까지나 기량이 늘지 않는다.

　그렇지만 다른 방면으로는 쓸데없이 바둑을 오래 두는 성향의 사람도 있다. 당연히 이어야 하는 곳에서 시간을 끌며 보고 있거나, 치중置中[176]을 두지 않으면 죽을 곳을 생각하여 관망하거나 하며, 초단급 바둑에서 열 시간이나 걸리는 것은 나쁜 버릇이다. 어떤 사람은 흑을 잡고 최초의 한 수에 한 시간 걸렸다는 일화가 있지만 말도 안 되는 것이다.

　그리고 당연히 지고 있는 바둑을 언제까지 질질 끌며 이삼십 집이나 차이나는 것도 실로 추한 모습이다. 어떻게든 적이 잘못 두지는 않았을까 눈을 번득이며 여

176 바둑에서 바둑판의 한복판이나 에워싸인 중앙에 한 점을 놓는 일. 또는 그런 수.

336

기저기 찾아 헤매는 것도 곤란한 법이다. 기타 후미코[177]가 수련하던 시절에 더 두어야 할 바둑을 바로 끝냈다며 어머니가 그녀를 기둥에 묶어두었다는 일화가 있는데 주의해야 할 점이다.

\* \* \*

근래에는 또한 『요미우리신문』에서 시행하고 있듯이 시간제 바둑이 유행하고 있는 것 같은데, 이것 또한 탐탁치 않다. 원래 바둑과 사고思考는 뗄래야 뗄 수 없는 관계이지만, 시간에 구애받지 않고 충분히 생각하는 것은 바둑의 조건이기 때문에, 시간제한을 두는 것이 의미 없는 일이 된다. 이 점은 기도碁道의 도덕관념에 맡기는 수밖에 없다.

*다섯* ••

바둑판의 다리에는 치자나무 열매를 조각한다. '입은 재앙의 문'이라는 표현은 인생에도 바둑에도 통용된다.

177 기타 후미코喜多文子, 1875~1950. 일본의 여류기사. 명예 8단으로 여류기사로서는 최초로 4단이 되어 많은 여류기사를 양성하여 여류기사계의 대모로 불린다.

바둑판 안쪽에 있는 사각형 조각은 만일에 대비한 준비이다.

바둑판과 바둑돌에도 여러 가지가 있다. 바둑판은 비자나무가 가장 좋으며 그 다음으로 은행나무, 벚꽃나무 등을 친다. 느티나무 같은 것은 거의 물건이 되지 못한다. 바둑돌로는 휴가<sup>日向</sup>178 지역의 대합 껍데기179와 나치<sup>那智</sup>180 지역의 돌로 만든 것이 좋다. 연마하는 방법은 손으로 가는 것이 가장 좋다. 근래에는 흔히 기계로 갈지만, 손때가 끼기 쉬워서 안 된다. 또한 소리가 맑지 않다. 때때로 인조석으로 만든 바둑돌을 보게 되는데, 얼핏 우아해 보이지만 신경에 영향을 주고 어깨에 담이 와서 사용할 수가 없다.

그다지 교통이 불편하지 않은 한적한 지역에 청초한 암자를 짓고 푸른 산을 보면서 차를 끓여 마시며 바둑 두는 벗과 대국해 보고 싶다. 서른 가지 이상의 나무 마디가 보이는 비자나무로 된 곧은 결의 바둑판에 삼부 오리의 휴가 대합과 나치 돌, 오동나무 상자에 자단<sup>紫檀</sup>으로 만든 바둑통을 사용하여 푸르스름한 다다미 위에서 지인과 바둑을 두고 싶다. 유유자적한 경계에서 개이면 밭 갈고 비 오면 독서하는 생활. 때로는 딱딱 소리 내어 바둑 두는 여운을 실외에 퍼지게 하는 것도 나쁘지 않다. 그리

178 지금의 미야자키 현<sup>宮崎県</sup>의 옛 지명.

179 흰 바둑돌은 미에현<sup>三重県</sup> 휴가<sup>日向</sup> 지방의 대합 껍데기로 만든 돌이 유명하며, 미에현 구마노 나치 지역의 검은 돌로 만든 검은 바둑돌을 최고의 품질로 인정받음.

180 와카야마 현<sup>和歌山県</sup>의 지명.

338

고 가끔씩은 주선酒仙이 되는 것도 또한 하나의 즐거움이다. 이하 마음으로 이해하는 한 구를 기록하며 바둑이야기를 줄이겠다.

차는 향이 남아 또 없어지고茶殘香亦盡
손님이 가고 오후의 창은 한적하네客去午窓閑
바둑을 두며 베개를 베는 것도 좋구나碁局好爲枕
누워서 비온 뒤의 산을 바라보네臥看雨後山

# 닭 울음소리

    태어나서 얼마 되지 않은 병아리 암수를 구분하는 것은 매우 어려운 일이다. 마치 임신중인 여자 뱃속의 아이가 남아인지 여아인지 판정하는 것과 같은 것이다. 그렇지만 숙련된 산부인과 의사나 산파가 출산 전에 남녀를 적중시키는 특별한 예와 같이, 병아리 얼굴부터 항문 주변까지 검사하여 자웅을 맞추는 기술자도 있지만, 그것은 매우 특별하고 드문 일로서 일반적으로는 적용되지 않는다.

    인간의 아이는 대개의 경우 여아보다 남아를 선호한다. 남아가 태어나면 매우 축하하고 경사스럽게 여긴다. '옥동자 같은 도련님이라고 하니 장하십니다'라며 칭찬한다. 아이를 낳은 본인도 자랑스러워한다. 그런데 여아가 태어나면 '어느 쪽이든 괜찮습니다'와 같은 인사를 건네며 매우 냉담하다. 일반적으로 세상 남자들은 성인 여자는 좋아하면서 여자 아이는 싫어하는 듯이 보인다.

병아리의 경우에는 그것과 반대이다. 태어난 병아리 열 마리가 모두 암컷이라면 불평을 하지 않지만, 열 마리 모두가 수컷인 경우라면 하늘에서 받은 천수를 누리기 쉽지 않다. 조만간에 모가지가 비틀어져 냄비 속에 들어갈 후천적 운명으로 바뀔 것이기 때문이다. 그래서 병아리 암수가 판별이 어렵다는 것은 뜻밖의 행운으로 하늘에서 내려준 보호법이다. 그러나 이 보호법이 언제까지고 이어지진 않는다. 언젠가는 변장한 모습이 드러날 때가 온다. 깃털 모양, 다리 굵기, 닭볏 등에서 점차 암수의 차이가 생기지만, 그래도 그런 현상은 정확하게 그것을 판정하기에 빈약한 것이다. 그래서 여기에 그런 불확실함을 보완하기에 충분한 현상이 있다. 그것은 우는 소리를 내지르는 것이다. 꼬끼오, 울음소리를 내는 것이다. 키우는 사람이 혹시나 암컷이 되려나 하고 호의적인 눈으로 보아도 꼬끼오, 라는 소리를 듣게 되면 더 이상 의심할 여지는 없다. 병아리는 울음소리로 수컷임이 확인되어 확실성을 띠게 되고 또한 그것이 병아리로서 성인 아니 성계成鷄가 된 징표가 되는 것은 여자가 월경하는 것과 같은 이치이다.

여자는 월경이 찾아올 때마다 점차 아름다워지고 행복한 운명을 약속받지만, 닭은 울음소리를 내는 것으로 냄비 속에 들어갈 운명에 가까워지는 일이 많다. 수탉은 왜 울음소리를 내는 것일까? 암컷싸

342

움에 의한 본능이라고 본다면 어쩔 수 없는 것이지만, 그들이 울음소리를 내는 것은 매우 노력을 요하는 작업이다. 닭울음소리를 내기 위해서는 우선 장소를 선택해야만 한다. 담장 위, 지붕, 건조대 등 적어도 근처의 높은 곳을 좋은 지점으로 본다. 유유히 그 지점에 올라가서 수컷의 모습을 사방에 과시하며 기세 좋게 날개짓을 한다. 이것이 예비행동이다. 다음으로 있는 힘껏 공기를 폐에 불어넣어 숨통을 앞쪽으로 구부리고 전신에 힘을 주어, 가능한 한 길게 꼬끼오 소리를 낸다. 옆에서 보고 있으면 아무것도 아닌 일이지만, 본인 아니, 본조本鳥 입장에서는 진지한 가장 의의 깊은 작업이다.

그들은 언제 울음소리를 내는가? 가장 의기양양할 때에 소리를 낸다. 자신에게 예속된 암탉을 줄지어 세울 때, 근처의 수컷 무리와 싸움을 하고 승리를 했을 때, 날씨가 좋고 기분이 좋을 때, 새벽에 상쾌함을 느꼈을 때나 울음소리를 겨뤄야 할 때이다. 새벽 닭울음소리는 근처에 무리가 있는 한 울음소리 경쟁으로 변하는 것이 보통이다. 서로 울음소리를 겨루는 동안에 한쪽이 지치고 녹초가 되는 경우를 패배로 본다. 이 경쟁은 매일 밤 두 차례 벌어진다. 요즘이라면 오전 3시 경 한 차례, 이것을 첫닭 울음소리라고 한다. 5시 경 한 차례, 이것을 두 번째 울음소리라고 한다. 암탉은 이 경쟁을 음악처럼 듣는 것이다. 따라서 수컷이 이렇게 하는 것은 순전히 암탉의 기분을 맞추기 위해서이다. 대체로 수탉은 암탉의 기분을 맞추기 위해 노력한다. 그래서 다수의 암탉을 지배해가는 모습은 근대 연애지상주의와 같다.

닭의 울음소리를 시계 대용으로 삼던 시대가 있었지만, 그것만큼 불확실한 시계는 없다. 근처 어디에 걸려 있는 시계도 퍽이나 의심스럽기는 하지만, 닭울음소리 시계보다는 낫다. 닭은 시간을 맞추기 위해 우는 것이 아니기 때문이다.

닭이 오늘날처럼 일부다처주의가 되어 일년 내내 닭울음소리를 내게 된 것은 그들의 문화시대 이후의 일이다. 인간이 인간으로 불리지 않던 시대가 있듯이, 닭도 닭이라 불리지 않던 시대가 있었다. 그 시대에는 닭은 일부일처를 흔히 지켰지만, 연중 울음소리를 내지 않았다. 번식기에만 내는 것으로 그 시기 이외에는 별거 생활을 했다. 그러나 인간들이 집에서 기르게 되면서 그들은 타락하였고, 오늘날처럼 계란 제조기가 되어 안주해야만 하게 되었다. 결국에는 전골요리 속에 대파와 푸성귀 이파리와 함께 무념의 눈물을 삼키는 운명이 된 것은 그들의 자업자득인 것이다. 다만 웅장하고 아름다운 날개색을 가진 위대한 수탉이, 높은 곳에서 당당하게 울음소리를 낼 때만 닭의 역사는 새로 쓰여지는 법이다.

344

# 기묘한 유서

아침 우편물 중에 등기가 한 통 있었다. 이 불경기에 어디서 돈이라도 보내온 것인지, 그렇다면 근래 특이한 일이라고 생각하면서 봉투를 뒤집어 보낸 사람을 보자, 에토 에이조江藤英三라고 써 있을 뿐이었다. 보내온 곳은 다이렌大連이었다. 글쎄 묘한 일이지만 아무튼 열어보았다. 환어음이 튀어나오는 대신에 굵은 글씨로 '유서'라고 쓰여진 것이 나와서 조금 당황스러웠다. 유서를 등기로 발송하는 것이 이미 풍류인의 경지를 넘어선 것이다. 더욱이 에토 에이조라니 전혀 머릿속에 없는 인물이다. 장난인지 헛소리인지, 전혀 감을 잡을 수가 없었다. 모든 일은 내용을 보고나서 생각하기로 하고 밥풀을 붙인 듯한 윗종이를 벗겨 보았다. 스스로 죽겠다고 마음먹은 인간에게는 어울리지 않는 달필로 무언가 쓰여 있었다,

"너와 헤어지고 나서 17년 3개월 27일이 된다. 너라고 하면 아마

도 화를 낼 테지만, 이 유서에서는 너를 너라고 부를 생각이다. 이 편지가 네 손에 들어갈 때에는 이미 나는 이 세상을 떠나 육체는 화장장의 재가 되고, 연고자 없는 망자가 된 나의 혼백은 만주의 가을 하늘에 떠돌고 있을 것이다.

네가 알고 있는 대로 나는 이 속세에 가족이 없다. 적어도 너한테만이라도 글을 남겨 두려고 생각했다. 그러나 내가 죽은 장소 등을 알려준다면 아마도 곤란해질 것이기 때문에 손쓸 수 없도록 장소는 알리지 않겠다. 경찰에서 나의 사체가 누구인지 알 수 없도록 해 둘 작정이기 때문에 이 유서도 그저 읽어 주기만 하면 그 뿐이다. 안심해도 좋다.

너와 헤어진 것은 17년 전 대신루大新樓 3층의 연회 자리에서였던가. 그때부터 오늘날의 나의 운명이 결정되었다. 그날 밤은 밤새도록 술을 마셨는데, 너의 조선행을 축하하기 위한 자리였다. 그때에 내가 이제 연락을 하지 않겠다고 말하자, 너는 화를 냈었지. 나는 조만간 나의 오늘 같은 날이 있을 것을 예감했기 때문이었다. 그것이 의외로 길어졌다. 17년간 내가 무슨 일을 해왔는지 너는 알지 못할 것이다. 여기서는 아무 말도 하지 않겠지만, 언젠가 알 수 있는 날이 올 것이다. 지금은 그저 오늘 오후 12시까지 내가 죽는다는 것만을 알려두겠다. 이미 충분한 준비가 되어 있다. 세상에 흔한 방식처럼 목매달아 죽는다든지 쥐약이나 기차, 권총 신세를 지지는 않겠다. 독특한 방법으로 이 혼탁한 세상을 떠날 것이다. 떠나서 천국으로도 가지 않겠다. 다만 영원히 내가 소멸될 뿐이다. 유령이 되어 너의 신세를 지는 일 따위는 결코 없을 테니 이 점도 안심해도 좋다. 너는 나의 17년간의 생활을 전혀 알지 못할 테지만, 나는 너에 관해서는 잘 알고 있다. 너도 그다지 영예로운 삶을 누리지는 못한 듯하다. 빨리 나처럼 하는 것이 좋을 것이다. 너는 이전부터 집착이 강해서 나처럼 센스 있는 일은 하지 못할 테지만, 언제까지 지루한 인간 구더기들과 더불어 산다 해도 소용없는 일이다."

아무리 끝까지 읽어도 정체를 알 수 없다. 미친 사람이거나 사람을 잘못 보았거나, 아무튼 상대는 이쪽을 꽤 친분이 있는 듯이 말하고 있지만, 에토도 에이조도 정말로 모르겠다. 가령 17년 전이라 해도 대신루에서 밤새 술을 마셨다면 그 일은 다소 기억이 나야 할 텐데 참 이상한 이야기이다. 특히 상대가 자살을 권유하는 모습으로 보니 나를 살려두는 것이 마음에 걸리는 듯이 보인다. 좀 더 읽어볼까? 꽤 긴 글인 듯했다.

"너는 이미 나를 잊어 버렸을 것이다. 원래 너는 박정하게 생겨먹었기 때문에 연락을 하지 않는다고 해서 화내는 성격은 아니다. 그러나 아무리 잊어버리고 싶어도 대신루는 생각날 것이다. 대신루 시절의 너와 나는 인생의 꽃 같은 때였지. 그렇지만 네가 어렴풋이 나를 의심하고 있었던 것은 나도 잘 알고 있다. 또한 네가 의심한 대로 그 때부터 나는 인간성을 잃어버렸다. 너는 나와 헤어지는 것이 맞았다. 나도 너처럼 다른 사람을 끌어들이지 않아서 다행이라고 생각한다. 나는 후회 때문에 이 유서를 쓰는 것이 아니다. 내가 나쁜 일을 한 것은 아니다. 세상이 나에게 나쁜 일을 시킨 것이다. 나는 세상이라는 고용주가 명하는 대로 나쁜 일을 한 것이다. 게다가 고용주는 태연히 있는데 나는 죽어야 한다. 수지 타산이 맞는 이야기는 아니지만, 지금 와서 불평을 늘어놓더라도 소용없다. 그래도 너를 끌어들이지 않아서 다행이라고 생각한다.”

도무지 뭐가 뭔지 전혀 알 수 없지만, 이 자식은 아마도 나쁜 짓을 했음에 틀림없다. 게다가 대신루 어쩌구 하지만, 도대체 대신루가 무엇이란 말인가? 다소 유곽의 상호 같지만 너라는 인간과 그런 곳에 간 기억도 없다. 더욱이 나까지 나쁜 일을 거들었다는 듯이 말을 흘리는 것은 남들이 듣기에 거북하다. 괘씸한 놈이다.

“나는 그리고나서 바로 만주로 멀리 도망갔다. 멀리 도망갔다는 표현을 쓰면 내가 사기횡령이라도 했다고 생각할지도 모르겠지만, 나는 그런 좀스런 짓은 하지 않는다. 지금도 나는 24관貫181은 거절한다. 너처럼 땅딸보가 아니다. 기량은 확실하다. 너도 싸움은 잘 했지만 지금도 하는지. 나는 너에게 고환을 걸어 채인 일이 있는 것을 지금도 기억하고 있다. 내가 방심하여 실수를 한 일은 일생에 그것 한 번 뿐이다. 오랜 동안 마적들과 생활했지만, 내 코를 납작하게 만든 놈은 없었다. 나는 이대로 나 자신을 없애는 것은 아깝다고 생각하지만 더 이상 이 세상이 싫어졌기 때문에 양해를 얻고 먼저 실례하고자 한다. 언제까지나 죽을 수 없는 놈은 바보이다. 너도 남보다 두 배는 바보 쪽일 것이다. 나처럼 빨리 죽는 편이 낫다."

대단한 말을 하는 것 같아도 어딘가 외로운 듯이 보이고, 계속 동반자살할 것을 권유하고 있다. 경우에 따라서는 같이 못 할 것도 없지만, 아무래도 상대가 감복하지 않을 듯하다. 그래도 말투로 보자면 무심無心론자인 것 같기 때문에, 사람이 죽어서 건너는 강을 같은 배로 건널 일도 없겠지만 아무래도 마음이 내키지 않는다. 어찌됐든 마지막까지 읽고 나서 생각해 볼 일이다.

"나는 이제 아무 말도 하지 않을 것이다. 17년간의 내 경력은 곧 알게 될 것이다. 그 때는 너도 죽을 마음

181 옛날의 화폐단위. 1관은 1000문.

349

이 들 것임이 틀림없다. 나는 지금부터 이 편지를 등기로 너에게 보낼 것이다. 그리고 오늘밤은 마음껏 놀 생각이다. 그리고 나서 12시 전에는 어떤 지점에서 생을 끝낼 것이다. 내일은 누군가가 발견하여 경찰에 신고할 것이다. 경찰이 형사나 누군가를 보내어 나의 유해를 잘 처리할 것이다. 아무리 형사라도 자살 방법이나 신분을 전혀 알 수 없을 것이니 의문사로 지방신문이 써댈 것이다. 그게 다이다. 그리고 며칠 후에는 너의 집에 내 죽음의 진상이 배달될 것이다. 그때는 너도 내가 누구인지 대신루의 사정을 기억하고 아, 그랬구나, 하고 생각할 것이다. 내친 김에 죽고 싶다, 이러한 순서가 되겠지. 이것으로 실례하겠다."

유서라고 이름 붙여진 것은 이것으로 끝이다. 수수께끼로 남은 것이다. 그렇더라도 아침부터 기분 나쁜 것이 굴러들어왔다. 며칠 후에 과연 그런 것이었나 싶은 정보를 얻게 될지 말지 미정이지만, 장난이라면 꽤 공들인 장난질이다. 어쨌든 호기심을 갖고 사오 일 기다리기로 하자.

소품 넷

## *신년 회례*回禮182 *잡감*雜感

○ 명함 교환회의 방명록은 매년 두꺼워져서 올해는 삼천 명에 가까
   울 정도로 성황을 이루었다. 실제로 출석한 면면으로 공회당에
   거의 가득 찼던 것은 경사스럽다. 그러나 명함교환회에 출석해도
   그 뒤에는 집에 돌아가서 뒹굴거리며 설날을 보내기로 작정하지
   만 그렇게는 되지 않는다. 역시 다소의 회례 같은 것은 해야 한다
   는 마음이 든다.

○ 눈이 오는데 삼삼오오 호별 방문을 했다. 골판지로
   만든 실크햇이나 중산모에 눈이 쌓였다 녹아서 흘러
   내린다. 지금 아내와 결혼했을 때 하객들에게 답례

182 신년에 여기저기 돌며
    인사를 다니는 것.

351

품으로 돌린 실크햇이 올해 회례에 꽤나 망가졌을 것이다.

○ 신년의 현관은 여러 모습을 띠고 있다. 부하직원이 집주인 대신 일일이 현관에서 답례를 하는 것은 어쨌든 각별하지만, 안으로 들일지 말지 구별하여 인사를 하는 것은 현관 담당에게도 여간 수고스러운 일이 아니다. 인사를 받는 쪽도 기분이 썩 좋지 않다. 신년 초부터 차별을 두는 것은 너무 요즘 식이다.

○ 현관에는 구두 대여섯 켤레, 왜나막신 서너 켤레가 제멋대로 벗겨져 놓여 있었다. 술자리 쪽에서는 이미 기분이 얼큰해졌는지 압록강 부시가 흘러나온다. 잡히면 큰일이기 때문에 '축하드립니다'라고 인사를 하고 현관을 나서려고 하자 갈지자 걸음의 주인공이 재빨리 튀어나와 무턱대고 마구 잡아끈다. 귀찮지만 밉지 않은 처사이다.

○ 현관에 부인이 나온 경우에, 대강 인사가 끝나고 '안으로 들어오세요'라고 하기 전에 '남편은 없는데요'라는 경우가 있다. 잠자코 안으로 들이고서 두세 잔 술을 따르고 나서 '남편은 집에 없어요'라고 기습공격을 하는 경우도 있다. 전자는 안으로 들어오는 것

을 예방하는 기분이 들고, 후자는 남편이 없다면 현관에서 실례
했을 텐데, 하는 생각이 들게 만든다.

o 현관에 명함 받는 쟁반을 놓기만 하고 절대로 현관에 나오지 않
는 집이 있다. 이러한 집 안쪽에서는 흔히 설날 아침부터 축음기
소리가 들리거나 피아노 소리가 흘러나온다. 신성해야 할 연초에
술주정뱅이 때문에 집안을 어수선하게 하는 것을 우려해서 남과
어울리지 않고 즐거운 설날을 보내려는 것이리라.

o '여행중이어서 연말연시 예의를 갖추지 못합니다'라고 써붙이고 끝
내는 경우도 있다. 그 내용은 여러 가지이니 어쩔 수 없는 용무 때
문에 본의 아니게 이러한 팻말을 세워야 하는 경우도 있을 테지만,
개중에는 이미 재작년부터 예정된 여행도 있으니 이 팻말은 '연말
연시 결례를 하고자 여행 중입니다'로 정정할 필요가 있는 듯하다.

o '상중이어서 연시의 예를 갖추지 못합니다'라는 푯말은 솔직한 것
으로, 내 착각으로 깜빡하고 현관까지 위세 좋게 잘 갔다가 이 푯
말을 보고 풀이 죽어 물러나는 경우에는 체면이 말이 아니다.

○ 명함 받는 모습에도 여러 가지 있다. 되도록 명함을 많아 보이게 하기 위해 연하장까지 같이 섞어 놓는 일도 있지만, 근년에는 저 금통처럼 내용을 알 수 없게 만든 것을 사용하는 경우도 늘어난 듯하다.

○ 현관에 금색 병풍을 둘러세워 부인이 자랑하는 송죽매 꽃꽂이를 장식하고, '강물 깨끗하구나'라는 어설픈 시가 한 수를 명함통에 걸어두는 취향도 있다. 그런가 하면 설날 분위기는 어디 갔는지 명함통도 내놓지 않는 집도 있다.

○ 가장 기발한 것은 현관에 계란 크기의 주먹밥과 조림반찬을 찬합에 담아 내놓는 경우이다. 설날에는 술만 마셔대서 배가 고픈 법인데, 그래서는 건강에 좋지 않기 때문에 괜찮으시면 드세요, 라는 뜻이라고 하는데 친절하다는 의미에서 감사하지만 화재나 수해를 만난 것 같아 설날에는 어울리지 않는 느낌이 든다.

○ 회례자는 눈 속을 터벅터벅 걸어 다니는 자도 있지만, 붕붕 자동차를 타고 돌아다니는 자도 있다. 대리인이나 어린아이에게 명함

을 배달시키는 자도 있다. 일전 오푼 짜리 편지지로 끝내고 전혀 돌아다니지 않는 자도 있다. 여러 가지 핑계를 대고 초연해 하며 신년의 구습을 벗어나 신인류를 표방하는 경우도 없지 않다.

## 아이 품평회

집에 돌아가서 목욕을 하고 저녁을 먹는다. 부엌 주위에 줄지어 늘어선 여섯 명의 아이를 보고 있노라면 나도 한때는 왕성했구나, 라고 생각한다. 게다가 부인 등에도 태어난 지 얼마 되지 않은 아기가 업혀있다. 인간은 먹을 때가 가장 신성하다고 비웃는 자도 있지만, 한시도 조용할 날 없는 이 아이들도 밥상 주변에서는 제법 얌전하다. 각자 주어진 자신의 밥을 자기 입에 가져가느라 분주하기 때문에, 모두 아무 죄도 사념邪念도 없는 부처와 같은 얼굴을 하고 있다. 잠시 무언극이 진행된다. 젓가락 소리, 밥공기 소리와 코 훌쩍대는 소리 이외에는 아무 소리도 들리지 않는다. 이윽고 가장 성질 급한 놈이 '잘 먹었습니다' 하고 일어난다. 그러면 이쪽저쪽에서 '잘 먹었습니다' 하고 일어서고 마지막으로 아버지가 밥을 먹는다.

"당신 미안하지만, 부엌을 정리하는 동안 아이를 좀 봐주지 않겠어요?"

"응."

임시로 아이를 돌보라는 명을 받들어 태어난 지 얼마 안 되는 아이를 안고 밖으로 나온다. 춥다, 추워, 하지만 이제 곧 춘분이라, 아무래도 봄이 온 것 같다. 버드나무의 작은 가지도 푸르스름해졌고, 벚나무 꽃봉오리도 제법 볼록해졌다. 살랑살랑 부는 바람도 온기를 머금어 피부에 닿는 느낌이 좋다. 통칭 문화촌[183]의 기와지붕 일대도 왠지 따뜻해진 듯하다. 문화촌이라 해도 실은 값싼 월급쟁이가 모인 곳이지만, 공평한 하느님은 각각 그 시기의 것을 주는 것처럼 보인다. 어슬렁어슬렁 뒷문 쪽을 지나 광장으로 나섰다. 제방의 어린 풀도 슬슬 싹이 트고, 텃밭의 푸른 진흙이 올챙이를 품고 있다. 지금까지 온돌방에 갇히기 십상이었던 몸이 갑자기 개운한 기분이 된다. 오는 봄의 수혜를 상상하면서, 무심코 건너편을 바라보자 여기저기에서 사십대 남자가 갓난아기를 안고 서성대고 있었다. 아마도 식모도 두지 않은 문화촌 남편들이 산책 겸 아이도 돌볼 겸 따뜻해지기도 해서 이 주변을 줄지어 돌고 있는 모양이다. 이 사람들은 인간의 군거群居 본능에 의해 점차 모여든다.

356

"꽤 날씨가 좋아졌네요."

"올해 추위도 이제 이걸로 끝이겠군요."

"이 제방의 벚꽃이 필 무렵은 끝내주겠네요."

"이제부터는 이런 교외가 좋지요."

실은 이 사람들은 정식으로 '모 아무개는 누구누구라고 하며 본적 무슨 도에 어느 관공서에 근무하는 사람입니다'라고 자기소개를 한 적은 없지만, 아침저녁 알루미늄 도시락 통이 든 가방을 들고 서로 얼굴을 마주하는 이른바 면식 있는 사이인 것이다. 따라서 서로 아이나 부인들끼리 어느새 왕래하고 때로는 수도협의회 회원인 사이이다.

"어이구, 제법 통통하네요. 생일이 언제인가요?"

"태어난 지 얼마 되지 않았지만, 좀 봐 주세요."

거리낌 없이 갓난아기의 엉덩이를 걷어올리고 감자같이 살이 오른 발을 내밀어 보여주었는데, 아기의 발목이랑 복사뼈, 허벅지 부위가 이중으로 접혀 살이 터질 것 같았다.

"이런 이런…, 음…, 몸무게가 얼마나 되나요?"

"글쎄요, 재 본 적은 없지만 세 관 정도 나갈까요."

"제법 큰 장정이 되겠네요."

357

"근데 여자아이라서."

겸연쩍은 듯이 보여서 갓난아기의 엉덩이를 가볍게 찰싹찰싹 두드린다.

"춥지요? 덮어주죠."

"바람을 좀 쐬어주는 편이 좋을 겁니다. 근데 댁의 아이는… 음 …, 인물이 매우 출중하네요."

"고맙습니다. 이래 봬도 사내아이여서."

"사내아이인가요, 어이쿠 웃고 있네요. 애교가 있군요. 위험하네요. 미남으로 자라서 아버지 속 좀 썩이겠네요."

"계집아이라면 여배우를 얘기할 참이군요."

품평은 계속 되었다.

"이 아이는 또 까맣네요. 아버지를 닮았나."

퍽이나 배려없는 자이다.

"인도인이랑 비슷하지요. 씨는 확실하지만 말이죠."

"정말이네요. 그런데 뽀얀 아이가 생기면 문제니까요."

"이 아인 어떤가요, 이 곱슬 머리칼은요?"

"자라면 일부러 고데를 쓸 필요도 없겠네요."

"엄마랑 똑같아요."

358

"하하하, 이 아이는 또 눈동자가 되게 크네요."

"아이들이 퍽도 잘 생기네요."

"여기에 데리고 있는 것이 다섯 명이고, 집에 있는 것이 세 명이니까요."

"어째서 이렇게 생기는 걸까요?"

"글쎄요."

"어이쿠, 큰일이군."

"무슨 일 있나요?"

"아뇨, 별일은."

"왜 그러세요?"

"쉬를 해 버려서요."

"하하하."

"아이 보는 것에서 이제 벗어나네요. 빨리 반납하는 수밖에요."

"우리도 이제 반납해야지."

어둠이 어슴프레 문화촌에 내려앉을 무렵 아이가 오줌을 싼 사십 대 남자는 자기 집으로 돌아갔다. 예기치 않게 우연히 생긴 갓난아이 품평회는 폐회사도 없이 끝나고 제각기 해산했다.

## 하락하는 물건들

△ 물가가 올라가는 세상이라고 해도 찾아보면 계속 하락하는 것이 얼마든지 있다.

△ 백만 석 녹봉을 받는 자라도 거래하기 어려웠다는 여자의 정조도 요즘에는 대폭락이 일어난 것 같다. 정조 유린의 위자료 청구액도 보통 시세 백 원에서 오백 원 정도라고 하니 딱하다. 특히 모던걸 계급에 이르면 헐값에 떨이로 투매 시세와 같다고 하는 것이다.

△ 1890년대 경까지만 해도 무슨무슨 박사를 칭하는 자는 전 일본에서 몇 명 없는 학구學究의 권위자로 안팎으로 존경의 대상이 되었지만, 오늘날에는 박사 따위는 전혀 드물지 않다. 어쨌든 하루에 몇천 명의 박사가 배출되니 우후죽순 저리가라 할 정도인 상황이다. 따라서 세상 사람들도 언제까지고 그렇게 경의를 표하지 않는 것은 경제율의 자연스런 점이다. 그밖에 사설 박사로서 경성에 제과박사인 혼조야本城屋가 있고, 이발 박사인 기무라 군이 있다. 좀 있으면 안마 박사나 뜸 박사 등이 속출할 것이다.

△ 도쿄제국대학 출신이나 제일고 출신[184] 등 졸업 증서를 화려한 간판 삼아 천하를 횡행하며 여기저기 인기

360

있던 대학출신들도 세상일은 변화무쌍하여 졸업 증서의 위세가 약해졌다. 백 원 정도의 월급도 받지 못하고 하숙집 이 층에서 뒹굴거리는 자가 수천 명이라는 말을 듣는 지경이니, '학사라면 시집을 보낼까'라는 말도 좀 무색하다.

△ '나를 누구라고 생각하는가? 유도 2단의 솜씨를 보여주겠다'라며 카페 주변에서 소나무 기둥 같은 털난 팔뚝을 걷어올리면, 대개 상대는 질려서 도망간다. 유도 2단의 권위도 크겠지만, 무슨무슨 무도대회에 가 보면 유도 단이 많은 점, 창호지에 줄지어 늘어선 이름은 두칸 반이나 길게 이어진다. 검도도 마찬가지로 초단, 2단은 장소불문하고 많은 것에 놀란다. 그러고 보면 이 단급段級이라는 것도 시세 하락의 부류에 속하는 것이리라.

△ 언어의 힘도 점차 하락한다. '급急'자만으로는 '급'하지 않기 때문에 '매우 급함'이 되고, '대단히 급함', '매우 대단히 급함'이 된다. '비밀'이 '극비', '절대 비밀嚴秘'이 된다. '6시' 만으로는 모이지 않기 때문에, '정각 6시'가 된다. 그래도 안되면 '정각 6시' 다음에 '시간 엄수'가 붙는다. '무슨무슨 따위'로는 못 미더워서 '무슨무슨 등등등' 등이 너댓 개 붙는다. '심심甚深한 고려' 등도 이러한 부류인지도 모른다.

365

△ 경어 하락의 현 상황은 매우 심각하다. '~ 하시다'와 같은 경어에서 '~하시다 표현'이라는 것이 생겨났다. '실례 하시와요', '타시다' 뭐든지 '~하시다'를 쓰면 천하의 귀부인인 듯 알고 있다. 너무 '~하시다'를 쓰는 것도 웃음거리의 극치이다.

△ 존경 접두어 '오お 자의 남발'이라는 것이 있다. '손님께서 술에 취하셔서 구토를 하셨습니다'는 경어를 공손하게 잘 쓴 예이다. '발お御足', '성찬ご馳走' 등 공손함을 자처하는 경우도 있지만, '변소', '소변', '엉덩이' 등에 붙여 묘하게 경의를 표하는 예도 있다. '답변', '설명' 등 자신을 높이고도 아무렇지 않은 경우도 있다.

△ '오시다'도 대 유행이다. 때에 따라서는 '저쪽에서 전차가 오시다', '말馬이 오시다'라고 한다. 어느 날 소위 상류를 자임하는 집 현관을 방문한 적이 있다. 아홉, 열 살 되는 여자아이가 나와서 오가사하라류流185인지 뭔지 절을 하고 '아버님은 감기에 걸려 계십니다'라는 인사를 한 적이 있었다.

185 일본 무로마치 시대에 오 가사하라 나가히데小笠原長秀가 창시한 예의범절의 한 유파.

△ 여자의 명칭도 제법 많지만, 여자는 모두 '아가씨'이고 남의 부인은 한결같이 '사모님'이 돼 버렸다. '사모님'보다 '부엌데기' 쪽이 어울릴 것 같은데 마구 '사모님, 사모님' 하는 것은 좀 가차없다. 우리처럼 변

변치 않은 시골촌놈은 때로는 '신사분'으로 불리면 식은땀이 흐른
다. 동시에 그렇게 부른 여자가 어떤 얼굴을 하고 있는지 쳐다본
다. 말하자면 이것은 모두 경어의 타락인 것이다.


## 가타카나 片仮名[186]

어릴 때부터 가타카나라는 것을 좋아하지 않았다. 오늘날에도 서
양 요리와 같은 정도로 싫어하는 것 중에 하나이다. 무슨무슨 호텔
에서 하는 연회에 참석하라는 것은 고생 천만이듯이, 가타카나가 섞
인 문장을 읽어야 한다는 것은 실로 두통거리이다. 더 끔찍한 것은
서양요리가 점점 성행하여 피로연이나 송별회라 하더라도 형식 일
변도인 서양요리로 끝내는 것이 대유행이다. 가타카나는 점점 쇠퇴
하여 지금은 있으나 마나 한 모양이 된 것은 의외로 다
행스런 일이다. 오늘날 신문이나 잡지, 단행본 등에서
가타카나가 섞인 문체를 채용하고 있는 곳은 거의 없
다. 만약 있다면 그것은 쇠똥만큼 딱딱한 문체이든지,
관보나 고시문告示文 정도일 것이다.

186 일본의 고유 글자의 한
가지로 히라가나와 더불
어 쓰임. 주로 외래어,
외국어 표기에 사용되며,
의성어, 의태어 혹은 강
조하고자 하는 경우에도
사용됨.

역시 히라가나는 아름답고 정취가 있으며 부드러운 느낌이 들지만, 가타카나는 아무 풍류도 없고 살풍경하여 톱밥을 씹는 것처럼 맛이 없다. 그렇다면 가타카나는 세상에서 아주 쓸모없는 것인가 하면 그렇지도 않다. 보통 히라가나 문체라도 이 가타카나로 표기하지 않으면 안 되는 표현이 있다. 이것이 가타카나의 단 하나의 생명줄이다. '훌러덩 벗겨진 머리가 번쩍번쩍 빛나고 있다'라는 문장에서 '훌러덩', '번쩍번쩍'은 어떻게든 가타카나가 아니면 표현되지 않는다. 그 밖에 '빙긋' 웃는다든지 '순식간에' 사라진다 등 모든 감정을 드러내는 데는 가타카나 표기가 유효한 것이다. 근래에는 외국어 사용이 급격히 증가하여 두세 마디마다 서양냄새가 나는 말을 쓰지 않으면 요즘 사람이 아닌 듯이 알고 있는 사람이 많은 것 같다. 이 사이비 외국어 표현을 쓰는 경우에도 가타카나만이 사용된다. 성냥, 맥주, 전등, 빗어넘긴 머리를 히라가나로 써서 맛치, 비루, 람프, 오르밧쿠로 읽는 것도 무리이고, 또한 히라가나로는 보기에 좋지 않다. 가타카나로 매치, 비어, 램프, 올백이라고 쓰는 수밖에 없다. 특히 외국의 인명, 지명이나 번역이 어려운 숙어 등은 가타카나를 써서 어떻게든 음을 표기해야만 한다. 이러한 점이 가타카나의 가치이며 싫더라도 이것을 써야 하는 것은, 공복을 채우기 위해서만이라면 서양요리가 최고인 것과 같은 것이다.

최근에는 양행이 각별한 것으로 취급된다. 누구누구가 양행했다. 1년 넘게 구미 대륙을 둘러보러 왔다. 그런 만큼 여기저기서 강연 의뢰로 문전성시를 이룬다. 그런데 모 씨는 보고 들은 것에 삼 할 내지 칠 할 정도 엉터리를 가미하여 청중을 현혹시킨다. 이 때에 청중이 알지도 못하는 외국어를 자주 쓰는 것은 두말할 것도 없다. 잘 알지 못하지만 외국의 모든 것이 우수하고 자국의 모든 것이 열등한 것처럼 들리는 경우도 적지 않다.

이런 사정으로 한 문장을 적는 데도 열이나 스무 개의 외국어를 가타카나로 적지 않으면 시원치 않은 자들이 얼마든지 있다. 그것도 일본어로 바꾸는 것이 어려운 표현이라면 몰라도 자국 말로 충분히 의미가 통하는 것을 일부러 가타카나 신세를 지고는 득의양양해 하는 것은 실소를 금치 못할 일이다. 괜찮은 명문장도 불필요하고 쓸데없는 가타카나가 섞이게 되면 엉망이 되어 버린다. 제법 좋은 문장이라고 생각하고 기분 좋게 읽다가도 이런 가타카나를 보게 되면, 마치 잘 지어진 밥 속에 섞인 돌이 우두둑 씹히는 느낌이다. 게다가 왠지 '나는 독일어를 알고 있다', '나는 불어를 알고 있다' 하는 느낌이 들어 천박한 기분이 든다.

# 세이세이 기이쓰菁々其一

"무섭게 늘어놓았군. 하나 인형[187]도 이렇게 하면 제법 번잡한 법이군. 어쩜 양으로 밀어붙이는 작전인듯 싶네."

"아니 아이들이 하도 시끄러워서 늘어놓은 거지. 뭘 하든 여자아이가 반 다스하고 십분의 팔이니까."

"반 다스는 그렇다 하지만 십분의 팔은 또 뭐야?"

"마누라 배를 보면 알 것 같은 거야."

"그렇군. 그렇지만 십분의 팔 쪽은 사내인지 계집인지 짐작이 안될 텐데."

"그게 말야. 여섯 명까지는 틀림없는 여자아이이어서 대개는 추정이 가능한 법이야. 만일에 고추를 달고 있으면 단오의 절구節句[188]를 해야지."

"십분의 팔의 의미는 그걸로 알았지만, 하나 단 뒤의

187  여자아이의 명절인 히나 마쓰리 때에 사용하는 인형. 그런 인형이나 세 간을 늘어놓는 단을 히 나단, 그런 그림을 히나 에雛絵라고 함.

188  5월 5일의 절구. 일본 근 세 이후에는 남자아이의 성장을 비는 명절이 됨.

367

매우 오래된 족자는 조금 곤란하군."

"아무래도 나도 잘 모르겠지만 아무튼 가잔[189]이나 분초[190]의 그림과 함께 죽은 아버지로부터 물려받은 거라서."

"음… 하나 그림으로서는 드문 것인 것 같은데."

"누구일까? 낙관이 잘 읽히지 않네."

"당신이 잘 알 만한 그림은 그리 없을 텐데. 괜찮은가? 이렇게 소홀히 취급해도.

"말해 준 그대로지. 이런 것은 아무래도 상관없어."

"누군지 모르겠지만 백 년 이상은 된 것 같군. 그리고 퍽 좋은 물감을 쓴 것 같아. 이런 색을 잘 보게나. 오늘날의 그림에는 이런 색채는 거의 없지."

"갖고 싶으면 줄까?"

"갖고 싶진 않지만 주면 받아 갈까?"

하나 인형의 의문의 족자는 신문지로 싸서 가지고 돌아갔지만, 정체를 알 수 없었다. 아무래도 호이쓰[191]의 화풍 같지만 필력이 웅건하고 단청이 비범하여 확실히 호이쓰를 압도하고 있다. 이상하다며 혼자 바라보고 있으니 마침 그런 것을 잘 아는 할아버지가 찾아왔다.

189 와타나베 가잔渡辺崋山, 1793~1841 일본 에도시대 후기의 무사이자 화가.

190 다니 분초谷文晁, 1763~1840 일본 에도시대 후기의 화가.

191 사카이 호이쓰酒井抱一, 1761~1829 일본 에도시대 후기의 화가, 문인.

"뭔가 드물게 풍류 있는 것을 보고 있군."

"아니 어르신 오셨습니까? 무슨 바람이 불어 오셨는지."

"오늘은 여기저기 돌아다녔지. 자네 집에도 좀 들러보려는 생각에서 말야. 마누라는 괜찮나?"

"농담하지 마세요. 마누라는 작년 이맘 때쯤 저세상에 갔답니다."

"아, 참. 정말 안됐네. 아이 소리가 들리는데, 자네 아이인가?"

"점점 더 민망하네요. 건망증도 이 정도로 철저하면 훌륭한 거지요."

"아니, 아무래도 노인은 이 정도가 딱 좋지. 우리 집사람 기억력 좋은 거는 정말 곤란하다니까. 하루에 몇 번이나 잔소리를 했다는 것을 기억해두고, 삼 년씩이나 잊지 않으니 견딜 수가 없지."

"벌써 손주가 세 명 있다고 하셨죠?"

"그러게, 두 명인가 세 명 있는 것 같은데. 아무래도 얘네들이 좀 멍청한 것만은 기억하고 있지."

"할아버지를 닮았나요?"

"그런 모양일세. 그걸로 나는 안심할 수 있지. 요즘에는 약아빠진 아이가 대부분이니까."

"바보가 사라지면 어떻게 될까요?"

"그거야말로 천하의 큰일이지. 요즘 학교에서는 영리해지는 것만

가르치고 바보가 되는 쪽은 전혀 신경쓰지 않으니까. 그래서 세상이 삐걱삐걱하고 살기 힘든 거지."

"예전에는 바보가 되는 교육만 했었나요? "

"그렇지는 않지만, 인간은 아무래도 이 할 정도 바보가 섞여 줘야 인간세상 다우니까."

"할아버지는 연세가 어떻게 되시나요?"

"벌써 여덟이지."

"쉰 여덟이신가요?"

"아니."

"예순 여덟이요?"

"아니."

"일흔 여덟이요?"

"그렇지."

"나이보다 정정하시네요."

"그렇지도 않아. 술도 많이 약해져서 하루에 평균 다섯 홉 정도이고, 여자도 꽤나 지겨워졌지. 이 할망구도 벌써 15년이나 20년 되었을 테니."

"그런데 이 하나 그림은 좀 아시나요?"

"어디어디, 보여주게. 과연 진짜로군. 정말 게으름뱅이가 가졌던 모양이군. 이것은 기이쓰[192] 그림이군."

"기이쓰라고 하면?"

"기이쓰를 모르는가? 말도 안 되는군. 대체 어디서 이런 걸 가져 왔나? 돈 없는 주제에 산 건가?"

"아니요."

"빌린 건가?"

"아니요."

"훔쳐온 건가?"

"아니요, 참 가차없이 말씀하시네요. 실은 받은 겁니다."

"이런 것을 간단히 건네주다니 어지간한 바보로군."

"마음에 드시죠?"

"뭐가?"

"할아버지는 바보를 좋아하시지 않습니까?"

"하하하, 흥미롭군. 잘 그린 그림이야."

"기이쓰는 어떤 사람인가요?"

"기이쓰는 자색 염색의 발견자이지. 사카이 기이쓰를 섬기고 그 화풍을 터득한 사람이지. 스승인 호이쓰보다

192 **스즈키 기이쓰**鈴木其一, 1796 ~1858 일본 에도시대 후 기의 화가.

375

잘 팔려. 아무래도 그다지 많이 그리지 않았으니까."

"이 정도면 어느 정도 가치 있는 건가요?"

"글쎄, 아무튼 히나가케[193]라는 놈은 히나 마쓰리 때에만 통용되는 거라서. 그래도 **원 정도는 할런지."

"놀랍네요. 그러면 준 사람이 좀 바보군요."

"바보인 것은 좋지만 이렇게 얼룩투성이로 만들면 가치가 떨어지지. 게다가 표구도 이래서는 안 되지."

"점점 경기가 안 좋으니깐요."

"그래서 셋 정도로 내가 인수하지."

"그렇게 말씀하시면 서운하죠. 나중의 즐거움으로 남겨두죠."

"어물쩍거리다가는 준 사람이 되찾으러 올 거야."

할아버지가 돌아간 뒤에 인명사전을 찾아보니 다음과 같이 쓰여 있다.

'스즈키 기이쓰, 화가. 아버지는 오미近江[194] 사람으로 모토나가 다메사부로元長為三郎라고 칭한다. 기이쓰는 호이다. 또는 가이카이噲々. 나중에는 세이세이菁々라고 이름 붙였다. 양부인 레이탄蠣譚은 사카이 집안 신하인 호이쓰에 속하였다. 기이쓰도 또한 호이쓰를 모셨다. 화법을 호이쓰에게 배워서 인물, 화초花草, 조수鳥獸를 잘 그렸고, 그 걸작은 거의 스승 호이쓰에게 뒤떨어지지 않았다. 그 문하의 대가라고 불리는 호이쓰 사후에 세상사람들이 기이쓰의 그림을 매우 귀하게 여겼다. 시타야下谷 가나스기金杉195에 살았고, 1858년 9월10일 죽었다.'

아무튼 뜻밖에 얻은 귀한 물건 같은 기분이 들어서 히나마쓰리가 끝나도 이삼 일은 걸어 두었다. 그런데 저녁 무렵 돌아와보니 하나에의 얼굴을 중심으로 거뭇하게 문인화의 난처럼 선이 두세 개 쳐져 있었다. 어린아이의 짓임에 틀림없다고 어이가 없어 원망스럽게 쳐다보고 있자,

"아버지, 다녀 오셨어요. 사카에가 그렸어요. 잘 그렸죠?"

너무 잘 그려서 눈물이 다 나올 것 같았지만, 세이세이 기이쓰를 지워 버린 장본인은 너무도 자랑스러워했기 때문에 처리가 곤란했다.

그렇지만 이 기이쓰 작품이 무사했더라면 아버지가 돈이 없을 때 남의 손에 넘기려고 했을지 모를 것이다. 이렇게 뜸을 떠 놓으면 살 사람은 없을 테니, 상처난 물건이지만 이 아이 세대까지 남을 것이다. 무의식적이지만 묘안이었다.

"음… 사카에가 정말 잘 그렸구나. 이걸로 충분하니까 더 이상 그리면 안 된다."

195 일본의 지명. 도쿄도 다이토구台東区로 현재의 시타야下谷.

373

# 소꿉친구

　벌써 밤이 꽤 깊은 듯하다. 현관을 자꾸 두드리는 소리에 눈이 떠졌다. 지금 시간에 누구일까 현관에 나가 보니 두꺼운 천을 뒤집어쓴 인력거가 한 대 있었다. 현관을 두드린 것은 그 인력거꾼이었던 것까지는 이상하지 않다. 그런데 인력거 안에서 굴러나오듯이 휘청휘청 현관으로 기어나온 것이 잠이 덜 깬 눈을 부릅뜨게 만들지 않을 수 없었다. 첫째로 따뜻한 날씨에 지저분한 면이 삐져나온 방한용 솜옷을 입고 있었다. 부스스한 머리칼은 지빠귀 집처럼 엉클어져 사자 같았다. 광대뼈가 보기 싫게 튀어나와 수세미처럼 파랗고 긴 얼굴이 이어진다. 짧은 솜옷 밑에서 참마 같은 발이 한자 다섯 치 길이 정도 나와 있다. 짚신을 신고 있지만, 발등은 때로 인해 거북이 등껍질 같다. 이 위험스런 인물이 개 도살용 지팡이에 기대어 겨우 서 있는 모습이지만, 하늘에서 내려왔는지 어디서 흘러들어왔는지 전혀 알 수 없었다.

"나 히라야마平山인데."

"히라야마?"

히라야마라는 성은 평범하지만 그다지 아는 사람이 없다. 우유가게, 의사, 아는 한 히라야마를 연상해 봤지만 이 사람에게 어울리는 것은 나오지 않았다.

"잘 모르겠지? 한조半三라고 해."

"다니谷의 반토막. 요시다吉田의 반토막 말이야."

요시다의 반토막이라는, 어디선가 들은 적이 있는 어조는 나를 삼십 년 전 옛날로 돌아가게 만들었다. 마을의 학교가 절 건물을 빌려 쓰고 있을 무렵 다루기 어려운 무법자가 동급생 중에 있었다. 절벽에서 떨어져 생긴 눈 밑에 뻗어있는 한일자 상처는 한층 그의 인상을 나쁘게 했다. '다니의 반토막'이라 하면 징그러운 벌레처럼 싫어했던 놈이다. 그 한조가 눈앞에 서 있는 것이다.

"지금 어디서 온 거야?"

"병원에서 도망 나온 거야. 제발 부탁이니 어떻게든 해 줘."

"병이라도 걸렸어?"

"벌써 두 달이나 각기병으로 고생하고 있어."

376

"어차피 죽는 것이라면 지금까지 불효만 저지른 연로하신 어머님 얼굴을 한 번 뵙고 죽고 싶다고 생각했어."

그의 눈에서는 콩알 만한 눈물이 멈출 줄 모르고 떨어졌다. 그는 소라 같은 주먹으로 눈물을 훔치면서 탄원하고 있었다.

"어떻게든 받아줄 수 없을까?"

"글쎄, 현관에서는 이야기도 할 수 없으니까 안으로 들어가는 게 좋을 것 같은데."

그는 저린 발을 질질 끌면서 자리로 돌아갔지만, 앉을 수도 없는 듯이 보여서 발을 뻗고 있었다.

그가 말하는 바에 의하면 일흔이 되는 노모를 홀로 고향에 두고 조선에 건너와서 8년이 된다고 한다. 생계를 위해 인력거를 끌었지만, 한때는 작업복 안쪽 그릇에 하나 가득 금을 담아둔 적도 있었다. 하지만 원래 도박을 좋아해서 대부분 돈을 빼앗기고 말았다는 것이다.

"때때로 고향의 어머니에게 돈이라도 보내드렸나?"

"그게 한 번도 보낸 적이 없어. 사는 곳도 알리지 않았으니까."

"너무 심한 것 같은데."

"그 벌로 이런 꼴이 된 것이겠지. 이제 목숨이 아까운 것은 아니지만, 한번 노인네를 만나 용서를 빌고 나서 죽고 싶어."

377

"그 꼴로는 고향까지 가지 못할 거야."

"도중에 죽으면 그만이지."

"여하튼 밤도 꽤 깊었으니 만사는 내일 하기로 하고 이불 정도는 있으니 묵고 가면 좋을 것 같네."

"이 더러운 몸으로 댁에 머무는 것도 그렇고, 나도 불편하니 일 원 정도 주면 술집으로 갈께."

"그런가, 그것도 좋지."

다음날 의사가 봐 주었지만 이 상태로는 기차에 탈 수 없다고 한다. 당분간 보양하라는 얘기가 나왔고, 이십 일 정도가 지났다. 그가 이렇게까지 영락한 것은 그 자신의 행적이 나빠서 생긴 자업자득이라고 하고, 초등학교 시절에 구두쇠였다고 해도, 부모에게 불효하는 자였다 해도, 가련한 것에는 변함이 없었다. 특히 소꿉친구였다고 한다면 그저 보고만 있을 수 없다. 어떻게든 돌봐 준 보람이 있어서 기차에 오르게 되었다.

어쨌든 고향에 돌아가는 것이다. 깔끔한 차림을 하게 해야겠기에 속옷에 셔츠, 모자에 나막신, 짧은 겉옷에 군인 허리띠, 목욕탕에서 때를 벗기고 머리를 다섯 치 길이로 자르고 돈주머니를 채워주었다. 과연 호색한인 척하며 방탕에 몸을 망친 시절의 그림자가 감돈다.

378

"제법 멋있군."

"고마워. 덕분이군. 은혜는 잊지 않을께."

"은혜 따위는 잊어도 되지만, 도중에 야심 따위 일으키지 말고 곧장 귀향하는 거야."

"가고 말고."

정거장에서 빨간 표와 도중에서 먹을 도시락비를 주고 기차로 떠나보낸 것이 한 달 정도 전의 일이었다. 오늘 책상 위를 보니 눈에 익숙지 않은 우편물이 두 통 있었다. 한조 자신의 감사장과 그의 어머니의 대필로 친척이 보낸 것이었다. 그는 이제부터 착실해져서 생업에 종사할 생각이라고 하며, 그의 어머니는 생각지도 않았던 아들과 재회한 기쁨을 말하고 있었다. 나는 이 두 통의 편지를 보고 왠지 최근에 없었던 좋은 일을 했구나 하는 기분이 들었다.

# 한강 유람

이제 제법 오리가 도래할 무렵이지만 어지간한 방책으로는 잡을 수도 없다. 뭐니뭐니 해도 아침 첫 기차에는 쌍발총, 단발총, 자동권총 등을 어깨에 맨 무리들이 이삼 백 명이나 타니 새들도 느긋하게 있을 수만은 없다. 이쪽에서도 빵, 저쪽에서도 빵, 새들이 왔다고 하기에 꿩은 높은 산으로, 메추라기는 풀숲에, 오리는 드넓은 강 속으로, 각각 안전지대로 도망가 버린다. 그러므로 무사 차림으로 개 두 마리까지 딸린 엄청난 차림새와는 달리 돌아오는 길에는 아무 것도 없이, 수확이라고는 발밑의 물집 정도가 고작이다.

벌써 질릴 만도 하지만 일주일만 지나면 이번에는 어디어디로 나선다. 아침 3시경부터 마누라를 깨워서 도시락을 싸게 하는 것이다. 그것을 반복하는 것을 철포 도락이라고 한다.

일단 이 무리의 의표를 찌르고 한강을 내려오게 한 것이 물총새의 계략이다. 그렇지만 어차피 한강을 유람할 거면 투망도 가지고 가서 오리를 잡지 못할 때에는 숭어를 잡을 정도로 욕심을 부릴 속셈이다.

* * *

　새벽에 일어나 배를 세내어 총 두 정과 투망을 두 개 가지고 세 명이서 탔다. 그 중 한 명은 투망의 달인임을 자임하는 남자이다. 서로 많이 잡고자 욕심을 내는 세 명을 태운 배는 강줄기에 노를 저어 내려간다. 이제 오리가 나올 때라며 매서운 눈으로 주변을 둘러보면서 드디어 어느 산 밑까지 내려왔지만, 있어야 할 오리 무리는 코빼기도 보이지 않았다. 이럴 리가 없는데, 하며 고개를 갸웃해 봐야 사냥 개시도 하지 못했다. 그래서 준비한 투망을 꺼냈다. 투망의 명수가 긴 투망을 능숙히 다루어 날랜 몸짓으로 한 번 첨부덩 던진다. 펼쳐진 투망은 점차 가라앉는다. 투망이 보이지 않게 되자 손에 남은 것은 줄뿐이었다. 그것을 잠시 두었다가 끌어당긴다. 가늘고 길어진 망이 잡아 이끄는 대로 술술 올라온다. 큰 놈 너댓 마리는 잡히지 않았을까 보는 두 사람은 마른침을 삼키며 보고 있었다. 드디어 망 전체가 전부 끌어내어진 뒤에 비로소 망둥이 새끼 한 마리도 걸리지 않은 것을 알게 되었다. 미안한 듯이 섶나무 가지가 하나 걸려 있을 뿐이었다.

\* \* \*

"글렀군."
"응, 글렀네."
"뭔가 걸릴 법도 한데."
"그물눈이 커서 숭어보다 작은 것은 빠져나간 거지."
또 첨부덩 던진다. 변함없이 아무것도 없었다. 처음에는 다소의 요행을 기대해 보았지만, 이렇게 너댓 차례 반복되자 시시해져서 보고 있을 수 없다. 배 안에서 푸른 천정을 바라보며 상황을 엿보고 있지만, 한강에는 이 명수의 투망 신세를 질 불민한 물고기는 없는 듯이 보여 기대가 되지 않았다.

\* \* \*

총도 글렀고, 투망도 못쓰게 되자 조금 마음이 허전했다. 분연히 일어난 물총새는 상의를 벗고 쌍발총과 10호탄 열너댓 발을 준비하여 난지도에 상륙했다. 메추라기를 사냥할 속셈이었다. 난지도를 일주하고 건너편 물가에서 만나기로 약속하고 우선 섬 중앙부로 들어 갔다.

그런데 억새가 한 길 길이로 무성히 자라 있고, 바닥은 수해 당시의 진흙이 미끌미끌하여 걸을 수가 없다. 메추라기는커녕 참새도 없었다. 약속한 건너편 물가로 나오려고 했지만 억새와 가시나무가 진흙으로 엉망진창 엉켜 있었다. 어쩔 수 없이 나룻배로 건너 상륙하기로 했다. 윗옷이 없기 때문에 동전도 없었다. 건너는 뱃삯을 담배 다섯 개피로 양해를 구했다.

그리고나서 뺑 돌아서 강의 본류로 가서 배를 잡아탈 계획이었지만, 도중 여기저기서 건너기 힘든 물줄기가 있어서 생각만큼 나아가지 못했다.

"*여보쇼… 우물우물*"

근처에 있던 조선인에게 부탁하기에는 그리 조선어를 잘하지 못한다. 손짓발짓하자 업어서 건네주었다. 사례를 하고 싶었지만, 무일푼으로는 방법이 없었다. '고맙습니다'를 서너 번 반복하고 때웠지만 참 주눅이 많이 든다. 이런 식으로 본류 강가에 나서니 이미 황혼 무렵이었다.

\* \* \*

강바닥은 감청색이었고 인가人家의 등불이 몇 가닥이고 물줄기에
흩뿌려져 있었다. 어디를 봐도 인가 같은 것이 눈에 띄지 않는다.
'저기요'라고 불러 본들 반응이 있을 턱이 없었다. 좀 곤란했다. 경성
까지 걷기에는 배는 너무 고팠다. 지금도 이미 심한 정도를 넘어섰
다. 술집에 들를 돈도 없었다. 셔츠 한 장 입었으니 점점 추워졌다.
좀 곤란했다. 추위는 호흡으로 조절하기로 하고 새로 배를 세내는
수밖에 없었다. 건너다 보니 저만치 나뭇잎 같은 빈약한 배가 두세
척 있었다. 일본어를 알 만한 총각에게 평판을 듣는다.

\* \* \*

"구 용산까지 얼마에 가나?"
"이 원 오십 전 주세요."
"바보 같은 얘기하지 말게. 오늘 하루종일 타도 오 원이거든. 일

원 오십 전 쳐 주겠네."

"그럼, 됐습니다."

이쪽의 속셈을 알아챈 총각은 시치미 뚝 떼고 얄미울 정도로 침착해 보였다. 화가 났지만 손을 들 수 밖에 없었다. 도착해서 아는 사람에게 돈을 빌려 경찰서에 가서 담판을 지어야지.

"아무튼 가세."

"*고맙소*."


* * *


이윽고 노를 저었지만 마침 썰물로 보여서 물줄기가 매우 강하다. 총각은 조선식 배의 후미를 좌우로 흔들어 보지만, 배는 조금 전진할 뿐이었다. 이 상태로는 언제 도착할지 알 수 없었다.

"좀 더 빨리 안 될까?"

"네."

총각은 온힘을 다 내어 저었지만, 왜 그런지 물총새와 똑같이 배가 몹시 고픈 듯했다. 주위는 완전히 암흑으로 변하여 건너편 산이 새카맣게 보였다. 그 중 범상치 않은 격한 물소리에 무슨 일인가 앞

386

쪽을 바라보자 일 정町 정도 앞쪽에 한 척의 배가 소용돌이에 휘말려 빠져나오지 못하기 때문에 두 개의 노로 영차영차 젓고 있었다.

"총각, 여기는 어딘가? 위험스럽지 않나?"

"마포 앞입니다. 가장 물줄기가 급한 곳인데 마침 썰물입니다."

그러는 동안에 드디어 소용돌이 속에 들어가 버렸다. 총각은 이를 꽉 물고 힘을 주었지만, 배의 앞머리가 고개를 저을 뿐 조금도 움직이지 않을 뿐 아니라 자칫하면 엄청난 속력으로 흘러내려갈지도 모르는 상태로 있었다. 그리하여 주변 바위에라도 부딪히는 날에는 나무 조각 같은 배는 산산조각이 날 것임에 틀림없었다. 그렇게 되면 이 총각과 동반자살을 하게 되는 것이다. 내일 신문의 이호 활자를 분주하게 만들 뿐이다. 이건 안 된다.

"이봐, 총각. 이제 육지로 올라가세."

"자칫하면 배가 뒤집어 집니다."

"겁주지 말게. 뭐든지 좋으니 저기 *어머니*196가 무를 씻고 있군. 저 등불을 어림잡아 배를 갖고 가게."

"저기는 바위가 많아서 배가 파손됩니다."

"상관없네, 하게."

387

* * *

총각이 손을 늦춘다. 배는 화살처럼 *어머니*의 코끝을 향해 흘러간다. 물총새는 자세를 취한다. 배는 겨우 바위 모서리에 부딪힌다. 물총새는 덴구天狗197처럼 대단한 기술로 여섯 자 정도 높이로 뛰어올랐다. 날쌔게 바위 위에 올라섰다고 생각하자마자 풍덩 강물 속에 빠졌다. 밤눈에 바위 모서리까지 여섯 자로 측정한 것이 불찰이었다. 물줄기는 빠르지만 의외로 얕았다. 잠시 *어머니* 발밑으로 기어 올라왔다. *어머니*는 갓파河童198라도 왔나 하고 캬, 하고 펄쩍 뛰어올랐다. 총각은 배 위에서 히죽히죽 웃고 있었다.

"나으리, 돈을 주세요."

"돈은커녕 너는 길을 알고 있잖아. 용산까지 길안내를 하라고. 이런 곳에서는 어떻게 할 방법이 없잖아."

"용산까지 아직 멉니다."

"그러니까 안내하라고. 그리고나서 돈을 줄 테니까."

실은 돈이 없어서 용산까지 어떻게든 끌고 가야만 하는 것이었다. 총각은 마지못해 배에서 올라와 데리고 산길을 걷는다. 캄캄하고 한 치 앞도 알 수 없어서 자꾸

197 하늘을 자유로이 날고 산에 살며 신통력이 있다는, 얼굴이 붉고 코가 큰 상상의 동물.

198 물속에 사는 일본의 상상의 동물.

388

돌부리에 걸려 넘어질 뻔하였다. 한 시간 남짓 걸려 드디어 용산의 전등을 볼 수 있었다. 지인에게 들러 모닥불을 피우고 나서 몸을 말려 겨우 목숨을 건졌다고 생각했다. 파출소에서 담판을 지어야겠지만, 총각에게 삼 원을 더 주고 한강 유람을 한바탕 끝냈다.

(이상 이승신 역)

389

# 역자 후기 • •

『유머 수필 신선로ユゥモア随筆神仙爐』(이하『신선로』)의 저자는 가타오
카 기사부로片岡喜三郎이다. 가타오카는 지바현千葉県 출신으로 지바현립
사범학교를 졸업하고 지바현 가이조군海上郡 쓰루마키심상고등소학교
鶴卷尋常高等小學校의 교장으로 있다가, 일본에 의해 강제병합되기 이전인
1909년 조선으로 건너오게 되었다. 그리고 인천거류민단립仁川居留民團
立소학교 훈도訓導, 1911년부터 1913년까지 경성 히노데日出소학교의
훈도, 1914년부터 1916년까지는 개성開成소학교 교장으로 근무했다.
1917년 가타오카는 다시 경성으로 돌아와 1919년까지 용산龍山소학
교 훈도, 이어서 1920년부터 1924년까지는 종로鐘路소학교 교장,
1925년부터 1929년까지 모토마치元町소학교 교장을 역임하게 된다.
그리고 1929년 11월 교직에서 물러나 곧바로 변호사 다카하시 쇼노
스케高橋章之助가 주재한 조선교육신문사에서 글을 쓰다가 다카하시 사
후에 이를 계승하여 경영하며 문필활동을 하였다.
　요컨대 가타오카 기사부로는 일본과 조선에서 20년 이상의 교육

경력을 가진 교육자 출신의 문필가이며『조선교육신문』이라는 월간지를 10년 넘게 경영한 언론인으로 그는 46세에 훈도와 교장을 역임하던 20년 이상의 교직자로서의 생활을 접고『조선교육신문』에 참여하게 되었는데,『신선로』는 바로 이때 간행된 단행본이다.

제1편에 10화, 제2편 14화, 제3편 7화로 도합 31가지의 테마를 다루고 있으며, 그 소재는 교육자 출신인 만큼 예의작법부터 사물의 관찰, 고증에 이르기까지 수필이라는 장르에 걸맞게 다양하다. '신선로'가 조선의 음식을 대표하는 것일뿐더러 육류와 생선, 채소 등을 고루 섞어 끓여 먹는 음식인 만큼 한 엘리트 재조일본인이 조선에서 20년간 청춘을 바쳐 겪은 다양한 경험과 사색의 재료를 담아 놓은 글이라는 뜻에서『신선로』라 제목 붙인 것으로 보인다.

장르에서도 드러내듯 가타오카는『신선로』를 '유머 수필'이라 표방하고 있다.

우선 '수필'이라는 점에서 보자면 일본 굴지의 고전 수필『쓰레즈레구사徒然草』를 연상시키는 대인관계의 매너나 여성에 대해 험담하는 내용, 건강과 의식주에 대한 관심 등이 잘 드러나 고금을 막론한 일본어 수필에 공통된 요소를 알 수 있어 흥미롭다.

다음은 '유머'라는 측면이다. 서문에서 밝히는 것처럼 숨막히는 세

392

상에서 메마른 마음을 살찌우기 위해 '인간미의 일부인 유머, 익살, 해학'을 담아냄으로써 수상隨想적 내용을 담은 보통의 수필에 비해 시선의 삐딱함이나 대상에 대한 조롱, 넌센스한 상황 묘사가 모든 화제에 넘쳐나고 있다. 그것이 폭소爆笑든 고소苦笑든, 혹은 실소失笑라고 하든 웃음을 유발하는 효과가 있음은 부정할 수 없을 듯하다. 『신선로』에는 소소한 기쁨에서 오는 미소, 화가 나고 기가 차서 나오는 헛웃음, 아내와 자식을 잃은 슬픔에 대한 자조, 여러 개성을 가진 인물들과의 관계에서 오는 재미를 그 내용으로 삼고 있다.

이처럼 재조일본인의 '희로애락'이라는 다양한 재료가 '유머'라는 특이한 그릇에 담긴 『신선로』는 제목의 상징성만큼이나 특별한 '식민지 일본어문학'이다. 이 책을 통해 역사서에서 다루어지지 않은 한 개인의 일상과 감회를 실감나게 접할 수 있다. 또한 순문학 소설로는 느낄 수 없는 진솔한 인간냄새와 직설적 표현들에 적잖이 당황하게 된다. 그리고 단순히 웃어넘길 수 없는 일본과 한국, 혹은 일본인과 한국인, 그리고 남자와 여자 사이의 뿌리 깊은 편견과 선입견과도 마주할 것이다. 실은 그 점이 '식민지 일본어문학'을 함께 연구하며 번역작업을 한 역자들에게도 큰 공부가 되었던 점임을 밝혀두는 바이다.

마지막으로 『신선로』가 간행될 수 있도록 조력을 아끼지 않으신 분들께 고마운 마음을 전한다. 식민지기 대중문학 작품집을 총괄기획하신 고려대학교 일본연구센터 유재진 소장님, '식민지 일본어문학·문화 연구회'를 이끌어 주시는 정병호 교수님, 수정과 각주가 많았음에도 불구하고 편집에 애써 주시고 흔쾌히 출판해 주신 하운근 사장님 이하 학고방에 깊은 감사의 말씀을 드린다.

2014년 3월

엄인경

394

저 자

가타오카 기사부로片岡喜三郎
1883년 출생. 호는 비취翡翠. 지바현립千葉県立 사범학교師範学校를 졸업하고 1909년 조선으로 건너와
인천, 경성, 개성을 거쳐 1917년 다시 경성에 이르러 1929년까지 소학교의 훈도와 교장을 역임한
다. 1929년 11월 교직에서 물러나 조선교육신문사에서 글을 쓰며 이듬해부터 월간지『조선교육신문
朝鮮教育新聞』을 경영하였다.『유머 수필 신선로』와『조선교육신문』에 게재한 글 외에도 1931년『현
대여성의 해부現代女性の解剖』, 1934년『쇼와 일본의 부인昭和日本の婦人』과 같은 단행본을 집필, 간행하
였다. 1939년 7월 병을 이유로『조선교육신문』경영에서 물러났으며 1940년 이후의 행적이나 문필
활동은 알려진 바가 없다.

공역자

엄인경嚴仁卿　고려대학교 일본연구센터 HK교수
고려대학교 일어일문학과, 동대학원 박사과정 졸업. 일본 고전문학을 전공하였으며 최근 일제강점
기 한반도에서 창작된 일본 고전시가 장르에 관심을 갖고 연구 중이다. 당시 문헌의 조사연구를 통
해『한반도·중국 만주지역 간행 일본 전통시가 자료집 전45권』(공편, 이회, 2013)을 간행하였고,
관련 학술논문을 통해 연구 성과를 학계에 보고하고 있다. 저서에『일본 중세 은자문학과 사상』(역
사공간, 2013), 역서에『몽중문답』(학고방, 2013),『이즈미 교카의 검은 고양이』(문, 2010) 등이 있다.

송혜경宋惠敬　동국대학교 일본학연구소 전문연구원
성신여자대학교 불어불문학과 졸업. 고려대학교 일어일문학과 석사, 박사과정 졸업. 일본 근대문학
을 전공하였으며 최근에는 일제강점기 조선 간행 일본어잡지의 '일본어문학'에 관심을 가지고 연구
중에 있다. 주요 저서로『연애와 문명-메이지시대 일본의 연애표상』(문, 2010)과『未来をひらく福澤
諭吉展 : 慶應義塾創立150周年記念』(공저, 慶應義塾大学出版会, 2009), 역서에는『〈식민지〉 일본어
문학론』(공역, 문, 2010) 등이 있다.

**공역자**

**김효순**金孝順　고려대학교 일본연구센터 HK교수

고려대학교 일어일문학과, 동대학원 박사과정 졸업. 쓰쿠바대학 문예언어학과 박사학위 취득. 최근 일제강점기 일본어로 번역된 조선문예물을 연구하고 있다. 저서에『동아시아문학의 실상과 허상』(공저, 보고사, 2013),『제국의 이동과 식민지 조선의 일본인들』(공저, 문, 2010), 역서에『완역 일본어잡지『조선』문예란(1910.3~1911.2)』(공역, 제이앤씨, 2013),『조선 속 일본인의 에로경성 조감도(여성직업편)』(공역, 문, 2012),『책을 읽는 방법』(문학동네, 2010) 등이 있다.


**이선윤**李先胤　고려대학교 국제어학원 강사

이화여자대학교 철학과 졸업. 고려대학교 일어일문학과와 동대학원 석사과정 졸업. 도쿄대학 총합 문화연구과 석사, 박사과정 졸업. 일본 근현대문학을 전공하였으며 최근에는 근현대 일본 문화연구와 번역문제에 관심을 갖고 연구 중이다. 주요 논문으로「予言する機械とテクノクラシー—安部公房の『第四間氷期』論—」(『日本文化学報』, 2013.2) 등이 있으며, 역서로『내 어머니의 연대기』(학고재, 2012), 식민지기 조선의 잡지 자료를 편역한『조선속 일본인의 에로경성조감도(공간편)』(공역, 문, 2012) 등이 있다.


**이승신**李承信　고려대학교 일어일문학과 강사

고려대학교 일어일문학과 및 동대학원 석사과정 졸업. 일본 쓰쿠바대학 문예언어연구과 박사과정 졸업. 일본 근현대문학을 전공하였으며 최근에는 '독부물'과 같은 한국과 일본의 젠더 문제에 관심을 갖고 연구 중이다. 저서로『제국일본의 이동과 동아시아 식민지문학』(공저, 문, 2011), 역서로는『조선 속 일본인의 에로경성 조감도(여성직업편)』(공역, 문, 2012),『근대 일본의 연애관』(문, 2010) 등이 있다.

일본명작총서 **20**
식민지 일본어문학·문화시리즈 **16**

# 유머 수필 신선로

초판 인쇄  2014년 3월 20일
초판 발행  2014년 3월 31일

저　　자 | 가타오카 기사부로片岡喜三郎
공 역 자 | 엄인경·송혜경·김효순·이선윤·이승신
펴 낸 이 | 하운근
펴 낸 곳 | 學古房

주　　소 | 서울시 은평구 대조동 213-5 우편번호 122-843
전　　화 | (02)353-9907  편집부(02)353-9908
팩　　스 | (02)386-8308
홈페이지 | http://hakgobang.co.kr/
전자우편 | hakgobang@naver.com, hakgobang@chol.com
등록번호 | 제311-1994-000001호

ISBN　　978-89-6071-374-1  94830
　　　　978-89-6071-369-7  (세트)

**값 : 20,000원**

이 도서의 국립중앙도서관 출판시도서목록(CIP)은 서지정보유통지원시스템 홈페이지
(http://seoji.nl.go.kr)와 국가자료공동목록시스템(http://www.nl.go.kr/kolisnet)에서 이용하실 수
있습니다.(CIP제어번호: CIP2014010290)

■ 파본은 교환해 드립니다.